Liva Dalin

Tödliche Sommer

Ein Stella Nykvist Krimi

Inhalt

„Stellas Ermittlungsstil war schon im jugendlichen Alter ausgeprägt anders.“

Magnus Lassgard

„Stella Nykvist ist eine der lebendigsten Figuren des skandinavischen Krimis. Du rechnest damit, dass sie plötzlich aus dem Buch steigt und ein Bier mit dir trinken möchte.“

Kristina Palme

Wie wir Stella kennen

Die meisten von Euch kennen Stella Nykvist als Ermittlerin bei der SkanForce. Eine Frau Anfang 30, mutig und frech. Keine Angst anzuecken und weitgereist für ihr Alter, hat sie in viele Ländern gelebt und gearbeitet.

Aber wie war sie früher? Was hat sie zu der Frau gemacht, die sie ist? Und wie kam sie ausgerechnet zu Mordermittlungen?

„Tödliche Sommer“ beleuchtet den Startpunkt auf Stellas Weg von der neugierigen jungen Frau mit einer noch nicht ganz geklärten Sexualität hin zu der Frau aus „Tulpenblut“ und „Totenschmerz“.

Aber natürlich nicht ohne den Fall, mit dem alles begonnen hat. Der Fall, der ihr gezeigt hat, was in ihr steckt und dass Neugier eine echte Qualifikation ist.

1. **Warm, weich & feucht?**

> „Von wegen!“ Sie warf einen raschen Blick ins Wasser – dann rief sie „Mir ist das nicht zu kalt! Schau her!“ Die beiden letzten Worte hatte sie fast geschrien – aber es hatte den beabsichtigten Effekt: Als Stella loslief, konnte sie sich der Blicke von Yvonne Jónsson sicher sein.

Sie rannte schnell, sprang ab, zog im letzten Moment ihre Beine hoch und ließ sich in den Teich klatschen. Yvonne hatte hergesehen, obwohl sie es scheinbar blöd fand – aber das war es Stella Nykvist wert. Oh Ja!

Und – *oh ja!* – das Wasser war so obszön kalt, dass sie es kaum glauben mochte. Sie war tief eingetaucht. Damit hatte sie gerechnet, denn der See war klein und der Sommer noch viel zu jung.

Entsprechend rasch war sie auf dem schlammigen Boden angekommen. Sie suchte einen festen Stand im Wasser, schaute sich um. Sie wollte schreien, so kalt war es. Das eiskalte Nass umgab sie, machte ihr das Lufteinhalten schwer. Ihre Haut zog sich zusammen, ihre Brustwarzen waren so straff gespannt, dass es schmerzte, und ihr Herz pochte donnernd im Hals.

Für eine Sekunde glaubte sie, ohnmächtig zu werden, dann beruhigte sich ihr Herzschlag ein wenig. Sie hatte es übertrieben, das war ihr jetzt klar. Es war noch zu früh zum Schwimmen in diesem Sommer. So einen Blödsinn machten nur Jungs, oder?

Aber Yvonne Jónsson zu beeindrucken, war Stella wichtig.

Und dann ... traute sie ihren Augen für einen kurzen Moment lang nicht. Ein Gesicht! Jemand starrte sie an! Unter Wasser!

Das Wasser war düster, dennoch war sie sich sicher: Das war ein Gesicht! Da schwebte ein Kopf unter Wasser, ein Schädel, der sich ... Ein Toter.

Sie spürte den Sauerstoffmangel, stieß sich fest vom Boden ab und schoss nach oben, brach durch die Wasseroberfläche und schrie Yvonnes Namen.

Die hatte sich längst erhoben, stand am Rande des kleinen Waldsees und hatte sich ein Handtuch um die Schultern gelegt. Ihr Blick lag zwischen neutral und genervt. Stella wusste, dass sie es übertrieben hatte mit ihrer dämlichen Mutprobe für Jungs. Aber Yvonnes Gesichtsausdruck veränderte sich rasch, als sie ihr in die Augen sah und erkannte, wie verstört Stella Nykvist wirkte. Yvonnes Blick - besorgt, fast mütterlich. Sie begriff: Das hatte nichts mit dem kalten Wasser dieses Waldsees zu tun – da ging es um mehr.

Den Satz „Hier unten liegt ein Toter!!" hatte Yvonne Jónsson jedoch nicht erwartet.

Stella wollte den Satz gerade rufen, als sie sich besann. Die Worte waren schon halb über ihre feuchten Lippen geglitten und sie gurgelte etwas hinterher, stoppte den Satz, fasste sich, grinste verkrampft, als Yvonne näher kam. Wenn Stella jetzt etwas über Leichen im See erzählen würde, dann würde hier alles, was sie über Wochen aufgebaut und geplant hatte, den Bach runter gehen. Alles. Sie konnte nichts über einen Toten im See erzählen. Sie war hier mit einem Mädchen, das sie an sich drücken wollte, das sie begehrte, spüren wollte.

Sie musste herausfinden, wie das ist. Wie sich ein anderes Mädchen anfühlt, wenn man ihre Haut spürt. Weiche Haut.

„Ein was?" erkundigte Yvonne sich.

„Ach .... Nichts - ich mach nur Spaß." Stella lächelte bemüht. Mit wenigen kräftigen Zügen war die muskulöse 17-Jährige am Ufer angelangt. Sobald sie den schlammigen Boden spürte, stand sie auf und lief die letzten Schritte auf Yvonne zu, so rasch das ging.

Sobald ihr Körper das kalte Wasser verlassen hatte, schien es nur noch schlimmer zu werden. Stella fror. Zitterte ungewollt. Rasch schlang sie sich die Arme um den Körper und stapfte ungeschickt die letzten Schritte im schlickigen Untergrund, bis sie am Ufer angelangte und Yvonne warmherzig das Handtuch öffnete, ihr einen letzten Schritt entgegenkam und es wärmend um sie schlang.

Stella zitterte jetzt, obwohl sie stark sein wollte. War das der Schock? Spielte der tote Schädel in ihrem Kopf verrückt? Oder hatte sie sich in der kurzen Zeit so sehr unterkühlt?

Lag es daran, dass sie so aufgedreht war, weil Yvonne sich jetzt an sie schmiegte und ihre Arme um sie schlang? Zu viele Eindrücke auf einmal!

Yvonne war groß und schlank. Viel größer als Stella selbst. Zwei Jahre älter als Stella Nykvist, hatte sie bereits mit dem Studium angefangen, lebte eine Stunde entfernt in der großen Stadt. Ihre Größe und die langen blonden Haare hatten Stella immer beeindruckt. Yvonne hatte schon aufrecht und erwachsen gewirkt, als sie kaum 15 gewesen war.

Und ihre ungewöhnlich tiefe, ruhige Stimme hatte diesen Eindruck damals schon unterstützt. Immer hatte Stella zu ihr aufgeschaut. Aber erst im Frühjahr, als sie Yvonne in ihrer eigenen Wohnung mit dem kleinen Balkon und Blick auf die Uni besucht hatte, war in Stella etwas passiert.

Da hatte sie die blonde Freundin plötzlich berühren wollen. Weit über dieses vertraute Element hinaus, das die beiden Mädchen schon seit Jahren verband.

Wie oft hatten sich die beiden schon nackt gesehen? Gemeinsam geduscht? Sich gegenseitig den Rücken mit Sonnenlotion eingecremt? Das war alltäglich gewesen, normal, unbeschwert. Seit dem Frühjahr war das vorbei. Da war nichts mehr unbelastet.

Wie sollte Stella da jetzt plötzlich etwas über eine Leiche in dem kleinen See erzählen, wo diese Frau sie warm, fast zärtlich umarmte und ihre Brustwarzen schmerzhaft gespannt waren, als sie sie gegen Yvonnes Körper presste?

Sie ließ ihren Kopf in die Kuhle sinken, die sie an Yvonnes Hals vorfand. Den Kopf leicht auf der Schulter liegend. Jetzt konnte sie sie auf den Hals küssen. Das waren nur Millimeter. Und doch war dieser hell gefärbte Hals unendlich weit weg. Sie schlang die nassen Arme um die große blonde Frau.

Die erstarrte einen Moment, dann griff sie das Handtuch fester und murmelte lachend „Aus der Ferne werden die Leute uns für Lesben halten, Stelly."

„Hier sind keine Leute", gab die Rothaarige zurück und bewegte sich nicht. Keinen Millimeter. Konnte sie ihrer Freundin die Hand auf den Hintern legen?

War das unangemessen?

Yvonne löste sich von ihr, trat einen Schritt zurück.

„Stelly – du hast mal wieder übertrieben. Es ist eben noch kein richtiger Sommer hier oben in Stinarsund."

„Wir haben sowieso nur ein paar Tage echten Sommer hier oben. Also müssen wir das ausschöpfen. Nur Moskitos haben wir wie die Großen."

„Hm." Yvonne hatte sich von ihr gelöst, lächelte mild. Sie drehte sich um, schritt wiegend zu ihrer Decke zurück. Stellas Augen auf ihren Po geheftet, den ihr hoch geschnittener Badeanzug gut zur Geltung brachte, hervorhob und betonte.

Stella mochte muskulöse Kerle. Sie machte sich nichts aus Frauen. Außer aus dieser hier.

20 Minuten später war Stellas Hirn auf normale Temperatur herunter gekühlt. In jedem erdenklichen Sinne. Die beiden jungen Frauen lagen nebeneinander auf der großen karierten Decke. Den Blick hinter Sonnenbrillen verborgen und gen Himmel gerichtet.

Stella Nykvist war wieder trocken. Sie hing einem entfernten Gedanken an Hautkontakt nach, der ihr jetzt bereits lang her zu sein schien. Aus weiter Ferne konnte sie das angestrengte Geräusch eines Zweitakters hören. Der Lärm kam näher, befand sich jetzt im Wald.

Alles – nur das nicht! schoss es ihr durch den Kopf. Sie ballte die rechte Hand zur Faust, richtete sich auf, blickte zu Yvonne. Für eine letzte kurze Sekunde erwog sie, sich über sie zu lehnen, die Hand zwischen ihren Beinen zu versenken und ihre Zunge zwischen ihren Lippen ... Dann war ihr klar, dass eine Enduro auf dem Weg zu ihnen war.

Sie erkannte das Ding am Klang, bevor sie das Motorrad sehen konnte. Peter Bækströms Maschine. Stella hatte ihm im letzten Herbst erklären müssen, wie man den größeren Vergaser einbaute, der genau diesen Klang erzeugte. Sie hielt ihn für einen dämlichen Trottel. Ein Bubi. 20 Jahre alt, aber so erwachsen wie ein Siebtklässler.

Er hatte vergangenen Sommer fast genau an dieser Stelle, hier an dem kleinen See tief im Wald bei Järvsby, versucht, Stella an die Wäsche zu gehen.

Er hatte sie unterschätzt. Eine Woche lang konnte er nicht in die Schule kommen. Nicht mit der Macke auf der linken Wange. Mama Bækström hatte bei Stellas Mutter angerufen. Zum Glück war die cool genug gewesen und hatte sie ausgelacht. Minuten später hatte sie Stella eine Woche Stubenarrest aufgebrummt. Kein großes Opfer. Sie hatte zwei lange Bücher auf ihrer Liste gehabt und viel trainiert. Obwohl sie längst bewiesen hatte, dass sie kräftiger war als der dämliche Trottel.

Als er näher kam, abstieg und den Helm absetzte, erhob Stella sich, streunte ein paar Meter in Richtung See. Während Yvonne sich erhob, zu ihrer vollen Größe streckte und Stella nicht zuschauen wollte, wie sie für den Kerl ihre Brüste herausstreckte.

Sie ließ ihren Blick über den kleinen See schweifen. Da war ein Toter drin. In diesem See lag eine Leiche. Zumindest ein Teil davon. Das hatte sie nicht geträumt.

2. Schlaflos, zurecht

> „Verdammter Dreck!“ Leuchtziffern im Schlafzimmer waren die Pest, fand Stella. Zumindest, wenn man ohnehin nicht schlafen konnte. Und das war der Fall.

Sie richtete sich im Bett auf. Sie hatte die Ziffern seit gut 20 Minuten angestarrt. Jetzt war es 01:15 auf dem grünlich flimmernden Display, das sie schon ihr ganzes Leben lang besaß. Eigenartig – aber der Radiowecker war eine der wenigen Konstanten in ihrem geografisch so bewegten Leben. Sie waren oft umgezogen in den vergangenen Jahren. Fast jedes Jahr.

Stella hatte in so viele Ländern in Skandinavien gelebt, dass sie nachzählen musste, wenn man sie fragte. Sie sprach alle skandinavischen Sprachen auf einem guten Niveau. Das fiel ihr leicht. Außer Finnisch. Die Sprache fühlte sich auf ihrer Zunge stets hässlich und verklumpt an. Sie war sich sicher, dass nicht mal die Finnen ihre blöde Sprache mochten. Und jetzt war es mal wieder Schwedisch. Das hatte sie am liebsten. Hätte sie ein Heimatland benennen müssen, wäre ihrer Wahl am ehesten *Sverige* gewesen.

Nackt setzte sich an den Rand des Bettes, stützte den Kopf in die Hände und rieb sich durchs Gesicht. Ihre Zimmer waren stets schlicht. Sie blieben selten so lange, dass es sich gelohnt hätte, mal ein Bild aufzuhängen. Der einzig persönliche Touch in diesem Zimmer war ein Poster der dänischen Band Saybia. Immerhin waren sie jetzt schon fast ein Jahr hier. Der Rest ihres persönlichen Lebens fand in ihrem Computer und kleinformatigen dicken Notiz-Büchern statt.

Schließlich griff sie sich einen Badeanzug aus der Kommode, wieselte nackt in ihr kleines Bad, wo sie den Rest ihrer Kleidung aufsammelte. Eine Minute später schnappte sie sich den Helm beim Herausgehen.

Minuten später schob sie ihre Enduro ein Stück, bis sie sich weit genug entfernt vom Haus glaubte. Sie sprang auf, ließ sich die lange schnurgerade Straße zwischen den Nadelbäumen herunterrollen und irgendwann, 400, 500 Meter entfernt, kuppelte sie ein. Der Motor ruckte kurz, brabbelte. Dann konnte sie vorsichtig Gas geben.

Das Gesicht des Toten hatte ihr keine Ruhe gelassen. Hatte sie den wirklich gesehen? Rückblickend war sie sich kaum mehr sicher. Dabei war das erst ein paar Stunden her.

Das Schild *Sjöbodyt! Ytlamark* erkannte sie im Dunkeln. Das Clubhaus des gleichnamigen Boot- und Ruder-Vereins war ihr vertraut. Bis zu seinem frühen Tod im vergangenen Sommer war Stellas Onkel der Präsident des Clubs gewesen.

Der alte Schlüsselbund wog schwer in ihrer Lederjacke, als sie über den äußeren Steg lief, Anlauf nahm und über die kleine Holzabsperrung flankte.

Sie grinste und öffnete die dunkelrot gestrichene hintere Tür mit dem großen altmodischen Bartschlüssel. Mit drei Griffen hatte sie den Schlüssel zu dem blauen Van und keine Minute später war die 17-Jährige mit dem Wagen auf der Straße.

Sie strich ihre rotblonden Locken hinter die Ohren, blickte in beide Richtungen, bog ab und gab gleichmäßig Gas. Sie fuhr diesen Wagen jetzt, seit sie 15 war. Ihr Onkel hatte vor seinem Tod alles dafür getan. Bei ihrer ersten Fahrstunde im Juni hatte der Fahrlehrer Stella als Naturtalent gelobt.

So ein Trottel. Sie hatte sich beim Einparken verstellen und wie ein dummes Mädchen anstellen müssen.

Die Straßen waren leer um diese Zeit. Jeder halbwegs begabte Trottel hätte um diese Zeit hier Auto fahren können. Und Stella erst recht. Sie konnte alles bewegen, was Räder hatte. Sie hatte als einziges Mädchen ein Seifenkistenrennen auf Färöer gewonnen. Das mochte nicht nur an ihrem fahrerischen Können gelegen haben. Zahlreiche Teilnehmer hatten einen hohen Alkoholpegel gehabt.

Als sie auf die Serpentinen-Straße abbog, schob sie die CD ein und warf sie nach wenigen Sekunden wieder aus. Irgendein Hitparaden-Kram.

Ruhig zog sie ihre Bahn Richtung der großen Kreuzung. Hatte ihr nicht neulich jemand gesagt, dass hier jetzt eine Kamera sei? Sehen konnte sie nichts. Sie bog über die rote Ampel nach links in Richtung Järvsby ab und steuerte den Wagen bis an den Wald heran. In den 234er Parkplatz abbiegend, kurbelte sie die Scheibe runter, um einen besseren Eindruck des Waldes zu haben.

Sie fuhr langsam, konzentriert, bis sie an die Kreuzung gelangte. Nach rechts zum See, an dem sie mit Yvonne gelegen hatte. Sie kannte die Strecke im Schlaf. Aber in dieser Nacht war an Schlaf nicht zu denken.

Nachdem sie den blauen Van vom Bootsclub dicht am See abgestellt hatte, stieg sie aus und lauschte einen langen Augenblick den Bäumen. Außer denen schien niemand hier zu sein. Sie öffnete die hinteren Türen und begann, sich auszuziehen. Minuten später steckte sie in einer Taucherausrüstung, die ihr nur ein klein wenig zu groß war.

Sie verzog den Mund. Stella war muskulös, gelenkig und sportlich. Groß war die Rothaarige nicht. Die Verpackung des Taucheranzuges informierte, dass er für „*Große Kinder*" bemessen war.

Sie sollte nicht alleine tauchen, das war ihr klar. Und nachts im Dunkeln unter Wasser in einem kalten Waldsee ... viel gefährlicher ging es wirklich nicht mehr. Ebenso klar war ihr, dass sie es tun musste. Ihr Oma hatte über sie gesagt, dass Unvernunft und Neugier Stellas stärkste Triebfedern waren. Sie wusste, dass es so nicht stimmte: Tatsächlich war Unvernunft in ihrem Fall vielmehr eine Folge ihrer Neugier.

Das eiskalte Wasser schlug über ihrem Neopren-Schädel zusammen. Sie musste sich aufs Atmen konzentrieren. Im Anzug fühlte der kleine See sich nicht so abartig kalt an, wie es ihr tagsüber vorgekommen war - praktisch nackt mit einem kleinen fetzen Stoff bedeckt. Aber kuschelig war anders.

Stella schaltete die Kopflampe an, orientierte sich und drückte sich langsam vom Rand des Teichs ab. Die Flossen waren ihr ein wenig zu groß und sie konnte nur langsam paddeln, wenn sie sie nicht verlieren wollte.

Weit musste sie jedoch nicht schwimmen durch den kleinen

See. Dann starrte sie ein Kerl wieder an. Sie zuckte nicht zurück. Sie hatte gewusst, worauf sie sich einließ. Und sie war nicht der Typ, der mit heller Stimme herumbrüllte, wenn sie eine Spinne sah. Sie trat die Achtbeiner platt.

Warum nur schwebte dieser Kopf? Sie drehte ihren Schädel so, dass der Lichtfinger, der von ihrer Stirn ausging, am Hals des Toten entlang nach unten glitt. Dort war keine restliche Leiche. Da hatte sie sich nicht getäuscht. Nur der Schädel. Weiße Haut, dunkle Haare, Bartstoppel. Sie empfand das Gesicht als vage südländisch. Schwedisch jedenfalls nicht.

Etwas hatte sich an seinem Hals verfangen. Eine Art Schlingpflanze schien ihr. Sie griff danach. Vorsichtig. Das fühlte sich leicht hölzern an. Mit einem kurzen Ruck löste sie die Pflanze. Der Schädel trieb leicht ab und Stella machte zwei Schwimmstöße hinter ihm her, griff den Schädel mit ihren Handschuhen.

Das fühlte sich eigenartig an. Unerwartet schwammig, leicht glitschig. Nicht wie ihr eigener Schädel. Eher so, als wäre dieser Kopf leicht gepolstert, aufgedunsen.

Vorsichtig zog sie ihn an sich heran, drehte ihn leicht. Nun konnte sie ihm geradlinig ins Gesicht schauen. Eine grobe Wunde klaffte oberhalb und unterhalb des rechten Auges. Blutleer, was falsch wirkte, aber natürlich Sinn gab. Das Auge war verletzt. Aber für Stella sah diese Verwundung nicht tödlich aus. Sein Hals erschien da schon eher lebensbedrohlich. Sie erkannte einen Teil der Halswirbelsäule, Muskeln, Sehnenreste.

Sie war keine Gerichtsmedizinerin, hatte aber eine solide Vorstellungskraft. Das alles sah nicht aus, als hätte ein Tier den Rest des Körpers abgetrennt. Das war eine Axt gewesen. Ein Schwert vielleicht oder eine Säge.

Kürzlich hatte sie mit ihren Eltern diesen alten Film geschaut. „Der Highlander". Da hatte sie sich ein paarmal gefragt, wie das wohl war. Schlug man einen Schädel wirklich mit einem Hieb ab mit einem Schwert? Schwer vorstellbar.

Aber wenn sie hätte raten sollen: Dieser Mann war ermordet worden. Jemand sollte das klären, fand sie. Der Mann musste doch irgendwo vermisst werden. Mit Grauen erinnerte Stella sich an die 6 Stunden, in denen sie befürchtet hatte, ihr Vater sei mit dem Flugzeug abgestürzt. So lange, bis klar wurde: Er war auf einem anderen Flug gewesen. Aber das Gefühl, das entstand, war ihr im Kopf geblieben. Eine Empfindung, als hätte jemand einfach ein Organ aus deinem Körper genommen. Das hatte sich falsch und ungerecht angefühlt und war ihr auch dann noch lange hinterhergegangen, als es sich längst aufgeklärt hatte.

Irgendwo war vielleicht eine Tochter oder ein Sohn, die ähnlich empfanden. Langsam begann sie mit Schwimmbewegungen und begab sich zum Ufer.

Den Schädel zog sie hinter sich her.

3. Melden macht frei, sagt Oma

> Wenn sie hier in Stinarsund lebten, was viel zu selten vorkam, war Stella am Samstagmittag stets bei ihrer Oma. Sie genoss das. Das war das Beste, was Familie für sie hergab. Insofern war ihr klar, dass sie nicht ihre Mutter oder ihren Vater anrufen würde.

Die Sonne stach bereits herunter und Stella hatte sich nach einer kurzen Nach erneut zum See begeben. Sie hatte zuerst die Polizei angerufen. Bis die aus Stinarsund herkamen, würde eine gewisse Zeit vergehen. Sie hatte den Schädel in der Nacht zunächst aus dem Teich holen wollen. Dann hatte sie sich überlegt, dass das eventuell dumm war. Es veränderte die Spuren. Also hatte sie den Schädel vorsichtig dicht unter der Wasseroberfläche festgeklemmt. In der Hoffnung, ihm keine weiteren Verletzungen zugefügt zu haben.

Nachts hatte sie beim Tauchen ohnehin Handschuhe getragen. Nachdem sie die Polizei verständigt hatte, rief sie ihre Oma Lena an und erzählte ihr, dass sie im Wald eine Leiche gefunden hatte. Zumindest den Schädel.

„Stelly – was machst du denn da oben im Wald?“

„Ich war gestern hier und hatte etwas verloren. Deshalb bin ich nochmals hierhergekommen“, log sie ruhig und überlegt. „Ich war eigentlich auf dem Weg zu dir.“

„Warte – wo genau bist du?“

„Am 234er Wanderparkplatz. Von dort aus ein Stück in den Wald und dann...“

„...oben rechts an dem kleinen Teich?“

„Genau.“

„Ich komme rauf. In drei Minuten sitze ich im Auto.“

Das war Stellas Oma, wie sie sie liebte. Lena Nykvist war die wahrscheinlich pragmatischste Person, die Stella überhaupt kannte. Stellas Mutter, Lovisa, hätte vermutlich alleine drei Minuten mit schockierten Feststellungen verbraten. All die *Achs* und *Ohs*, die sie von sich geben musste.

Oma Lena wohnte hinter dem Hügel, näher am Teich als Stellas Eltern im Moment. Der kleine Ort hieß Järvsby. Ein Kaff, das mit den Lachsfischern bekannt geworden war. Dann hatte ein idiotischer Millionär die Lachsrechte gekauft und nutzte sie nicht. Effektiv durften die Einheimischen noch Fische fangen, aber nur wenige. Den Tagesbedarf. Und die Touristen gar nicht mehr.

Lena Nykvist hatte eine Pension betrieben. Als die Touristen ohne den Lachs ausblieben, hatte sie von einem Tag auf den anderen umgesattelt. Das beeindruckte Stella. Ihre Oma schrieb jetzt Kochbücher und veranstaltete geführte Wanderungen durch die dichten Wälder ihrer Heimat.

Sie hatte im Wald zwei Kultstätten entstehen lassen. Eine bestand aus einem Haufen Steine, die sie dort in detaillierter Feinarbeit platziert hatte. Sie behauptete nicht, dass die echt waren. Sie zeigte nur, wie die nordischen Kultstätten ausgesehen haben mochten. Seitdem konnte sie höhere Preise für ihre Wanderungen durchsetzen. Die zweite Kultstätte hingegen bestand aus ein paar lustig geformten Bäumen entlang eines Flusses. Dort konnte man zu diesem ganz besonderen Zweck Fische fangen und sie dann zubereiten wie früher. Selbst Feuer machen mit einem Faden und einem Bogen. Das wurde als Brauchtumspflege durch die Europäische Union sogar gefördert. Schwer zu glauben.

Die Leute rissen sich darum und sie vertrieb diese Erlebnisse über eine WebSite, die Stella für sie aufgesetzt hatte, als sie mit ihren Eltern auf Färöer gelebt hatte. Das vielleicht dunkelste Jahr ihres Lebens. Der Kontakt zu ihrer fast jugendlich wirkenden Oma hatte sie über das Jahr in Fuglafjørður gerettet.

Stelly Nykvist schaute auf den Schädel herab, den sie leicht aus dem Wasser gezogen hatte. Männlich, dunkelhaarig, aufgedunsen. Sie ahnte, dass der Kerl irgendwelche südländischen Vorfahren gehabt haben musste. Schwede war er jedenfalls nicht. Als sein Haar leicht zu trocknen begann, erkannte man, dass der Schädel grau meliert gewesen war, wenn auch nur sehr leicht. Das machte ihn nicht alt. Nur facettenreicher. Sie schob ihn vorsichtig ins Wasser zurück.

Hätte sie dieser Schädel abschrecken sollen? Sollte er ihr Angst machen? Musste sie sich ekeln oder gruseln?

Lena Nykvist traf etwa zeitgleich mit der Polizei ein. Uniformierte und solche in normalen Alltagsklamotten, wie Stella registrierte. Eine Frau – groß, schlank, lange graue Haare. Trockene, schlechte Haut, wie Stella fand. Und ein Kerl mit einem leichten Bartschatten. Muskulös, aufrecht, die blonden Haare ein wenig zu lang und hier und da fast verspielt gelockt. Sahen so Polizisten aus?

Ihre Oma gesellte sich zu ihr, nahm sie kurz in den Arm. Eine muskulöse, sehnige Frau, die erst vor wenigen Jahren 60 geworden war, jedoch jünger wirkte. Sie hatte ihre ehemals rotblonden Haare kurz geschnitten, jetzt, da sie weiß waren. Das Rot, das dem Gesicht jetzt fehlte, holte sie sich über eine rote Brille und auffällige Ohrringe zurück.

„Okay…“, murmelte die große Polizistin mit der schlechten Haut. „Ich bin Linda Nedergren, das hier ist mein Kollege Jakob Nordlund. Und der graue Mann dort hinten mit dem Koffer, der jetzt hier herauf kommt, ist Viktor Swartling. Der kümmert sich um die Untersuchung von Toten und sichert Spuren und so, weißt du?“

Stella blickte sie einen Moment lang an. Was glaubte die Frau, mit wem sie sprach? Zunächst wollte Stella die Klappe halten. Sie wollte es wirklich. „Du musst mir nicht erklären, was der Mann macht. Ich bin keine zwölf. *Weißt du*“, äffte sie die Beamtin mit der schlechten Haut ein wenig nach. „Ich gehe übrigens mit deinem Sohn Nils auf die Schule.“

„Oh – du kennst Nils?“

„Kennen wäre vielleicht zu viel gesagt. Ich denke, er weiß, wer ich bin.“ Stella führte das nicht näher aus, obwohl die Frage entschieden in der Luft schwebte. Spätestens heute Abend würde die Polizistin es wissen. Wenn sie sich traute zu fragen und Nils ein wenig Mut hatte.

„Erzähl uns doch bitte einmal, was passiert ist“, versuchte Jakob es ohne den vermeintlich kindgerechten Ton, den Linda

Nedergren angeschlagen hatte.

Stella nickte, wandte sich um und ging die wenigen Schritte zurück. Sie blieb an dem toten Schädel stehen und die anderen Erwachsenen folgten ihr.

Schulterzuckend erklärte sie „Ich habe den Schädel hier im Wasser gesehen. Ich bin dann dichter heran und habe ihn hier an den Rand gezogen, damit er nicht versinkt oder abgetrieben wird."

Der Spurensicherer mit den wirren grauen Haaren und dem leicht diebischen Gesicht hatte jetzt zu ihnen aufgeschlossen. Er nickte knapp und wandte sich sofort an Stella. „Hast du ihn ... wo genau hast du ihn angefasst?", fragte er atemlos.

„Ich habe ihn an den Haaren gezogen." Sie beugte sich herunter. Respektvoll. Mit dem nötigen Abstand – jedoch ohne Angst. „Hier in etwa", beschrieb sie ein gut faustgroßes Areal auf seinem Kopf. „Ich wollte ihn nur so weit herausziehen wie nötig, um keine Beweise zu vernichten."

Ihre Oma lächelte und nickte ihr bestätigend zu. Sie beobachtete die Szene. Signalisierte mit ihrem Körper, dass sie da war, helfen konnte, wenn Bedarf bestand. Sie wusste aber auch, dass das rotblonde Mädchen, das sich schon durch Schulen in ganz Skandinavien geschlagen hatte, sich von dieser Szene hier nicht beunruhigen ließ.

Der Schädel schien ihre Enkelin nicht im Geringsten zu beeindrucken. „Der Mann hat eine Verletzung hier am Auge", erläuterte sie dem grauhaarigen Mann von der Spurensicherung mit ihrer Stimme, die für den kleinen Körper immer ein wenig zu tief wirkte, wenn sie so sachlich und ruhig sprach.

Ihre Oma nickte innerlich und dachte bei sich, dass ihre Enkelin deutlich weiter war, als die meisten Kinder in ihrem Alter. Schon das Wort „Kind" wollte ihr bei Stella nicht recht über die Lippen gehen, obwohl die Tochter ihres Sohnes immer noch ein wenig klein wirkte und oft für jünger gehalten wurde.

Zumindest so lange, bis sie den Mund aufmachte.

„Was hast du hier oben gemacht?", erkundigte die große Beamtin sich.

„Ich war gestern mit einer Freundin hier am Teich schwimmen. Also die meiste Zeit haben wir natürlich eher in der Sonne gelegen. Aber da habe ich eine Haarspange verloren. Also bin ich noch einmal hergekommen. Und dann habe ich den Kopf da gesehen."

„Wie heißt die Freundin?"

Stella Nykvist nannte fast militärisch Namen, Adresse und Telefonnummer und der Vorzeige-Schwede mit den etwas zu langen Haaren notierte sich die Daten, damit Yvonne das im Zweifel bestätigen konnte. Merkte man, dass sie auf diese Frage vorbereitet gewesen war? Spürten die, dass sie die Wahrheit bei der Geschichte etwas gedehnt hatte?

Diesem Jakob traute sie das nicht zu. Sie verstand nichts von Rängen bei der schwedischen Polizei – aber er war nicht nur jünger – die grauhaarige Große mit der schlechten Haut war sicher seine Chefin. Nicht wie im Fernsehen, wo immer die Männer die Chefs waren.

Sie grinste, wenn sie an den Sohn der Polizistin dachte. Der spielte sich gerne als Chef auf. Hatte er aber nicht drauf. Die Mädchen in der Klasse mochten ihn – aber sie gaben den Ton an. Nicht er.

„Bist du öfter hier, kennst du dich hier aus?"

„Stella lebt dieses Jahr hier. Aber sie hat viele Jahre im Ausland verbracht", erläuterte ihre Großmutter. „So, wie die Kinder, die hier seit 20 Jahren leben, kennt sie sich nicht aus."

„Du bist ... ihre Großmutter?"

„Genau. Stella ist am Wochenende immer bei mir, wenn sie hier lebt."

„Okay ... Wir bräuchten dann auch deine Adresse und die von Stellas Eltern."

Lena Nykvist betete die Daten herunter. Die beiden Ermittler stellten ein paar Fragen, die den beiden Nykvist-Frauen belanglos erschienen. Stella tauschte ein paar Blicke mit dem älteren Kerl von der Forensik. Der hatte den Schädel in einen großen Bottich verlagert und sah ihn sich aus allen Richtungen an.

Stella drehte sich um, ging neben ihm in die Knie und fragte

„Und? Ich hätte gesagt: Axt?"

Er grinste, stieß dann einen ehrlichen Lacher hervor. „Wenn nicht das, dann ein sehr schweres Messer oder ein Schwert."

„Hm ... Leute mit Schwertern sehe ich hier oben nicht so häufig, oder?"

Er sah sie offen an. Dann zwinkerte er ihr verschwörerisch zu. „Typen mit großen Messern schon, oder?"

„Ich dachte mehr an solche mit Äxten. Ich meine: Hier stehen mehr Fichten herum, als der Wald braucht. Fällt man die heute noch mit Äxten?"

„Schätze schon. Ich sehe, du hast dir Gedanken gemacht. Bist auch Ermittlerin im Herzen, hm?"

„Nein. Aber schien mir irgendwie naheliegend."

„Dann meinst du, er wurde hier getötet?"

„Äh..." Stella fühlte sich von einer Sekunde auf die andere dumm. Wie ein kleines Schulmädchen. Eben noch hatte sie sich so clever und auf Augenhöhe mit dem Erwachsenen gefühlt. Aber wirklich durchdacht hatte sie das doch nicht. Sie hatte eine Leiche im Wald gefunden und war intuitiv davon ausgegangen, dass der Mann auch hier getötet wurde. Genaugenommen hatte sie vorschlagen wollen, nach dem Rest seiner Leiche im See zu suchen. Jetzt hielt sie sich zurück. Erhob sich mit einem unbestimmten Nicken.

Die Leute hier spulten längst ein anderes Programm ab. Vermutlich hatte der Grauhaarige mit seinen chemischen Helferlein in seiner Dienstzeit 300 Typen hinter Gitter gebracht. Kerle wie der wussten, wo der Hase lang lief. Und sie äußerte so jemandem gegenüber ihre Ideen. Peinlich.

Die anderen Polizisten hatten die Formalitäten beendet. Der Forensiker erhob sich jetzt. „Sieht aus, als hätte der Mann kurz vor dem Tod einen schlimmen Unfall gehabt. Begegnung mit einer Axt, denke ich. Und Frau Nykvist da drüben teilt meine Meinung."

Am liebsten hätte Stella ihm vor die Füße gekotzt. Was bildete der sich ein? Ein Kerl, der mindestens dreimal so alt war und 40 Jahre Berufserfahrung hatte? Oder hatte der das gar nicht so blöd gemeint?

Sie bückte sich, nahm ihren schwarzen Helm auf und gesellte sich zu ihrer Oma. „Ich fahre hinter dir her, okay?"

4. Was weiß denn ich? Bullen halt!

> Den Samstag hatte Stella mit Lena Nykvist verbracht. Sie waren rauf zum Flusslauf gegangen, hatten vier Lachse gefangen. Der eine davon erwies sich als unfassbar groß. Sie hatten die Tiere auf der Stelle oben zwischen den Bäumen zubereitet.

Das hatte sich gut angefühlt. Ein wenig wie in Stellas Kindheit. Unschuldig, glücklich, leicht. Bevor ihr Vater begonnen hatte, jedes Jahr in einem anderen Land zu arbeiten.

Vor drei Jahren hatten sie zuletzt hier gelebt. Und oft verbrachte Stella ihre Schulferien bei Lena. Praktisch für ihre Eltern, gut für Stellas Herz. Die Enduro hatte Lena ihr gekauft. Stella hatten den Führerschein bei ihrem Vater durchgedrückt, als sie auf Färöer lebten. Und dann waren sie hier angekommen und Lena hatte ihr den Schlüssel überreicht. Nicht so ein lärmender Zweitakter, wie ihn die Jungs fuhren.

Ein Viertakter. Erwachsen. Weniger Leistung, mehr satte Kraft und Ruhe. Sie hätte ihre Oma damals einen ganzen Tag lang umarmen können. Jetzt gab ihr die Maschine die Freiheit, nach der Stella schon im Jahr zuvor auf Färöer gesucht hatte.

Sie hatte bei Lena übernachtet. Ein Abend wie mit einer guten Freundin. Innerlich grinste sie. Vor gut einem Jahr hatten die beiden hier eine Begegnung gehabt. Lena hatte Stella den Rat gegeben, sich nicht dauerhaft mit ihrem ersten Kerl einzulassen. Stella hatte nur eine Sekunde gezögert und ihrer Oma dann erklärt, dass es für diesen Tipp längst zu spät war. Lena war für Stella in den letzten Jahren etwas wie die Mutter geworden, die sie gerne gehabt hätte. Eine enge Vertraute, mit der man offen und vertraut reden konnte. Stellas tatsächliche Mutter war dagegen reserviert und in ihren Erziehungsauftrag verliebt.

Am Sonntagmittag hatte Stella auf dem Rückweg nicht widerstehen können. Der kleine Umweg. Den 234er Parkplatz. Kurz abfahren, mal schauen, ob man von der Polizei noch etwas sah.

Oh ja … das konnte man.

Zwei Zelte standen am Rande des kleinen Sees. Die konnte sie bereits durch die Bäume ausmachen. Mittelgroße Zelte, militärische Farbe. Irgendwo donnerte ein Notstromaggregat im Wald. Ein schwarzer Van zeugte davon, dass Taucher anwesend waren.

Dann war ihr Gedanke also doch nicht so irrsinnig gewesen.

Sie hatte auf dem Weg angehalten und überlegte jetzt, wie frech es war, näher heranzufahren. Da hörte sie unter ihrem Helm hindurch das nervtötende Knattern eines Zweitakters. Sie wandte sich kurz um und erkannte Nils Nedergren, den Sohn der Ermittlerin mit der schlechten Haut.

Mist – das sah jetzt blöd aus.

Er hielt an, schob sein Visier hoch und grinste „Stelly! Was machst'n du hier? Ach – warte. Jetzt kapier ich! Du bist *die kleine Rothaarige,* von der meine Mutter erzählt hat."

„Ich bin rotblond und mittelgroß", erklärte sie ruhig.

Ihr Vater war rothaarig – wie ein Wikinger. Wie sie von Bildern wusste, hatte Stella die Haare der jungen Lena Nykvist. Die hatten eine Generation übersprungen. Ihre Mutter hatte scheinbar gar nichts zu ihrem Genpool beitragen dürfen. Ihre Haare waren straßenköterbraun.

„Ja ja", grinste er und hatte dabei etwas Entwaffnendes. Er war der Typ, der notfalls auch mal ein Problem weglächeln konnte. Darin unterschied er sich von den meisten Typen in seinem Alter. Auch er hatte in Stellas Wahrnehmung einen schier lächerlichen Hang zur Selbstüberschätzung. Ihn hob von der Masse ab, dass er dabei unverkrampft über sich lachen konnte.

„Deine Mutter redet also zuhause über die Fälle?"

„Nicht viel. Oder selten. Aber klar – das hier hat sie mir erzählt. Nur ohne Namen. Den wollte sie nicht nennen. Dabei erfahr ich den doch morgen in der Schule sowieso."

„Ich ahne es. Stand schon was in der Zeitung?"

„Die Pressekonferenz ist erst Morgen. Meine Mutter will die Journalisten hinhalten."

„Sie ist die Chefin, oder?"

„Ja ... zumindest für den Teil. Der andere – dieser Jakob – er wird die Ermittlung leiten. Der ist neu. War erst einen Tag da, als du sie alarmiert hast."

„So jung... sah der..."

„Nein – der hat hierher gewechselt. Kommt scheinbar ursprünglich hier aus der Gegend. War aber in der großen Stadt. Jahrelang. Göteborg, Västerås, solche Sachen."

„Und da kommt der hierher zurück? Weil er auf Dauerwinter steht?"

„Was weiß denn ich?" Er zuckte die Schultern. „Bullen halt. Weißt doch, wie die sind."

„Nee – woher denn?"

Er grinste. „Alle äußerst abgeklärt, ernst und verschworen. Geheime Bunde ... Was soll's – mir egal. Oh – schau: Da oben ist Viktor! Der ist cool. Komm, lass uns da hin." Nils Nedergren gab unvermittelt Gas und fuhr die letzten 50 Meter bis zum See rauf. Stella zögerte nur mit dem Körper. Dann rauschte sie ihm neugierig hinterher, stellte ihre Maschine selbstsicher ab, bevor Nils es tat und rupfte den Helm vom Kopf.

Als ihre rotblonden Locken zum Vorschein kamen, lächelte der grauhaarige Forensiker breit, fuhr sich hektisch durch seine fusseligen Haare.

„Die junge Detektivin!", begrüßte er sie und gab ihr umständlich die Hand. „Ihr beiden ... ihr kennt euch?"

„Eine Klasse", murmelte Nils. „Wieso nennst du sie so?"

„Wie?"

„Na – *Junge Detektivin*. Was kann sie besser als ich?"

„Du", er blickte Stella an, während er mit Nils sprach, „Sie hat hier gestern ganz vorschriftsmäßig diesen Leichenfund gemeldet. Aber weit wesentlicher: Da stand kein junges Mädel, zittern und bibbernd. Da steht eine junge Frau und hat sich Gedanken über den Fall gemacht."

Er trat einen halben Schritt an Stella heran. „Ich hoffe, du hast das nicht in den falschen Hals bekommen. Ich meinte das ernst. Weißt du, wie viele kotzende und heulende Menschen ich seh? Erwachsene in meinem Alter? Und natürlich Bubis wie deinen Freund Nils hier. Aber wie gesagt: auch gestandene Kerle. Denen allen hast du es gezeigt gestern."

Er gab Nils einen leichten Klaps gegen den Hinterkopf, der noch im Helm steckte. „Alle klappen zusammen, wenn sie einen Toten finden. Stella Nykvist hier setzt einen ganz ruhigen Anruf ab. Beschreibt präzise und ruhig, wo sie sich befindest. Erklärt den Kollegen, mit welcher Art Auto sie kommen sollen wegen der – ich zitiere ‚*Bodenbeschaffenheiten*', die hier herrschen. Respekt, meine junge Detektivin – das finde ich schon cool. Und hey, Nils."

„Hm?"

„Deine Freundin hier hat dem Toten ins Gesicht gesehen. Und der Kerl hat eine schwere, hässliche Verletzung."

„Oh – ist das schon die Pressekonferenz?", konterte Nils mit einem dreisten Grinsen.

„Wehe, du erzählst..."

„Ja ja ... Meine Mutter tötet mich. So viel Angst kannst *du* mir gar nicht machen, Viktor."

Er blickte Stella an, deutete mit dem Daumen auf Nils. „Da hat er recht. In dem Punkt ist seine Mutter eine Hexe." Er grinste wieder verschwörerisch „...aber *PSSSSSTTTT...*"

Stella lächelte nun auch unweigerlich. Dieser Viktor erinnerte sie ein wenig an ihren verstorbenen Opa. Immer für einen Spaß gut und bereit, junge Menschen ernst zu nehmen.

Nils stieg vom Motorrad ab, hängte den Helm an den Lenker und winkte den Tauchern kurz zu. Auch die schienen ihn zu kennen. Stella hätte nicht gedacht, dass Nils bei den Leuten so beliebt und bekannt war.

Der Ruf seiner Mutter schien da etwas auszumachen.

Stella trat näher ans Wasser. Die Männer mit dem Van und ihrer Ausrüstung hatten den Platz, auf dem Stella noch vor zwei Tagen mit Linda gelegen hatte, vollständig hingerichtet. Der Untergrund war von den groben Reifen aufgewühlt. Die Grasnarbe war großflächigen braunen Flächen von offener Erde gewichen.

Sie verzog den Mund und blickte den Forensiker mit seinen wirren grauen Haaren neugierig an. „Ob du mich nun ausgelacht hast oder nicht: Ihr durchsucht den See, richtig? Habt ihr was gefunden?"

„Tja ... weiß nicht, ob ich dir das so einfach erzählen kann..." Nils hatte sich zu ihnen gesellt. Jetzt auch sichtbar neugierig.

„Ach komm, Viktor. Meine Mutter hat mich eh geschickt, um dich zu fragen..."

„Du bist ja so etwas wie ehrenamtlicher Mitarbeiter..."

Stella Nykvist steckte die Hände in die hinteren Taschen ihrer Jeans. Sie streckte sich, wusste, dass das ihre Figur besser zur Geltung brachte. Und mit der war sie wirklich zufrieden.

„Hey ... ich bin die kleine Detektivin", lächelte sie. Sie hatte ein gutes Maß gefunden. War nicht obszön gewesen. Nicht zu sexy, nicht zu auffordernd. Das war eher nett. Kokett und unschuldig. Mit einer Spur von sexy. Kluges Mädchen mit hübschen Kurven. Da konnte kein Mann in den 50ern widerstehen. Das wusste sie. Aus Erfahrung.

„Ich sag es Nils. Und wenn du halt frech bist und zuhörst..." Viktor wandte sich demonstrativ zum Sohn der Chefin der Kriminalabteilung um. „Wir haben im Wasser keine weiteren Leichenteile gefunden. Aber wir haben eine reichlich abgenagte Hand dort oben im Wald zwischen den Bäumen aufgespürt. Die hat jetzt keine Fingerabdrücke mehr oder so. Aber die wirkt dennoch eher frisch abgenagt."

„Das bedeutet aber, dass ihr sie dem Mann nicht zuordnen könnt?", erkundigte Stella sich.

„*Noch* nicht jedenfalls", betonte er und hob den Finger, um es zu unterstreichen. Stella nickte und konnte sich die Frage nicht verkneifen. „Geht denn das? Könnt ihr die Hand dem Kopf zuordnen?"

„Schau, Nils", antwortete der Forensiker und blieb gespielt im selben Modus. „Wenn du mich jetzt fragen würdest, ob wir das zusammenbringen können, würde ich sagen: Schauen wir mal, lass mich mal machen. Außerdem wissen wir, dass hier ein paar Weißrussen im Wald gearbeitet haben. Baumfällarbeiten. Kurz vor Weihnachten. Von denen bekommen wir Bilder."

„Der Mann sah nicht direkt wie ein Weißrusse aus", mutmaßte Stella Nykvist und spürte, dass sie den berühmten halben Schritt zu weit gegangen war.

Die Klappe zu halten war keine ihrer Stärken.

Eines ihrer Grundschulzeugnisse aus Norwegen hatte den Satz enthalten „Stella Nykvist leistet wertvolle Beiträge. Sie kann ihren Äußerungsdrang nicht immer ausreichend zügeln." ‚*Words of Wisdom*', grinste sie innerlich, während der Forensiker sie mit einem unbestimmten Blick musterte.

„Wieso nicht? Wieso sah er für dich nicht nach einem Weißrussen aus?"

„Hm ... zu schmal, zu dunkel. Ich war mal in Weißrussland."

„Du warst in Weißrussland? Wieso das denn?"

„Mein Vater baut eine Franchise-Kette aus ... da kommt man überall mal vorbei."

Nils blickte sie distanziert und mit Respekt an. „Du hast in Weißrussland gelebt?"

„Nein ... das zum Glück nicht. Ich war in Minsk und Mahiljou oder wie das hieß. In Summe vielleicht drei Wochen. Also mehr eine Art Urlaub. Aber dort hatten die Leute ungemein breite Schädel. Die haben vor allem mächtige Wangenknochen." Sie demonstrierte das übertrieben an ihrem Schädel. „Selbst die Frauen haben dort breite Schädel. Und der Typ hier ... den hätte ich eher als Spanier oder Italiener eingestuft."

Viktor nickte. „Du hast eine feine Beobachtung, junge Frau. Und du bist weit herumgekommen. Das hilft. Wir werden die Spur dennoch überprüfen. Die ehemalige UdSSR ist ein so vielseitiges Land. Da sind die Leute auch viel herumgekommen und ziemlich bunt gemischt. Und da ist manch ein Kasache dabei, Georgier und Moldawier. Die sehen deinen Spaniern und Italienern schon ähnlicher. Wie gesagt: Ein wild durchmischtes Land."

Sie nickte. Hatte sich nicht so sehr in den Vordergrund spielen wollen.

„Und sonst?", nahm Nils Nedergren seine Pflichtübung wieder auf. „Was kann ich meiner Mutter noch mitteilen?"

„Pfff... noch nix. Der Rest ist viel Kleinkram. Typischerweise werden wir wohl ein Bild des Mannes veröffentlichen und die

Bürger um Mithilfe bitten müssen. Machen wir aber erst, wenn wir die Bilder von den Weißrussen bekommen haben. Die sollen hier im Dezember Weihnachtsbäume geschlagen haben für den Stand unten an der großen Kreuzung."

„So lange liegt der hier schon?" platzte es aus Stella heraus.

„Das kann ich noch nicht genau sagen – aber ja: Ich denke, der hat monatelang unter Wasser gelegen. Bleibt die Frage, wieso er jetzt plötzlich auftaucht. Warst du im See schwimmen?"

„Ja ... ein wenig. Aber eher da drüben, denke ich. Da ist es nicht so tief und nicht so kalt."

Er blickte sie etwas distanziert an. Es schien ihr, dass er ihrer Ausführung keinen besonderen Glauben schenkte. Zu schnell war ihre Erklärung gekommen, zu sinnlos detailliert. Das hatte nach Entschuldigung geklungen, nach Herausreden.

Schließlich murmelte er „Na – da hast du aber Glück gehabt. Sonst hättest du dem Mann vielleicht beim Tauchen unerwartet ins Gesicht geschaut."

„Hm ... Schwein gehabt." knurrte Stella mit der Erinnerung genau dieses Blickes vor ihren Augen. In ihrem Hinterkopf fragte sie sich, wie er auf das Thema „Tauchen" gekommen war. So erging es den Lügnern wohl: Sie wurden hypersensibel.

5. Gelähmt oder aufregend?

> Stella hatte die Schulwoche als langweilig und hässlich empfunden. Immerhin hatte sie ihre Klausur in Englisch mit 98% bestanden. Die eigenartige Lehrerin, die stets etwas angestrengt auf Stella wirkte, hatte ihr daraufhin ein peinliches Gespräch über ihre Zukunft aufgezwungen.

Was sie werden wollte. Was sie plante. Was sie beschäftigte. Kam ein Auslandsaufenthalt in Frage?

Stella hatte nur den Kopf schütteln können. Sie hatte mindestens in fünf Mal so vielen Ländern gelebt wie diese Lehrerin. Was wollte die ihr über Auslandsaufenthalte erzählen? Die „*aktive Nutzung einer Fremdsprache*"?

Ständig fragte sie in letzter Zeit jemand, was sie in Zukunft tun wollte. Was sie werden wollte. Was sie mit ihrem Leben anfangen wollte.

Stella wusste es nicht. Sie hatte keine Ahnung. Jedes Jahr, spätestens jedes zweite, hatte sie in ein anderes Land gewechselt, hatte sich eingerichtet, Freunde gefunden und war wieder gegangen, damit ihr Vater das nächste Land mit seiner Franchise Kette erobern konnte.

Stella hatte gar keine Zeit gehabt, sich solche Gedanken zu machen. So kam es ihr jedenfalls vor. Und jetzt ging die Schule so langsam zu Ende.

Hinzu kam: Schule war ihr immer leicht gefallen. Sie hatte gute bis ausgezeichnete Noten. Immer. Deshalb kümmerte sie sich nicht weiter darum. Sie kümmerte sich um ihr Privatleben. Sorgte dafür, dass sie ein paar Begleiter entlang des Weges fand.

Ihr Privatleben funktionierte in der Woche ganz gut. Sie traf sich einen Abend mit Yvonne. Sie hatte sich einen Film mit Robert DeNiro und Dakota Fanning angesehen, der eigenartig farblos geblieben war. Stella war ohnehin unkonzentriert gewesen. Wenn sie Yvonne um sich hatte, reizte sie sie. Wenn nicht, dann nicht.

Zwei Abende hatte sie mit Nils Nedergren verbracht. Mit dem hatte sie erstaunlich viel gequatscht. Sie waren in die vorgelagerten Schären herausgefahren und hatten Fische gefangen, was sich als bemerkenswert lustig herausstellte. Am Ende waren beide klatschnass mit dem Boot zurückgefahren. Die Fische hatten sie erst am nächsten Abend gemeinsam gegessen. Auf einem Steg samt kleinem Bootshaus, das sich die Familie Nedergren mit zwei weiteren Polizeifamilien teilte.

Stella hatte ihre Augen regelmäßig auf den muskulösen Körper des Jungen gerichtet. An diesen Abenden war ihr klar, dass sie nichts mit einem Mädchen anfangen sollte.

Es war eine etwas unklare Situation entstanden, bei der Nils irgendwann dicht neben ihr auf der kleinen Holzbank gesessen hatte. Stella hatte keine Meinung zu dieser Situation gehabt. Hatte sich mal wieder treiben lassen, wie so oft.

Die leicht unklare Situation hatte etwas Knisterndes. Stella hatte die Augen zusammengekniffen. Es war schon dunkel geworden. Was passierte hier? War der scharf auf sie? Falls ja – wie fand sie das?

Plötzlich hatte es Erschütterungen im Steg gegeben.

Nils Nedergren war mehr oder weniger aufgesprungen. Er hatte sich rasch um die kleine Holzhütte im Wasser herumgebogen. „Mama? Was machst du ... macht ihr denn hier?“, hatte er in einem eigenartig erschrockenen Ton gefragt.

Stella hatte die Sekunden genutzt, die gut erzogene junge Dame herauszukehren, sich die Kleidung geradegerückt, aufrecht hingestellt und Nils‘ Mutter samt ihrer Kollegin Britt Holmberg artig die Hand geschüttelt.

„Wir wussten nicht, dass ihr hier seid...“ Der Blick von Linda Nedergren wieselte zwischen den beiden Teenager aufmerksam hin und her.

„Kein Problem“, hatte Stella sofort geantwortet. „Wir haben sogar noch Fisch übrig, wenn ihr wollt?“

„Oh ... im Ernst?“ Linda Nedergren, die Ermittlerin mit der schlechten Gesichtshaut, hatte ihre jüngere Kollegin angesehen. Sie hatte genickt, ohne zu zögern. „Hier ist ja Platz für vier, falls wir nicht stören...“

Auch Nils hatte nur artig den Kopf geschüttelt. Gentlemanlike hatte er Platz gemacht, Stella und sich selbst auf die beiden kleinen Hocker verfrachtet, damit die beiden Frauen auf der schmalen Holzbank sitzen konnten.

Rasch waren sie auf den toten Schädel am 234er zu sprechen gekommen. Ohne, dass es jemand forciert hätte. Sobald klar war, dass Stella diejenige war, die ihn gefunden hatte, schienen die beiden Frauen nichts Dringlicheres zu tun zu haben, als über die aktuellen Entwicklungen in diesem Fall zu sprechen.

„Effektiv", führte Britt aus und wirkte unzufrieden, „Kann man nicht sagen, dass wir substanziell weiter gekommen wären. Wir haben mit diversen Menschen hier im Umkreis gesprochen, die jemanden als vermisst gemeldet haben. In den kommenden Tagen werden wir die überregionale Presse um Hilfe bitten müssen."

Als niemand eine Frage dazu stellte, preschte Stella Nykvist vor. „Ich habe das Bild des Mannes in der Zeitung gesehen."

„Ja – hat nur idiotische Anrufe gebracht."

„Ja ja ... ich habe mich gefragt: Müsste man nicht eher ein Bild wie das der Leiche nehmen und es modellieren, wie er wohl ausgesehen hat?"

„Wir können das ja schlecht ahnen."

„Na ja – er ist aufgedunsen, oder? Ich habe mir das in der Bücherei einmal angesehen. Da lagert sich Wasser ein. Nach ziemlich klaren Mustern. Jemand wie euer Forensiker wird doch Bildbearbeitungs..."

Die ältere der beiden Polizistinnen prustete förmlich los. Dann merkte sie zwei Dinge gleichzeitig: Den vorwurfsvollen Blick ihres Sohnes und die Tatsache, dass sie selbst merkte, wie gemein das geklungen hatte. Die kleine Rothaarige hatte ja im Prinzip recht.

„Stella ... versteh das bitte nicht falsch, aber das ist hier oben ein wenig anders, als du das aus coolen Fernsehermittlungen kennst. Wir haben für so etwas gar keine Mittel. Oder anders: Ich darf das erst machen, wenn ich der Anwaltschaft zeigen kann, dass ich alle anderen Mittel ausgeschöpft habe. Ich muss zuerst den Weg über die Zeitung gehen. Dann kann ich *vielleicht* in zwei Wochen bei meinem Chef fragen, ob wir Geld für so etwas bekommen. Und erst dann..."

„Ich habe einen Freund in Reykjavik. Der kann so etwas."

Linda stöhnte schwer „Stella ... das erfordert eine Ausbildung, die..."

„Der ist 21. Der macht das, seit er aufrecht stehen kann. Ist wirklich ein Künstler. Ehrlich. Der kann sowas."

„Stella ... steiger' dich da nicht rein, okay? Da liegen eine Fülle von Verwaltungshürden davor, da brauchen wir eine Genehmigung. Da ... ach", sie machte eine abweisende Handbewegung. „Stell dir so einen Polizeiapparat bitte nicht so vor wie im Fernsehen. Im echten Leben dauert das alles länger. Und solche Leute haben einen Tagessatz von ... ach ..."

Stella hatte sich bislang nichts wie im Fernsehen vorgestellt. Sie hatte im Rahmen ihrer Möglichkeiten nach der besten Lösung gesucht. „Also – ich würde tippen: Wenn ich meinen Kumpel frage, macht er das *for free*. Ist ein wirklich netter Kerl."

„Stella..." Beide Frauen schienen synchron den Kopf zu schütteln. Ebenso gut hätte Linda Nedergren „*Dummerchen*" sagen können. Es hätte sich für Stella Nykvist nicht anders angefühlt. Nicht weniger verletzend.

Sie biss sich auf die Lippe und ärgerte sich über sich selbst. Wie schwer konnte das sein? So schwer, wie man zuließ! Das waren doch alles Erwachsene. Frauen mit 30 Jahren Erfahrung im Dienst, schätzte sie. Wenn die nicht auf den Tisch hauen konnten – wer denn dann?

Drei Minuten später verabschiedete sie sich, griff sich ihren schwarzen Helm und machte sich auf den Heimweg. Sie gönnte sich einen Umweg, hatte die Kopfhörer ihres Walkmans tief in die Ohren gepresst. Iron Maiden – 2 Minutes to Midnight. Motorradfahren mit solcher Musik hätte im friedlichen Stinarsund verboten sein müssen.

Napalm screams of human flames
For a prime-time Belsen feast, yeah

Unweibliche Musik, wenn man ihre Mutter fragte. Wenn es nach Stellas Mutter gegangen wäre, hätte man solche Lyrics grundlegend verboten. Und am besten gleich alle Musiker mit schwarzen T-Shirts und langen Haaren. Bevor Stella anständige Kopfhörer gekauft hatte, hatte sich zwischen ihrer Mutter und ihr das Spiel etabliert, bei dem Lovisa ohne Worte ins Zimmer kam und Stellas Musik, vorzugsweise klassische Metal-Klänge, pauschal um die Hälfte leiser drehte. Am Ende hatte das nur dazu geführt, dass Stella noch lauter startete, damit am Ende von den Klängen noch etwas übrig blieb. Kopfhörer waren kein Kompromiss für sie. Sie waren ein Sieg der lauten Musik, die sie ohnehin lieber allein hörte.

Ihr Umweg erreichte ausufernde Züge. Sie passierte die große Kreuzung Richtung Norden am Wasser entlang. Der Blick auf das glitzernde Meer zwischen den kahlen grauen Schärenausläufern unterschiedlichster Größe. Sehr bald würde ihr Vater das nächste Umzugsziel bekanntgeben. Sie merkte das schon an den kleinen Details. Etwa, dass ihre Mutter begann, die ersten überflüssigen Dinge wegzuwerfen, das Haus weniger persönlich zu machen.

Als „Sign of the Cross“ mit seinen leicht gregorianischen Chören begann, wendete sie auf der Schnellstraße, trat den Rückweg an. Sie hatte den Abstand gebraucht, um einen Plan zu fassen.

6. Nenn mich noch einmal so!

> Er blickte in seinen Rückspiegel. Da war das Motorrad wieder! Das bildete er sich doch nicht ein. Wurde er verfolgt?

Spontan bog er die Nächste ab und fuhr vor Flakfors auf die schmale Landstraße. Direkt hinter der Kurve zog er den Wagen in die kleine Einbuchtung. Sekunden später zog das Motorrad bemerkenswert leise an ihm vorbei.

Der Fahrer oder die Fahrerin wirkte erstaunlich klein, fast kindlich auf der schwarzen Maschine. Im Vorbeifahren erkannte er auf der Rückseite des Helms den Schriftzug einer Metal-Band. Also wohl doch eher ein Kerl, überlegte er. Er wartete einen Moment ab, dann zog er wieder auf die Schnellstraße, nahm die übernächste Abfahrt auf die kurvige Straße im Wald, die auch bei bestem Sonnenlicht immer düster wirkte.

„Verdammt!" Da war der Kerl schon wieder hinter ihm. Wie hatte er das gemacht? Er entschied sich und gab Gas. Diese kleinen Motorräder fuhren 80, maximal 90 Sachen. Er preschte mit knapp 120 durch das düstere Waldstück, gab auf der Geraden noch einmal Gas und musste zu seinem Erstaunen feststellen, dass der schmächtige Kerl immer noch hinter ihm fuhr.

Bis zum nächsten Dorf hielt er sein Tempo – die Enduro ebenso.

„Na, dann eben anders", knurrte Jakob angesäuert, ging leicht vom Gas und aktivierte das *„Bitte Folgen"* Schild, das sichtgeschützt in die Blende der hinteren Scheibe integriert war. Er grinste und rechnete mit einem schockierten Bremsen. Nichts dergleichen geschah. Das Motorrad setzte sich pflichtbewusst hinter ihn und folgte ihm ruhig. Einen Moment zögerte er.

In Deutschland hatte es in den 80er Jahren diese Art Attentate gegeben. Ein Motorradfahrer schießt im Vorbeifahren auf einen Polizisten und ... na ja – eigentlich mussten dazu vernünftigerweise zwei Leute auf dem Motorrad sitzen. Jakob war offenbar zu angespannt. Also bremste er, riss die Tür auf, griff im letzten Moment noch seine Waffe, entsicherte sie und ging festen Schrittes auf die Enduro zu.

Der Fahrer öffnete das Visier ... und wirkte jetzt alles andere als männlich. Aus der Nähe erkannte Jakob rotblonde kleine Locken. Schließlich griff die Frau nach dem Helmschloss und zog die Kopfbedeckung mit einer geübten Bewegung vom Kopf. Sie schwang sich rasch und galant von der hohen Maschine und stellte sie sicher ab.

Respekt vor dem Polizisten zeigte die junge Frau in Jakobs Wahrnehmung keinen.

„Deine Maschine da ... ich sage mal so: Wenn du so an mir dran bleiben kannst, ist die fällig."

„Hm?"

„Zu schnell, verstehst mich schon."

„Willst du darüber reden oder über deinen Mordfall?"

Verwirrt blickte er die junge Frau an. Dann begriff er. Er hatte das Gesicht unter dem Motorradhelm nicht gleich zuordnen können. „Du hast den Kerl im See gefunden..."

„Genau."

„Und jetzt fühlst du dich berufen, zu ermitteln?" Er schüttelte den Kopf. Dann lachte er. „Die kleine Nykvist... Von deinem Vater hast du das nicht..."

Sie stutzte „Was? Den kennst du?"

„Sicher. War in derselben Klasse wie ich. Der war auch mal jung, weißt du?" Jetzt grinste er überlegen und Stella fragte sich, was das genau sollte. Mussten alle Bullen so ticken? Sie war fast erwachsen. Da musste man doch Menschen irgendwann mal ernst nehmen.

„Darf ich in meinen Rucksack greifen, ohne, dass du mich mit deiner entsicherten Waffe niederschießt?"

„..." Er griff seitlich zur Waffe und sicherte sie.

„Das ist lieb." Sie legte den Rucksack auf der Sitzbank ab, öffnete ihn und zog einen kleinen Ordner heraus. „Ich habe neulich mit deiner Chefin gesprochen. Ich habe ihr angeboten, dass ich eine Rekonstruktion des toten Gesichtes machen könnte."

„Du?"

„Na ... nicht direkt ich. Eher ein Freund von mir in Reykjavik. Aber das spielt ja am Ende keine Rolle. Ich hab die Rekonstruktion anfertigen lassen."

Er schüttelte den Kopf. Der Blick ungläubig. „Hast du nicht. Das kostet ein irres... Ach so – du meinst: Du kennst jemanden, der dir das so.... for free irgendwie?" Er dachte kurz nach, steckte die Hand herrisch aus und wies an „Zeig mal her."

Sie zögerte. Spürte, dass sie auf diese Macho-Geste fast hereingefallen war. Dabei wollte sie das nicht. Also machte sie einen bewussten Schritt nach vorne, stellte sich breiter auf, sicherer. „Warte, Jakob. Das ist ja nur die halbe Geschichte. Habt ihr mittlerweile eine Idee?"

„Das muss ich dir nicht sagen."

„Dann halt nicht. Lös deinen Scheißfall halt allein." Sie griff die Akte und schob sie in den Rucksack zurück, als seine Hand aus der Drehung nach vorne schoss. Er wollte sie an der Schulter greifen, erwischte sie jedoch nicht und streifte ihre linke Brust.

„Hey! Jetzt aber mal sachte!"

Er riss die Arme hoch, trat einen halben Schritt zurück. Dieser Lapsus war ihm offensichtlich peinlich. Peinlicher als Stella gedacht hätte. Also legte sie nach. „Greifst du allen jungen Mädels einfach so an die Titten? Ist das okay in deiner Position?" Frech drehte sie sich um. „Schätzte, du könntest Glück haben. Verkehrskameras gibt es hier keine!"

„Hey, entschuldige, Nykvist... Das war echt ein Versehen."

„Ja – das ist es bei euch Kerlen ja immer. Möchte wissen, was passieren würde, wenn ich dir einfach zwischen die Beine... Ach, was soll's?" Sie schüttelte genervt und abgeklärt den Kopf und fragte sich innerlich, ob er ihr die Nummer abkaufte.

„Nykvist – bitte entschuldige. Das war ein echtes Versehen. Magst du mir zeigen, was du hast?"

„Okay ... was glaubt ihr, wen ich da gefunden habe?"

„Ganz offen – und das muss ich dir nicht sagen – wir haben noch niemanden in der engeren Wahl. Wir haben alle möglichen Leute befragt. 26, um genau zu sein. Zwei waren sich für einen Moment sicher, dass es sich bei dem Toten um ihren vermissten Mann handeln könnte."

„Hat aber nicht gestimmt?"

„Nein."

„Was ist mit Inger Valquist?"

„Hab sie zweimal verhört."

„Und?"

„Das kann ich dir nicht sagen."

„Ach komm ... dann eben nicht."

„Nykvist! Übertreib es nicht. Ist dir klar, dass ich dir nichts von dem sagen *darf*? Gesetze und so?"

„Dann mach es entweder konsequent gar nicht oder nimm meine verdammte Hilfe an! Mensch. Das Wort Hilfe kennst du schon, oder?"

Er strich sich über die Bartstoppeln. „Kennst du Inger Valquist?"

„Nicht direkt. Wir sind uns zweimal begegnet. Wir waren mit der Schule mal in ihrer Firma. Sie hat einen Vortrag darüber gehalten, was Frauen alles erreichen können."

„Für die Gegend hier haben sie schon ein kleines Imperium, das kann man wohl sagen."

Stella erinnerte sich an die verkrampfte Frau, die nur Weiß und Cremetöne getragen hatte. Ein eigenartig weicher Duft hatte sie umgeben. Alles an ihr hatte teuer gewirkt – aber eher so, als müsste sie sich damit gegen etwas verteidigen. Als hätte sie einen Schutzschild errichtet. Nichts an ihr hatte gesagt „Schau her, ich bin eine Frau und zeige dir, was man als Frau erreichen kann." Stella hatte eher die Botschaft in ihrer Körpersprache gesehen, die sagte *„Ich hatte Glück, niemand ist mir auf die Schliche gekommen. Keiner hat mich durchschaut."*

Hinzu kam: Eigentlich hatte sie das kleine Imperium aufgebaut. Die machten Dinge wie Stadtentwicklung und Investorenberatung. Sie hatte das Unternehmen hochgezogen, aber erst, als ihr Mann auch in die Firma eingetreten war, war das Ding zum Fliegen gekommen. Also eigentlich war die Botschaft an die jungen Mädchen gelogen. Die Geschichte sagte eher *„Du kannst als Frau alles Mögliche gut und richtig machen, brauchst aber einen Mann, der es verkauft und verkörpert"* – Stellas Erinnerungen an diesen Tag waren eher negativ.

„Mir egal“, erklärte Stella. „Meinetwegen soll sie drei Imperien haben. Was sagt sie über das Verschwinden ihres Mannes?“

„Dass er seine Kreditkarte nach seinem Verschwinden noch benutzt hat. Einmal irgendwo in Italien, einmal in Madrid, wenn ich mich richtig erinnere.“

„Hm...“

„Passt das nicht in deine Theorie, kleine Detektivin?“

Er grinste. Überheblich. Aber angespannt. Stella war sich nicht sicher, wie zuverlässig sie seine Körpersprache zu lesen vermochte.

„Nenn mich noch einmal *kleine Detektivin* und ich sage dir gar nichts mehr.“

„Sag mir doch erst mal was. Bislang hab nur ich erzählt. Damit ist jetzt Schluss.“

„Na gut. Ich habe es gesagt: Ich habe diesen isländischen Kumpel, der ein echter Digitalfreak ist. Guter Typ.“ Sie griff in den Rucksack, teilte den Ordner geschickt mit den Fingern und zog ein Blatt in einer Klarsichthülle heraus.

Sie drehte es blitzschnell um und beobachtete Jakob Nordlunds Augen. Nichts geschah. „Was soll das sein?“

„Was das sein soll? WER das sein soll, ist doch die Frage, oder? Hast du mal Bilder von Inger Valquists Mann gesehen?“

„Arvid Valquist? Hm ... in der Wohnung gab es ein Urlaubsfoto von ihm.“

„Das ist er. Das hier auf diesem Bild. Das ist Arvid Valquist.“

„Das hat dein Island-Kumpel gemacht?“

Er griff das Bild, würdigte es eines kurzen Blickes. „Na ja... das ist einfach nur eine jüngere Version unserer Leiche“, erklärte er geringschätzig.

„Nein – das ist eine Version, die nicht durch das Wasser aufgeschwemmt wurde. Dafür gibt es heute Filter.“

„Blödsinn. Der ist einfach nur jünger. Nach irgend einem blöden Muster, das ---“

„Meine Mutter hat ihn sofort erkannt.“

„Deine Mutter? Wieso das?“

„Sie kennt Arvid Valquist. Flüchtig. Und trotzdem hat sie ihn sofort erkannt. Zeigt das Bild seiner Frau. Dann habt ihr die Sache.“

„Ach ... kleine Detektivin ...“

Sie zögerte nur eine Sekunde. Dann griff sie das Bild. „Mach deinen Scheiß alleine, großer Detektiv.“

7. Spielball höherer Mächte

> Stellas Blick fiel auf die gegenüberliegende Glastür. Sie begutachtete die Spiegelung ihres Pos und war ziemlich zufrieden mit ihrer Erscheinung. Sie lächelte sichtbar. Tatsächlich war sie in den letzten beiden Monaten unerwartet noch einmal ein wenig gewachsen. Ihr schien, dass man das sehen konnte.

Als die Tür gegenüber sich öffnete, trat ein gutaussehender groß gewachsener Mann heraus. Er fokussierte Stella, schien sie abzuschätzen. Dann kam er auf sie zu, schüttelte ihr patent die Hand.

Sie begleitete ihn in einem Besprechungsraum, der für zwei Personen entschieden zu groß war. Sie war frech genug gewesen, sich mit der Bewerbung um ihr Praktikum direkt an den Geschäftsführer der Entwicklungsgesellschaft zu wenden. Und er hatte sie eingeladen. Per SMS. Nach zwei Tagen. Wow.

Hätte Stella ein ernsthaftes Interesse an diesem Praktikum gehabt, hätte sie nach spätestens fünf Minuten ein schlechtes Bauchgefühl beschlichen. Gunnar Standlund hatte kräftige dunkle Haare, die er mit Gel nach hinten gezwungen hatte. Hier und da eine graue Strähne. Ein Business-Mann, wie Stella ihn sich auch in einem amerikanischen Film vorgestellt hätte. Misstrauisch machte sie, dass sich so ein Kerl die Zeit für eine kleine Praktikantin nahm.

Sie fragte sich, ob er das nur für Stella Nykvist tat oder ob er das für einen imaginären Svante Nykvist auch getan hätte.

Das Gespräch bestand im Kern darin, dass er der 17-jährigen Dinge über die Bilanz erzählte, die sie unmöglich verstehen konnte. Sie nickte artig und interessiert. Von Stella wollte er praktisch nichts wissen. Für den Job ihres Vaters interessierte er sich. Nach einem möglichen Job ihrer Mutter fragte er nicht einmal. So viel zu den starken Frauen in dieser Firma.

Stella stellte Fragen. Ein paar belanglose. Wie viele Menschen für die Firma arbeiteten. Was die so gelernt hätten. Waren das eher Eingeborene oder kamen die für den Job hierher?

Gunnar lobte ihre klugen Fragen, die sie sich gerade eben ausgedacht hatte. Lobte ihre gute Vorbereitung, die in einem kurzen Scan seiner Website bestanden hatte. Erst dann kam Stella zu den Themen, die sie interessierten. Die Fragen nach seinem Vorgänger. Immerhin der Ehemann der Firmengründerin Inger Valquist. Stella wollte verstehen, wie er als wichtigster Kollege das beurteilte.

Für einen kurzen Moment schien er reservierter zu werden. Dann jedoch plauderte Gunnar ungehindert weiter. Sprach über das Verschwinden des Mannes und was das in der Firma ausgelöst hätte. Auch heute, mehrere Monate danach, trieb die Mitarbeiter das um.

„Du musst sehen: Wir sind hier eine große Familie. Und er war sozusagen ‚Papa' für die meisten hier."

„Und der fehlt natürlich...", vermutete Stella nachdenklich.

„Klar – der Mann war ja eine Art moralische Instanz hier. Wenn so einer verschwindet ... das hinterlässt Spuren. Tiefe Spuren."

Stella räusperte sich und rückte ein wenig näher. Vielleicht streckte sie auch ihre Brüste ein klein bisschen heraus, als sie sich erkundigte „Ich weiß nicht, ob ich das fragen darf – aber was bedeutet das denn für dich? Bitte nicht falsch verstehen, aber: Wenn der wieder zurückkommen sollte? Du hast doch jetzt sozusagen seinen Job, oder?"

Sein Blick ruhte auf Stellas Oberkörper, während er in deutlich langsamerem Tempo antwortete. „Also das ist natürlich alles vertraglich geregelt. Ich war ja jahrelang Unternehmensberater. Und Interims-Manager."

„Was macht ein Interims-Manager? Das habe ich noch nie gehört."

Seine Augen fanden zäh den Weg von ihren Brüsten zu ihrem Gesicht zurück. „Genau das, was ich hier mache: Fehlende Manager ersetzen. Auf Zeit. Temporär. Ich habe mal ein Jahr lang einen Vorstand ersetzt, der mit dem Flugzeug abgestürzt war. Beispielsweise. Oder auch mal zwei Vorstände, die gehen mussten, weil sie die Hand zu tief in die eigene Kasse gesteckt hatten."

„Oh ... das klingt nach einer echten Herausforderung!"

„Das möchte ich meinen."

Er warf einen unauffälligen raschen Blick auf die Uhr und Stella reagierte prompt. „Ich denke, ich habe eine ganze Menge über eure Firma verstanden! Vielen Dank, dass du dir die Zeit genommen hast."

Er verengte seine Augen kurz. Dann erhob er sich. „Ich denke, du würdest gut hierher passen, wenn du uns im Sommer unterstützen würdest."

„Ich ... äh ... würde mich darüber wirklich freuen."

Sie standen sich gegenüber. Gunnar mehr als einen Kopf größer als sie und vermutlich gut dreimal so alt. Als Stella ihm die Hand zögerlich reichte, beugte er sich blitzschnell herunter, drückte sie an sich und erklärte „Wir sind hier eine Familie, sage ich doch." Er erhob sich grinsend. Sie fühlte sich schmutzig und schwitzig.

Später war Stella nicht ganz sicher, wie sie sich verabschiedet hatte. Es kam ihr vor, als sei sie aus dem Gebäude gerannt, was jedoch nicht stimmen konnte. Sie hatte einen Besucherausweis abgegeben, hatte etwas unterschrieben. Daran erinnerte sie sich vage. Am liebsten jedoch hätte die 17-Jährige laut geschrien.

Fühlte es sich so an in der großen weiten Welt? Ein Erwachsener, der ihr auf diese Weise nahekam? War das nicht vollkommen unangemessen?

Als sie wieder wach und klar war, fand sie sich an der kleinen Strandpromenade wieder und blickte aufs Wasser. Was war es – was ging da in ihr vor? Knappe drei Wochen war es jetzt her, dass sie den Polizisten abgebügelt hatte. Drei Wochen, die sie immer wieder an den Fall gedacht hatte. Wochen, in denen sie zunehmend zu dem Schluss gelangte, dass sie eine Spinnerin war. Sie hatte hier keine Aufgabe und würde den Fall nicht lösen. Sie hatte sich in etwas hineingesteigert.

Was ließ sie glauben, dass sie etwas besser wüsste, als die Profis? Nur, weil die Leiche sie betroffen gemacht hatte?

Und jetzt war ihr das doppelt peinlich. Den Polizisten, diesen Jakob, hatte sie abgekanzelt, weil er sie wie ein kleines Mädchen behandelt hatte. Vielleicht hatte er damit Recht gehabt? Sie hatte sich benommen wie in einem Fernsehkrimi. Und dieser Auftritt hier war der letzte in dieser Reihe gewesen. Sie wollte nahe an diese Inger Valquist kommen. Wie sie es drehte und wendete: Sie war sich sicher, dass sie ihrem Mann dort im See in die Augen geblickt hatte. Aber es war eben nicht ihr Job, sich darum zu kümmern.

Jakob Nordlund hatte ihr gesagt, dass der Mann zwar verschwunden war, aber scheinbar irgendwo ins Ausland. Sie wusste von Nils, dass es einen Abschiedsbrief gegeben hatte. Wenige Tage vor Weihnachten war ihr Mann verschwunden. Den Brief hatte sie erst zwei Tage später gefunden. Unter ihrem Kopfkissen. Und dann hatte ihr Mann seine Kreditkarte im Ausland benutzt.

Nach ihrem Wissensstand stockte die Ermittlung.

Die Polizisten gingen davon aus, dass der Mann aus dem See um Weihnachten herum, zumindest im späten Dezember, getötet worden war. Sie hatten alle Vermisstenfälle geprüft. Zwei hatten vielversprechend ausgesehen. Näherer Prüfung hatten sie nicht standgehalten. Also hatten sie den Suchradius ausgeweitet. Wer sagte, dass der Mann von hier stammte? Vielleicht hatte ihn jemand weit weg schaffen wollen? Mittlerweile arbeitete nur noch Jakob an dem Fall. Und sie wusste, dass er noch an mindestens einem weiteren arbeitete.

Vermutlich würde dieser Fall nie aufgeklärt werden.

Gerne hätte sie mehr dazu gewusst. Sie wollte Nils danach fragen, ob man beispielsweise bei den Zahnärzten etwas erreicht hatte. So wusste sie nur, dass die Ermittlungen nicht gut verlaufen waren. Aber Nils hatte sich ein wenig von Stella distanziert. Ganz im Gegensatz zu dem Abend am Steg. Da hatte sie den Eindruck gehabt, dass er ... ach – sie legte den Gedanken zur Seite.

Sie atmete durch. In ihrer Teenager-Welt schien so ein Fall einfacher lösbar zu sein. Vermutlich unterschätzte sie die Komplexität. Ihr Verhalten war ihr jetzt peinlich. Am liebsten hätte sie alles rückgängig gemacht. Das Thema ausgelöscht.

Als ihr Telefon klingelte, riss es sie unsanft aus den freudlosen Gedanken. Sie sah die Nummer ihres Vaters im Display. Hatte sie einen Termin vergessen?

„Papa..."

„Stelly! Rat mal, warum ich dich anrufe!"

Sie kannte diese spezielle Stimme. Diesen Unterton. Es war diese Stimme des Eroberers, der ihr Vater war. Der Wikinger. Sie ahnte, dass er von der Zentrale das neue Land zugewiesen bekommen hatte, in dem sie bis zum nächsten Sommer leben würden. In dem er Niederlassungen eröffnen würde, neue Leute einstellen würde – all das, was ihr Vater schon in so vielen Ländern durchgezogen hatte.

Sie hatte in den vergangenen Wochen gebetet, dass sie einfach mal ein Jahr in Schweden bleiben würden. Sie musste ihren Schulabschluss machen und hatte keinerlei Lust, das am Ende in Finnland zu tun, wo die Leute diese grauenhafte Sprache verwendeten.

Innerlich hatte sie Dialoge geprobt, in denen sie sich aufgerichtet hatte und gesagt hatte *„Papa – in dem Falle bleibe ich bei Oma!"* Würde sie den Satz jetzt brauchen?

„Du hast dein neues Land bekommen?"

„Unser neues Land, Stelly. Nicht meins. Unseres. Rate mal!"

So freudig, wie er war, hoffte sie, dass es Schweden war. Oder zumindest Dänemark. Notfalls würde sie Reykjavik nehmen, wie sie das Land innerlich nannte. Immerhin lebte mehr als die Hälfte der Bevölkerung Islands in der Hauptstadt. Und sie beherrschte die Sprache erstaunlich gut. Kannte das Schulsystem. Sie ahnte, dass ihren Vater das auch freuen würde. Auf der anderen Seite vermutete sie, dass er sich über Schweden nicht so sehr freuen würde. Er sah den Weg in ein neues Land stets als Auszeichnung seiner Erfolge an.

„Dänemark...?" Versuchte sie.

„Versuch noch eins."

„Schweden...?"

„Nein."

„Nicht Finnland..."

„Neeeiin....." Zog er jovial hin. Dann platzte er damit heraus. „Schottland!"

Einen Moment war sie sich sicher, sich verhört zu haben. „Ich dachte", ... versuchte sie, „Du bist für Skandinavien... also ..." Sie kniff die Augen zusammen. Schottland? Das würde sie nur schwer ablehnen können. Immerhin sprachen die Englisch. Und das beherrschte sie fast wie ihre Muttersprachen.

„Das ist eine Beförderung der besonderen Art", erläuterte er. Aufgeregt wie ein kleiner Junge. „Das eröffnet ganz neue Horizonte. Und dort sprechen sie Englisch. Du kannst einen Platz an einer guten Privatschule bekommen. Wir werden voraussichtlich länger bleiben. Zwei Jahre. Dann kannst du in Ruhe deinen Abschluss machen. Nach Landesstandards und schwedischen Standards. Hey – Privatschule! Das ist richtig cool. Und du sprichst doch so gerne Englisch!"

„Hm... ja ... das klingt gut", murmelte sie. „Ich frage mich gerade: Gilt mein Führerschein dort?"

„Na ... die fahren zwar auf der anderen Seite, aber ich denke schon. Wieso?"

„Ich will das nicht mehr missen. Ganz einfach. Wohin genau gehen wir?"

„Edinburgh oder Glasgow. Das können wir uns im Grunde aussuchen."

„Ich freu mich", log sie.

8. **Don't go therra!**

> Scott schwitzte heftig. Stella, die nackt auf ihm hockte, ließ sich ganz langsam auf ihn herabsinken, bis ihre nassen Brüste sich trafen.

„Das war toll", murmelte er mit seinem kernigen schottischen Akzent und presste die weitgereiste Skandinavierin an sich. Stella drückte sich fest gegen ihn und kaute an seinem Ohrläppchen. Sie war geistig noch ganz woanders. Sie fand es auch toll. Aber sie wollte eigentlich am liebsten gleich wieder loslegen.

Ihr Unterleib glühte und zitterte. Verlangte nach mehr. Bemüht zärtlich biss sie Scott Campbell in den Hals, dann wieder ins Ohr. Sie spürte eindeutig in sich, dass er darauf stand, dass ihn das scharf machte.

Der Kerl war sechs Jahre älter als Stella. Und doch hatte sie nicht den Eindruck, dass sich in den sechs Jahren so viel in Menschen entwickelte. Auffallend war jedoch: Er hatte eine eigene Wohnung. Unweit des Calton Hills, also in einer höchst anständigen Lage von Edinburgh. Er hatte sie geerbt – denn von seinem Gehalt als Detective Constable hätte er sich ein solches Objekt nicht leisten können.

Als sein Telefon klingelte, zuckte er zusammen. Es war kurz nach 11 Uhr abends. Beide ahnten, was das bedeutete. Soweit das mit der nackt auf ihm liegenden Frau möglich war, sprang er blitzschnell auf und hob den Hörer ab. Schon am Ton erkannte Stella, dass hier etwas passiert war. Etwas Ernstes.

Sekunden später legte er auf und zischte. „Scheiße, verdammt. Wir haben eine Tote. Direkt hier oben auf dem Hill!" Er zeigte vage in Richtung des dritten Stockwerkes. Dann stutzte er, kratzte sich am Kopf und begann eilig, seine Kleidung zu suchen.

Er sprang in seine Jeans und Stella musste grinsen, als sie sah, wie viel Mühe ihm das in seinem Zustand bereitete. Beinahe wollte sie sagen *„Sei vorsichtig mit dem Reißverschluss!"*

„Da musst du jetzt ... also – ich nehme an, da bist du die ganze

Nacht?“

„Wahr-schein-lich“, quälte er hervor, während er sich in die restlichen Klamotten warf. Eine Minute später knallte er bereits die Wohnungstür zu.

Eine Zeit lang lag sie nackt auf dem Rücken, kühlte ab und starrte zur Decke. Stella und Scott hatten sich in einem Pub kennengelernt, wenige Wochen, nachdem sie in Edinburgh angekommen war. Mittlerweile waren sie ein Paar.

Eines mit unklaren Aussichten. Stellas Schulabschluss näherte sich mit großen Schritten. Und immer noch hatte sie keine Idee entwickelt, was danach kommen würde. Vielleicht blieb sie noch ein Jahr in Edinburgh. Die Stadt gefiel ihr und ihre Eltern würden noch ein Jahr hierbleiben.

Nach einer ganzen Zeit, in der sie nachdenklich an die Zimmerdecke gestarrt hatte, rollte sie sich ein, legte die schützende Decke über sich. Sie konnte kaum sagen, was es war – aber dieses ‚*wir* haben eine Tote‘ löste in Stella Nykvist immer etwas aus. Da war ein Zusammenhalt, da gab es Bande, die Stella stärker erschienen als etwa bei ihrem Vater und seinen Kollegen.

Ihre Mutter Lovisa arbeitete seit einigen Monaten bei einer schottischen Bank. Das hatte sie vor Jahren einmal gelernt. Wenn sie über ihr Arbeit berichtete, hatte Stella den Eindruck, dass dort mehr gegeneinander als miteinander gearbeitet wurde. Da ging es darum, wer was wann zu wem gesagt hatte und ob die Nuancen aus dem letzten Vorstandsbriefing exakt wiedergegeben worden waren. Ob jemand im Meeting mit dem Bereichsleiter das richtige Kostüm getragen hatte und falls nein, was das für die Karriere bedeuten mochte.

Das alles schien Stella maximal unbedeutend.

So würde sie nicht arbeiten.

Bei dem, was Scott tat, ging es um handfestere Dinge. Solche, die ihr wichtig und ernsthaft erschienen. Da gab es Befehle, Strukturen, ein klares Ziel.

20 Minuten später kletterte sie auf den Calton Hill. Das Blaulicht war schon auf dem Weg nach oben zu erkennen, als sie den schmalen Pfad von der London Road aus hinauflief. Au-

fregung, Hektik. Uniformen. Sie erkannte Männer der Polizei. Und solche, die zur Feuerwehr oder einer Art Katastrophenschutz gehörten. Es wurde mit militärischer Gründlichkeit abgesperrt.

Stella hielt ihren Kopf leicht zu Boden gerichtet. Sie hatte die Kapuze ihres schwarzen Metal-Hoodies über den Kopf geworfen.

Keinesfalls wollte sie, dass einer von Scott Campbells Kollegen sie erkannte. Das würde er hassen. Das wäre ihm peinlich. Und er hatte Recht damit. Solche Dinge gehörten nicht an den Schauplatz eines Verbrechens.

Aus den stark schottisch gefärbten Gesprächen der beiden Paare neben ihr hörte sie heraus, dass eine junge Frau gefunden worden war. Vergewaltigt und ermordet. Hier oben auf diesem wunderschönen, zentral gelegenen Berg.

In den vergangenen Wochen, in denen sie viel Zeit mit Scott verbracht hatte, waren sie oft hier gewesen. Eine tolle Aussicht auf die Stadt, die Stella lieben gelernt hatte. Bei Tag und Nacht fühlte sie sich hier oben wohl. Manchmal lernte sie hier für die Schule.

Ein Mord dieser Art riss ein Loch in das Herz einer solchen Stadt. Eine Zeit lang würden viele Leute den Hügel meiden. Andere würden genau deshalb herkommen. Vielleicht Bilder machen. Auch Stella fühlte sich eigenartig betroffen. Spürte, wie sehr sie das bewegt, wie sehr es das Empfinden für die Umwelt zu verdunkeln schien.

Sie schüttelte den Kopf. Scott konnte sie in der Hektik zunächst nirgendwo entdecken. Erst nach einiger Zeit hatten ihre Augen sich auf die Umgebung ausreichend eingestellt. Da erkannte sie ihn neben zwei Männern um die 40, die mit ernsten Gesichtern auf den toten Körper blickten, den die Polizisten so weit abschirmten, wie ihnen möglich war. Einen hochgerutschten engen Rock konnte Stella dennoch erkennen. Das Kleidungsstück war eingerissen, sie erkannte Blut auf dem Schenkel der Frau.

Scott nickte pflichtbewusst neben den Männern, schien

Aufträge anzunehmen, machte sich Notizen. Kontrollierte Hektik. Jeder hier schien zu wissen, was zu tun war, welche Rolle er hatte, was von ihm verlangt wurde. Sie nahm nur zwei Frauen wahr. Beide in der schwarzen Uniform. Der Rest waren Kerle. Einige wirkten grob, kräftig, fast bedrohlich auf sie.

Nach einiger Zeit hatte sie genug gesehen, wandte sich um. Sie lief den Weg herunter, passierte die große Kreuzung an der London Road und macht einen Abstecher in den kleinen Laden an der Ecke. Sie wollte eine Dose Bier und ein paar Chips mitnehmen.

Den Inder, der eine wilde Mischung aus schottischem Akzent und seiner Heimatsprache verwendete, verstand sie erst beim dritten Mal. Dann begriff sie, hielt ihm ihren Ausweis hin und er nickte nach einiger Zeit. Auch in zehn Jahren würden die Leute noch wissen wollen, ob sie schon 18 war.

Mit einer Crisp-Packung der irrwitzigen Geschmacksrichtung „Prawn Cocktail“, wie man sie nur in Großbritannien bekam, lief sie die Straße herunter. Das Bier steckte in der Bauchtasche ihres Hoodies. Das würde sie zuhause trinken. Auf der Straße würde sie ohnehin nur wieder dumm angemacht werden und jemand würde „*Toddler*“ hinterherrufen oder Ähnliches.

Die Schotten waren kulturell völlig anders als die Skandinavier. Rauer. Aber herzlich und offen. Sie mochte das.

Kurz, bevor sie in die Straße einbog, in der sie sich hier in Edinburgh niedergelassen hatten, registrierte sie das eigenartige Flackern, das aus der Straße zu kommen schien. Dann begriff sie: Dieses Flackern hatte sie eben noch auf dem Berg oben gesehen. Sie beschleunigte ihren Schritt. Schließlich rannte sie, als sie den Krankenwagen vor ihrem Haus erkannte. Die Bierdose in ihrem Hoodie schlug ihr immer wieder gegen den Bauch. Diese Detail-Erinnerung sollte ihre verwirrenderweise lange im Kopf bleiben.

Sie erblickte ihre Mutter, die von einer großen, kräftigen Polizistin in Uniform gestützt wurde. In ihrer Hand hielt sie ein Handtuch. Die Nachbarn von gegenüber standen auf der Treppe.

Aufgeregt, die Hände vor der Brust verschränkt.

Cynthia, die Nachbarin mit der tiefschwarzen Haut, erkannte sie als erste. Sie löste sich von der Treppe, fing Stella ab, Tränen in den Augen. Was sie sagte, klang wie „don't go therra" und war von der eigenartig ansteigenden Satzmelodie am Ende geprägt.

„don't go therra"... sie würde diesen Satz ihr Leben lang in sich spüren. Den Klang der Stimme, die flackernden Farben, die mitleidigen Blicke.

„don't go therra"

9. Zweiundvierzig

> Yvonne Jónsson blickte Stella von der Seite an. Sie gab sich Mühe, ihr den Freiraum zu lassen, den sie benötigte. Stella trug schwarz, wenn auch ausnahmsweise kein Metal-Shirt, sondern etwas „angemessenes“, wie ihre Mutter verlangt hatte. Sie hatte auf Schminke weitgehend verzichte, um nicht verschmiert herumzulaufen, falls sie weinen musste.

Vom Bootshaus blickten sie auf das Meer hinaus. Die Sonne malte ihren Schatten auf das wabernde Wasser.

Das Clubhaus des Boot- und Ruder-Vereins *Sjöbodyt! Ytlamark* war ihr seit Jahren vertraut wie ein zweites Wohnzimmer. Wie schon beim Tod ihres Onkels hatten sich die Familie und Freunde eingefunden. Die Beerdigung ihres Vaters erschien Stella jetzt, eine Stunde später, bereits absurd weit weg zu sein. Wie auch eine Beerdigung abstrakt auf sie wirkte. Nun lag sein Körper in einer Holzkiste oben auf dem Hügel von Ytlamark. Dabei war er in so vielen anderen Ländern zuhause gewesen.

42 Jahre alt war ihr Vater geworden. Nicht einmal so alt wie sein Bruder, den sie knappe zwei Jahre zuvor mit 43 zu Grabe getragen hatten. Auch da hatte ein Herzinfarkt das Leben früh beendet. Sehr genau erinnerte Stella sich daran, wie sehr ihre Mutter seitdem auf ihren Vater eingewirkt hatte. Ihn immer wieder zu allen Untersuchungen getrieben hatte.

Auf die Ernährung hatte er achten sollen. Auf Kaffee verzichten. Der Herzinfarkt war bei den Nykvist-Männern das größte familiäre Risiko – das wussten sie. Ihre Oma Lena hatte ihren Mann auch bereits mit knapp 60 Jahren verloren.

Yvonne legte ihr die Hand auf die Schulter und irgendwann wandte Stella sich um und presste sich an ihre große Freundin. Erst jetzt rann ihr eine Träne übers Gesicht. Sie wischte sie verstohlen weg.

Am Grab hatte sie nicht geweint. Sie hatte einen Kloß im Hals gehabt. Aber nicht geweint. Keine Träne am Grab.

In Edinburgh hatte sie furchtbar geheult. Zwei Tage lang. Sie war fast den gesamten zweiten Tag durch die Stadt geirrt. Am

Ende in einer Gegend gelandet, in der sie vollkommen verwirrt war und sich nicht mehr zurechtgefunden hatte. Schließlich hatte sie ein Taxi nehmen müssen. Der Tag war weg. Verschwunden. In ihrer Erinnerung gab es ihn nicht. Sie konnte nicht sagen, wo sie an diesem Tag gewesen war. Erst ab der Taxifahrt setzte ihre Erinnerung wieder ein.

Dann hatten sie sich um die Überführung ihres Vaters gekümmert. War das wirklich erst wenige Tage her?

„Wie geht es jetzt weiter?" wollte Yvonne wissen.

Stella löste sich von ihr. Schluckte. „Wir sind noch zwei Tage hier. Dann fliege ich zurück. Meine Mutter kommt nach."

„Wieso fliegst du schon?"

„Ich hab Prüfungen. Sind nur noch wenige Tage. Ich muss dort sein. Die Briten sind da grob. Tod eines Familienangehörigen rettet dich vor nichts. Sonst muss ich das ganz Jahr wiederholen. Und noch eine Schule schaffe ich nicht."

„Oh Mann..."

„Ja ... auf der anderen Seite: Hier bin ich auch keine Hilfe." Sie blickte hinter sich. Über 50 Leute befanden sich im Bootshaus, das sie heute exklusiv für sich hatten. Über 100 waren am Grab gewesen. Niemand sollte in diesem Alter sterben.

„Lass uns ein bisschen rausfahren", schlug Stella vor und blickte Yvonne mit feuchten Augen an. Die große Freundin nickte. Zehn Minuten später befanden sie sich auf dem Wasser und Stella navigierte durch die kleinen und mittleren Schären und ihre Ausläufer.

„Hast du eigentlich schon eine Idee, wie es weitergeht?"

„Wie was weitergeht?"

„Nach dem Abschluss. Du kommst zurück?"

Stella zuckte mit den Schultern. „Wo ist bei mir ‚zurück'? Hier in Stinarsund? Kann sein. Hier ist meine Oma, vielleicht auch meine Mutter. Aber was mache ich hier?"

„Du hast doch immer noch Traum-Noten in der Schule, oder?"

„Schon, ja. Warum?"

„Na – ich hatte angenommen, du willst studieren? Das ist

doch…"

„Weiss nicht." Stella lenkte und verlangsamte das Boot. Sie hielt auf eine der größeren Inseln zu. Hier und da angelte jemand. Auf einer der kleineren Inseln hatten sie ein junges Paar gesehen, das in der Sonne zu schlafen schien. Der Himmel war sommerlich blau. Posterqualität. Aber außerhalb der direkten Strahlen war es noch kalt.

„Ich weiß es noch nicht so richtig. Ich hab überlegt, zur Polizei zu gehen."

„Zur Polizei?"

„Schon. Oder Psychologie studieren. Mal sehen. Oder beides."

„Stella – zur Polizei? Was … wegen deines Freundes, diesem Scott?"

„Nee … das hat damit nichts zu tun. Scott ist wohl auch eher so eine Bett-Sache … Weiß nicht."

„Aber Psychologie und Polizei – das spielt doch in vollkommen verschiedenen Klassen. Polizisten bekommen für zu wenig Geld den Schädel eingeschlagen. Wer will denn das?"

Sie spürte eine körperliche Ablehnung in sich aufsteigen. „Ich rede ja nicht von der Streifenpolizei", murrte sie.

„Das ist wahrscheinlich auch eher nichts für Frauen, denke ich."

„Na ja – aber Kriminalpolizei beispielsweise."

„Mit deinem Schulabschluss? Du kannst doch woanders viel mehr Geld verdienen. Hattest du nicht mal Kontakte hier bei der Stadtentwicklung?"

„Bei der Stadtentw…? Ach so – du meinst bei diesen Investoren. Bei Valquist."

„Genau."

„Das … ja … aber das war nicht so mein Ding."

„Hm…"

Es dauerte einen Moment, bis Stella das so recht verdaut hatte. Dann wurde sie wütend. „Mann! Yvonne – du bist der erste Mensch, dem ich das bislang gesagt hab! Und dir fällt nix Besseres ein als *ui … such dir lieber einen gutbezahlten Bürojob*? Im Ernst? Wie lange kennen wir uns?"

Sie schlug wütend auf das hölzerne Lenkrad. Dann warf sie den Motor an und wendete das Boot wortlos. Mit einem male verriss sie das Lenkrad. Sie starrte herüber auf eine Insel weiter rechts. Entschlossen steuerte auf die Insel zu.

„Stella ... was...?"

„Warte mal! Pssssst!" Sie gab noch einmal Gas, schaltete den Motor dann aus und ließ das Boot gleiten. Sie näherten sich der Insel, an deren Rand man ein kleines Boot sehen konnte. Motorisiert, aber kleiner als das, was Stella Nykvist bewegte.

„Ich will ... verflucht sein..." Murmelte sie. Yvonne war näher an sie herangetreten, berührte sie jetzt.

„Was zur Hölle, Stella..?"

„Siehst du die beiden nicht? Die haben sich doch gerade geküsst! *Intensiv* geküsst, meine ich. Der bekommt seine Zunge ja kaum wieder aus ihrer Speiseröhre!"

„Ja – na und? Kennst du die?"

„Das sind Gunnar Standlund und Inger Valquist."

„Die beiden Geschäftsführer von der Standentwicklungsgesellschaft?"

„Genau. Und Inger ist ... ich denke, dass ich ihren Mann damals in dem See gefunden hab."

„Stella...." Yvonne strich sich übers Gesicht. Als ihre Hand ihre dunklen Augen wieder freigab, hatte ihr Blick sich verdunkelt. „Wir haben eben gerade deinen Vater unter die Erde gebracht ... und du fängst schon wieder mit diesem..." Stellas Blick war starr auf die Insel geheftet, wo nun plötzlich der große gewachsene Mann seinen Oberkörper, der in einem blauen V-Pulli steckte, erkennbar umwandte. In einer Sekunde würde er sie anstarren!

Stella zuckte kurz, dann wandte sie sich rasch um, umarmte ihre Freundin und küsste sie. Sie küsste sie fest auf den Mund, drückte sie leicht herunter, presste sie an sich, um nicht erkannt zu werden. Nach einer ersten Verwirrung spürte sie die Hitze, die in ihrem Körper aufstieg. Sie nahm den Druck zurück, aber ihre Lippen blieben aufeinander. Hatte Yvonne ihren Mund leicht geöffnet oder träumte sie das?

Sie zögerte. Ließ ihre Lippen leicht auseinandergleiten. Kein Druck. Leicht lagen ihre Lippen aufeinander. Yvonne stützte ihre Hand an ihr ab. Sie strich zart und vorsichtig über Stellas Rücken. Zurückhaltend und suchend.

Eine stramme Welle erfasst das treibende Boot. Seitlich. Beide mussten sich abstützen, suchten Halt. Stella griff eine Halterung aus Metall, schnappte Yvonnes Hand und fing sie auf. Sie wich ihr intuitiv mit dem Blick aus. Strich sich über die Lippen, schamhaft. Blickte dann zu der kleinen Insel herüber.

„Sie schauen nicht mehr“, erklärte ihre Freundin.

„Okay ... Das war ... knapp“, murmelte Stella, richtete den Blick starr aufs Wasser. Dann wandte sie sich ab. Nach einer Weile, in der kein Wort auf dem Boot fiel, startete sie die Maschine. Im jetzigen Winkel waren sie von der Insel aus nur schwer zu erkennen. Stella steuerte einen großen Radius um die kleine Schäreninsel herum. Aber sie war sich sicher: Das da drüben waren Inger Valquist und Gunnar Standlund gewesen.

Wenige Minuten später waren sie wieder am Bootshaus angelangt. Stellas Mutter stand mit ihrem Onkel auf dem Steg. Er war der Letzte der drei Brüder, der jetzt noch am Leben war, ging es Stella durch den Kopf. Der Jüngste von dreien. Ihre Mutter hatte sich auf seiner Schulter abgestützt. Aus der Ferne hätte man meinen können, dass Stellas Vater dort auf den hölzernen Bohlen stand. Die roten, lockigen Haare, die kräftigen Schultern. Sie war gefangen von dem Anblick. Ihren Vater würde sie nie mehr so sehen. Bevor sie in Hörweite kamen – der Motor war bereits ausgeschaltet – fragte Yvonne sie von der Seite leise „Sehen wir uns morgen Abend?“

10. **Gaffer!**

> Stella Nykvists Konzentration war dahin. Es war nicht nur der Tod ihres Vaters. Es war dieser Satz von Yvonne, der ihr im Kopf geblieben war. Die eigenartig widersprüchlichen Empfindungen, die jetzt damit verbunden waren. Sie hatte nicht gefragt, ob sie sich am nächsten Tag sehen konnten.

Es war ausdrücklich um den Abend gegangen.

Nachdem sie sich geküsst hatten.

Da schwebte doch etwas drin. Ein Versprechen. Eine Botschaft. Der Hauch einer unbekannten Erotik. Verbotener Grund. Unentdecktes Terrain.

Und gleichzeitig diese eigenartige Wut. Die Auflehnung. Warum hatte Yvonne ihre zart blühende Idee so entschieden abgelehnt? Fast in den Schmutz gezogen? Nicht alle Polizisten ließen sich für wenig Geld den Schädel einschlagen. Schon die Formulierung ärgerte sie maßlos.

Wie lange kannten die beiden sich?

Brutto oder netto war da die erste Frage. Stina war nahezu jeden Sommer in Stinarsund. Yvonne immer ein Teil ihres Lebens gewesen. Die Königin ihrer SMS-Abrechnung. Nie hatten sie sich aus den Augen verloren. Immer waren sie sich nahe gewesen – ganz gleich auf welche Entfernung.

Handgeschriebene Briefe, SMS, teure Long Distance Calls... Dennoch überlegt sie jetzt, ob Yvonne nicht auch immer ein wenig bieder gewesen war. Die Vernünftige. Ihre Mutter Lehrerin. Yvonnes Vater vertretender Leiter des Zoll-Amts. Ein gut bezahlter Job. Wahrscheinlich höchst langweilig, vermutete sie. Aber ein lieber Kerl. Wie auch ihre Mutter.

Beide waren bei der Beerdigung gewesen. Sie waren Familie.

Aber nicht nur diese Gedanken trieben Stella um, als sie früh an diesem Morgen aus dem Bett kroch. Sie hatte sich noch im Morgengrauen auf ihre Maschine geschwungen. Die Enduro hatte in Schweden bleiben müssen. Jetzt war sie einen Moment lang froh darum. Sie war eine 18-Jährige, deren Vater gestorben war. Unerwartet. Im Ausland. Sie hatte also das gottgegebene

Recht, sich undurchsichtig zu benehmen. Ohne, dass man ihr zu viele Fragen stellen würde.

Sie hasste sich dafür und vielleicht war es eine Übersprunghandlung. Aber bevor die Sonne richtig aufging, war ihr Blick auf das Haus von Inger Valquist gerichtet. Das Haus lag in einer kleinen Ansiedlung, in der sich sieben repräsentative Holzhäuser befanden. Eine Stichstraße der Hauptstraße, die über den Kamm führte und am oberen Ende zum Haus führte, in dem ihre Mutter gerade im Bett lag. In die andere Richtung ging es herunter in die Stadt Stinarsund.

Vor dem Haus von Inger Valquist parkte ein großer Volvo. Schwarz mit getönten Scheiben. Einer dieser glattgelutschten Geländewagen, die seit einigen Jahren im Trend lagen.

Sie musste grinsen, als sie bemerkte, dass gerade einmal ein Haus weiter exakt dasselbe Modell stand. Nur einen kleinen Ton heller lackiert. Sie sah auf die Uhr. Wann verließen solche Leute denn das Haus? Hatten die nichts Ernsthaftes zu tun?

Ihr Vater war immer früh ins Büro gegangen. Aber dem hatte sie nie im Gebüsch gegenüber auflauern müssen. Musste sie auch jetzt nicht. Sie wollte es.

Neugier und Unvernunft. Die stärksten Triebfedern, die ihre Oma an ihr ausgemacht hatte. Immer häufiger fragte sie sich, ob nicht auch Sex dazu gehörte. Sie hatte mit 15 erstmals mit einem Jungen geschlafen. Seitdem hatte sie diesbezüglich nur kurze Phasen des Stillstandes erlebt.

Jungs zu erobern fiel Stella leicht. Sie wusste ihre Reize einzusetzen. Das hatte sie schnell begriffen. Wollte sie etwas Körperliches, bekam sie es. Und eigentlich wollte sie es ... Ihre Gedanken wurden unterbrochen, als sie jemanden aus dem hinteren Haus kommen sah. Der Besitzer des anderen großen SUVs.

Ihre Augen verengten sich. Sie wollte Inger Valquist beobachten. Nicht diesen Kerl. Aber was machte der hier? Waren die etwa Nachbarn - Inger Valquist und Gunnar Standlund? Die lebten in nebeneinanderliegenden Häusern? Der Kerl, der die Position ihres Mannes eingenommen hatte, war ihr Nachbar? Der Typ, der Stella bei dem Vorstellungsgespräch im letzten

Jahr so unangemessen umarmt hatte, lebte im Haus neben der Firmengründerin?

Gunnar warf den Wagen an. Er gab sinnlos viel Gas, wie Stella fand. Sie zuckte hoch. Müsste sie den verfolgen? Gedanken rauschten durch ihren Kopf. Nein – sie wollte die Frau beobachten. Sie wollte ... genau genommen hatte sie innerlich längst die bestmögliche Entscheidung aus Neugier und Unvernunft getroffen. Sie wollte in das Haus von Inger Valquist ... Erneut öffnete sich die Tür des hinteren Gebäudes.

Eine Frau in den 40ern trat in einem Kostüm auf die Treppe. Elegant, dezent, schlank und fast ein wenig unauffällig. Sie schien sich umzusehen. Dann wandte sie sich um, ging ins Haus zurück und kam Sekunden später mit einer Strickjacke über dem Arm wieder heraus.

Im nächsten Augenblick zog sie im Auto an Stellas versecktem Beobachtungsposten vorbei. Die 18-Jährige lag immer noch flach in ihrem Gebüsch und fixierte das Haus von Inger Valquist. Dort tat sich etwas. Dort konnte sie Bewegung sehen. Allerdings in einem Winkel, den sich durch die Gardinen nicht ausreichend einsehen konnte.

Verdammt. Sie schob sich weiter zur Seite, kniff die Augen konzentriert zusammen. In einem Spiegel konnte sie die Frau erkennen. Die lief in schwarzer Unterwäsche durchs Haus, schien ihre Ohrringe zu fixieren. Sei blickte in den Spiegel, drehte sich, schien ihre Figur zu prüfen. Als würde sie sich auf ein Date vorbereiten.

Als Stella Nykvist der Frau über die Schulter blickte, musste auch sie selbst an ihren Abend denken. Was würde geschehen? Hatte Yvonne nach dem eigenartigen Kuss auf dem Boot den Willen, mehr zu probieren? Sie merkte, dass ihr Herzschlag anstieg.

Dann kam ein Wagen die Hauptstraße hinauf, bog auf das Arrangement der Häuser ein. Der Wagen von Gunnar Standlund. Hatte scheinbar etwas vergessen. Stella fragte sich ohnehin, warum die nicht beide mit einem Wagen zur Arbeit fuhren, wenn sie schon nebeneinander wohnten und in derselben Firma arbeiteten.

Dann erkannte sie, dass er mit raschen Schritten blitzschnell den Weg zu Inger Valquists Haus überwand. Mit zwei Sätzen war er die Stufen hinauf gerauscht. Er schien zu klingeln. Sie blickte ins andere Zimmer und erkannte Inger in ihrer schwarzen Unterwäsche. Vermutlich rief sie jetzt etwas wie *„Sekunde – ich komme gleich"*. Wahrscheinlich fuhren die beiden doch gemeinsam zur Arbeit.

Dann jedoch stutzte Stella. Inger hatte sich umgewandt, war vom Wohnzimmer hinüber in den Hausflur geglitten und öffnete die Tür.

In ihrer Unterwäsche.

Als sie das nächste Mal aus ihrem Versteck heraus einen Blick auf sie erhaschen konnte, begriff sie erst vollständig, was geschehen war. Gunnar Standlund presste die schlanke Frau gegen die Wand. Wenige Augenblick später konnte sie erkennen, dass Ingers Hand in zielsicher in seiner Hose verschwand.

Stella schwitzte plötzlich, kam sich jetzt wie ein Spanner vor. Was ja auch zutraf. Sie hatte mit allem Möglichen gerechnet – damit nicht. Sie konnte die kleinen Brüste der schlanken Frau sehen – nackt, weiß. Als sie Gunnar die Hose über den Hintern streifte, drehte Stella sich weg. Inger hatte sie kaum über sein straff stehendes Glied bekommen.

Da fuhr dieser Kerl also offiziell zur Arbeit und kam kurze Zeit später wieder, um mit der Nachbarin ins Bett zu springen? Am frühen Morgen? Direkt neben seinem eigenen Haus? Hatten die keine Angst, dass die Nachbarn…?

Stella schob ihr Motorrad ein ganzes Stück weit nachdenklich die Straße entlang, um keinen Lärm in der einsamen Gegend zu verursachen. Sie durfte jetzt nicht auffallen. Keinen blöden Fehler machen.

Langsam verdaute sie die unerwartete Erkenntnis. Scheinbar hatte sie sich nicht getäuscht, als sie geglaubt hatte, die beiden auf einer der kleinen vorgelagerten Inseln zu sehen. Und schließlich kamen Fragen in ihr hoch. Was bedeutete das denn für diesen Fall? Da ersetzte der Nachbar ihren verschwundenen

Mann in der Firma. Und scheinbar ersetzte er ihn auch im Bett.

Interims-Manager sei er gewesen, hatte er Stella im vergangenen Jahr gesagt. Interims-Lover wohl auch. Das mochte ja alles passieren unter Erwachsenen, überlegte Stella sich, als sie ihr Motorrad startete und die Straße hinab nach Stinarsund fuhr. Aber falls Ingers Mann der Tote war – sah das dann nicht ganz anders aus? Stand der Kerl dann nicht automatisch unter Mordverdacht? Hatten die Ermittler mit dem überhaupt schon einmal gesprochen?

Sie musste mehr erfahren.

11. Everywhere but here

> Höchst gelangweilt schaute er aus seinem engen Büro, das heute unangenehm warm und stickig war. Er nahm einen Schluck Cola - auch die war nur leidlich kalt und somit nicht so erfrischend, wie sie in der Werbung immer suggerierten.

Irgendwann fand sein Auge den Weg auf den kleinen Besucherparkplatz. Spontan verzog er das Gesicht und starrte auf das schwarze Motorrad.

„Das kann doch nicht wahr...“

Er kniff die Augen zusammen, aber als sie den Helm abnahm, war er auch auf die Entfernung sicher: Das war diese verrückte kleine Maus, die ihn im vergangenen Jahr genervt hatte. Ihre Haare waren etwas kürzer. Sie schien dennoch irgendwie weiblicher auf die Entfernung. Zwei Männer blickten ihr hinterher, während sie ihre Haare zurecht wuschelte und sich in Richtung Eingang bewegte.

War das nicht alles ziemlich genau um diese Jahreszeit gewesen? Sicher. Der Fall war gut ein Jahr alt. Er lag noch bei ihm auf dem Sideboard. Da war er gerade nach Stinarsund zurückgekehrt. Nach fast 20 Jahren in den großen Städten im Süden. Er hatte zwei Gänge herunterschalten wollen und schon am zweiten Tag hatte es diesen Fund gegeben, hatte er gleich wieder am Samstag arbeiten müssen. Dabei hatte er seiner Frau das Gegenteil versprochen, als sie aus Göteborg hierhergezogen waren. In die nordische Provinz! So war der Druck auf ihn von Tag 1 an groß gewesen. Er hatte sie überredet, aus ihrer Heimatstadt wegzuziehen. In so ein *„Fischer-Kaff“*, wie sie sich ausdrückte.

Was wollte jetzt die kleine Rothaarige hier?

Er rauschte energisch aus seinem Büro, nahm die Treppe die beiden Stockwerke hinunter. Als er unten eintraf, hatte die Kleine den Mann am Empfang schon mit Beschlag belegt.

Sie erhaschte einen Blick auf Jakob Nordlund. Nur aus dem Augenwinkel – aber sie reagierte blitzschnell, zeigte auf Jakob und sagte zu seinem Kollegen hinter dem Tresen „Mach dir keinen Stress – ich nehme den Herren dort." Sie blickte ihn an. „Vorausgesetzt, du hast Zeit für mich? Sonst wende ich mich an eine deiner Kolleginnen."

„Nein – kein Problem…" zischte er und musste sich etwas zügeln. Sie war schon im vergangenen Jahr frecher gewesen, als er tolerieren sollte. Er vermutete, dass sie jetzt volljährig war und der aufmüpfige Charakterzug sich mit einem zusätzlichen Lebensjahr bei Stella verschärft hatte.

Er würde das dämpfen, da konnte sie sicher sein.

Als Erstes entschied er, sie die Treppe hoch zu zerren und nicht komfortabel im Fahrstuhl zu fahren. Zwei Stockwerke, in denen sie sich keinen peinlichen Gesprächen in unangenehmer Enge hingeben mussten. Stattdessen lief er vor ihr, sprach nach vorne, setzte seine Botschaften ab, ohne ihr Feedback entgegennehmen zu müssen.

„Du willst über die Ermittlung sprechen, hm? Dachte mir schon fast, dass wir uns noch einmal sehen werden. Wir haben ja noch kein finales Ergebnis ermitteln können. Dabei hast du uns ein ganzes Jahr Zeit gegeben. Wir können ja nur so gut ermitteln, wie wir es können. Nicht so wie deine Isländischen…"

Mit einem Mal bemerkte er, dass es hinter ihm leise geworden war. Eher aus dem Augenwinkel heraus. Er wandte sich um, hielt an und erkannte, dass Stella einen Treppenabsatz weiter unten stehen geblieben war. Ihr Blick traf ihn offensiv.

„Was machts du da unten, worauf wartest du?"

„Ich hatte den Eindruck, wir wollten uns hier unterhalten."

„Hä?"

„Na – du diskutierst die Ermittlungen scheinbar gern auf der Treppe, also bleibe ich stehen, damit wir uns darauf konzentrieren können. Wenn du hochläufst und von mir weg sprichst, verstehe ich unter dem Hall unserer Schritte *exakt nichts*."

Er atmete tief ein. Das war schief gegangen. „Lass uns in mein Büro gehen." Anschließend verbeugte er sich theatralisch „*Wenn Mylady mir folgen möchten?*"

Sie nickte und lächelte. „Aber sicher."

Dass es ihr dabei gelang, sich mit einer geschickten Bewegung an ihm vorbeizuschlängeln, ärgerte ihn. Plötzlich führte sie, lief vor ihm die Stufen hinauf und er musste ihr auf den Hintern starren, der in ihrer hellblauen Jeans zugegebenermaßen scharf aussah.

Verdammt. Hatte er das gerade wirklich gedacht?

Sie eilte vor ihm durch die Tür, blieb stehen und sah sich um. „Das Büro dort hinten in der Ecke."

Augenblicke später, als sie sich setzten, empfand er sein Büro als miefig und eng. Er erhob sich, öffnete das leicht getönte Fenster und lockerte seinen Kragen. Sie hatte Helm und Rucksack auf den Boden gestellt und sich gesetzt, ohne etwas zu sagen. Nur ihre rotblonden Locken hatte sie zurückgestrichen. Sie trug eine blaugrüne Farbschattierung auf den Lidern, die die Farbe ihrer Augen fein hervorhob. Sie wirkte jetzt erwachsener auf ihn. Hübscher vielleicht – vor allem aber weiblicher, wie eine echte Frau. Weniger mädchenhaft.

„So ... du ... hast also ... verdammt", stammelte er leicht desorientiert. „Ich habe deinen Namen vergessen, Nykvist."

„*Stella* Nykvist", gab sie neutral zurück. Noch ein Punkt für sie.

„Okay. Was treibt dich hierher? Möchtest du mit mir über den Fall – oder wie auch immer wir das nennen wollen, sprechen?"

„Deshalb bin ich hier. Ich habe in der Tat ein paar neue Erkenntnisse. Ich möchte..."

Er griff nach der Akte auf dem Sideboard, die unter zwei anderen begraben lag. Ohne sie anzusehen, blätterte er darin herum. Stella sprach derweil weiter.

„..mit dir gerne über den Stand sprechen. Ich weiß, du hältst mich für ein dummes Teenager-Mädchen, aber..."

Er warf ein großes Schwarzweißbild auf den Tisch. Es glitt schwer über die hölzerne Platte und Stella musste blitzschnell nach vorne zucken, um es aufzufangen.

Sie griff es, hielt es näher vor die Augen und Jakob erkannte, dass sie kurz aus der Fassung war. Einen Augenblick nur.

Das Bild zeigte Stella, damals 17, in einem Van des Bootsclubs. In der Nacht, bevor sie den Schädel gefunden hatte.

„Du weißt, wo das ist?“

„Das ist die große Kreuzung.“

„Oben am Kamm. Dort, wo man zum 234er abbiegt. Vielleicht … sagen wir mal … so etwa fünf Fahrminuten von dem kleinen See entfernt?“

„Schätze schon.“ Sie nickte. Jetzt hatte sie ihre frechen Augen gesenkt, ihren Blick zu Boden gerichtet.

„Dachtest du, wir sitzen hier nur auf der faulen Haut rum?“

„Keinesfalls.“

„Du erinnerst dich an Viktor Swartling?“

„Sicher. Euer Forensiker.“

„Eben jener. Der fragte sich rasch, wie dieser Schädel sich eigentlich plötzlich bewegen konnte. Wenn der dort unter Wasser gelegen hat – warum ist er dann plötzlich ans Ufer gespült worden, hm?“

„Das …“

Er unterbrach sie barsch. „Ich sage es dir. Der Van auf dem Foto gehört dem Bootsclub. Du bist in der Nacht dort im See tauchen gewesen. Ich weiß nicht warum, aber ich werde es dir im Zweifel beweisen können. Du hast den Mann vermutlich nicht getötet. Vielleicht weißt du aber, wer es ist und willst, dass wir es endlich herausfinden? Du hast doch da Aktien drin, das ist doch klar.

Mal ernsthaft: Hältst du mich für so blöd? Unsere ganze Organisation für Deppen? Du klaust den Tauch-Van aus dem Bootsclub deines Vaters und schipperst damit nachts durch die Gegend? Wenn du willst, kann ich gerne mal mit deinem Vater sprechen! Der hat dich offensichtlich nicht im Griff. Ich kann dir heute noch deinen Führersc…“

„Kannst du nicht.“

„Oh doch!“

„Du kannst nicht mit meinem Vater sprechen. Wir haben ihn gestern beerdigt.“

Die Stille schmerzte. Dann stieß Jakob sich vom Tisch ab, rollte mit seinem Stuhl zurück. „Gott-ver-dammt!“ Er sprang auf und strich sich durch die Haare, sah erneut aus dem Fenster.

„Entschuldige bitte. Das tut mir leid. Verdammt.“ Er hielt

sich die Hand vor Augen. „Der war doch noch jung!"

„Etwa dein Alter. Herzinfarkt. Liegt in der Familie", gab Stella ruhig zurück, den Blick weiter auf den Boden gerichtet. Jakob Nordlund setzte sich auf das Fensterbrett und versuchte sich an einem anderen Gedanken, scheiterte aber.

„Stella – das tut mir wirklich leid. Das wusste ich nicht. Deshalb bist du wieder hier in der Stadt?"

„Korrekt. Wir haben ja ein Haus hier. Ich fliege nach Edinburgh zurück, mache meinen Abschluss. Ich bin nur ... ganz kurz da. Also keine Angst, ich verschwinde wieder."

Sie erhob sich unerwartet, setzte sich neben ihn auf das Fensterbrett, ohne ihn anzusehen.

„Jakob ... bitte, versteh mich nicht falsch. Ich will dir nicht in deine Arbeit pfuschen." Sie machte eine bedeutsame Pause, schien sich eine Träne aus dem Auge zu wischen. „Ich habe dich genervt letzten Sommer. Das tut mir leid. Ich bin nicht die *kleine Detektivin*, für die du mich hältst. Im Gegenteil.

Aber vielleicht gestehst du mir zu, dass mich dieser Fall beschäftigt. Und nicht nur das."

„Was noch?"

„Für mich persönlich. In meiner komischen Situation. Mir würde es besser gehen, wenn ..." Sie kaute sich offensichtlich auf der Lippe. „...falls du mir den Gefallen tun könntest, mir darzulegen, wo ihr steht. Und wenn du einen Blick auf meinen ... Input ... werfen könntest."

„Du wolltest *Beweise* sagen?"

„Nennen wir sie doch ‚*Hinweise*'. Ich bin kein kleines Kind, Jakob. Ehrlich. Und es geht mir nicht drum, Detektiv zu spielen, okay? Aber ich kann nicht ruhig schlafen seitdem. Und ich sage dir auch ganz offen: Ich sehe da Hinweise."

Er atmete tief durch, nahm ihren Duft wahr. Da war eine schwere dunkle Note ihres Parfums, aber auch der Geruch von Leder, von Benzin. Der Duft der Motorradfahrerin. Eine fast maskuline Note. Sie wirkte so wenig kindlich auf ihn. So ernst, so gestählt gegenüber dem Vorjahr.

Er nickte langsam. „Ich kann dir das unmöglich zeigen." Er

stieß sich ab und Stella beobachtete ihn, wie er aus einer Box mit kleinen quadratischen Zetteln den obersten Griff und mit schneller Schrift darauf schrieb. „Wir müssen das außerhalb dieser Mauern machen. Ich darf dir den Ermittlungsstand nicht mitteilen. Und ich will nicht, dass mir da am Ende jemand einen Strick daraus dreht."

Er faltete den Zettel, drückte ihn ihr in die Hand. „Da. Heute Abend um sieben. Ich zeige dir die Ermittlung – und du sagst mir in Gottes Namen, was du anders siehst. Aus deinen ... Quellen."

Stella nickte ernst „So machen wir es." Sie griff den Zettel und stopfte ihn eine Sekunde später ungesehen in ein winziges Fach im Inneren ihres Motorradhelms. Sie hängte sich rasch ihren Rucksack über die Schulter, ging zur Tür und wandte sich noch einmal um.

„Danke, dass du mich wegen meiner kleinen Nachtfahrt nicht verpetzt hast."

Er wollte etwas Passendes antworten. Doch bis ihm etwas Schlagfertiges eingefallen war, hatte sie sich bereits umgedreht. Er konnte nur noch ihrem ungewöhnlichen Duft hinterher schnuppern. Und ihren frechen kleinen Po selbstbewusst davon wiegen sehen. Der war zugegebenermaßen toll. Und er wettete, dass ihr das bewusst war.

12. **Auf dem Holzweg**

> Stella verbrachte den halben Tag im Schneidersitz auf ihrem Bett und sortierte, was sie hatte. Dann schnappte sie sich ihr Notebook und tippte die Informationen in einer strukturierten Reihenfolge, die ihr logisch erschien, herunter. Simpel, kein großes Layout. Sachlich, ordentlich nummeriert und ohne Tippfehler. Darauf legte sie Wert.

Sie hatte einen Ausdruck des Fotos beschafft. Schon auf dem Rückweg von der Polizeistation hatte sie angehalten und ein Bild von ihrer Perspektive gemacht, aus der heraus sie die beiden nackigen Betrügenden beim Liebesspiel im Valquist-Haus beobachtet hatte. Auch das druckte sie aus.

Sie ging alles noch einmal durch und schwankte. Mal fühlte sie sich tatsächlich detektivisch, fast spielerisch, begeistert. Dann kam sie sich gleich darauf wieder lächerlich vor. Wie ein Teenager, der ein Detektiv-Set zu Weihnachten bekommen hatte, mit dem Pinsel die Fingerabdrücke der Familie sicherte und Probleme hatte, Spiel und Wirklichkeit zu unterscheiden.

Ihre Mutter war bei zahlreichen Verwandten unterwegs. Es gab viel zu klären. Stellas Vater hatte scheinbar nicht nur eine ausnehmend üppige Lebensversicherung besessen. Seine Firma hatte eine Weitere abgeschlossen, die drei Jahresgehälter an ihre Mutter zahlte, falls ihr Vater bei seinen Auslandsaufenthalten sterben sollte. Keiner hatte das gewusst. Das gesamte Erbe war von diesen Fragestellungen betroffen. Am Ende auch irgendwelche irrwitzigen Beträge, die sie betrafen. Stella schien das alles surreal und weit weg. Sie schirmte sich dagegen ab. Ganz bewusst.

Der Tag war intensiv für sie gewesen, hatte sie durch inhaltliche Höhen und Tiefen geführt. Und immer wieder ertappte sie sich bei einem Gedanken *„Das muss ich mit meinem Vater besprechen“ „Wenn ich das meinem Dad erzähle“ „Dad wird sich freuen, das zu hören“...*

Das Muster war mannigfaltig. Und irgendwann lag sie auf ihrem kargen Bett in diesem Zimmer mit dem Saybia-Poster.

Geschüttelt von einem Weinkrampf, der sie bislang verschont hatte.

Sie hatte keine Ahnung, wie viel des Tages bereits vergangen war. Schließlich raffte sie sich auf, stellte sich unter die Dusche. Und erst, als sie sich mit ihrem Duschgel einrieb, ging ihr der erschreckende Gedanke durch den Kopf, dass sie den Abend mit Yvonne verbringen wollte. Das Thema, das sie unbedingt klären musste. Für sich. Für ihr Innerstes.

Sie spürte, wie dieses Thema sie durchzuckte, ihr zuerst heiß im Bauch wurde, dann zwischen den Beinen, und sie kaum noch wusste, wie sie diesen Gedanken wieder verdrängen sollte.

Noch nass tippte sie eine Nachricht an Yvonne, die sagte, dass sie vor halb neun oder neun nicht bei ihr sein könnte.

Prompt kam zurück

:-(.... verstehe ich natürlich

Für eine Sekunde zuckte ihr Daumen, wollte sie ihre Freundin anrufen, mit ihr sprechen, sich rückversichern. Sie wollte ihr erklären, dass der Grund für ihre geplante Verspätung nicht der Tod ihres Vaters war. Sie nahm davon Abstand. Dann zog sie ihre unpraktischste dunkelrote Unterwäsche an, die an den Seiten in leichter Spitze endete. Die lief an den Hüften leicht hoch und ließ ihre Beine länger erscheinen.

Das Rot stand ihr. Das wusste sie. Dennoch überprüfte sie es im Ganzkörperspiegel im Bad. Sie lächelte sich zu. Ja – so mochte sie sich.

Mit Blick auf die Uhr schnappte sie sich den kleinen Zettel mit der Adresse, die der Polizist ihr gegeben hatte. Sie schlitzte die Augen misstrauisch, musste kurz überlegen, bis sie die Metrik begriff.

Es handelte sich um eine Steg-Adresse. Die gab es unten an der Küstenlinie. Leicht nördlich von der zentralen Promenade, knapp oberhalb vom Bootsclub. Die Adressen gaben mit einem Buchstaben den Steg an und mit einer römischen Ziffer die Nummer des Hauses.

Die meisten dieser ikonischen Holzhäuser waren ausgesprochene Ferienhäuser und gehörten Leuten aus dem Süden. Oder aus dem Westen. Menschen, die keinen Zugang zur Küste hatten. Die meisten trugen den zehnten Anstrich, einige bunt, die meisten in schwedischen Traditionsfarben. Die Häuser der deutschen Besitzer waren normalerweise fast schwedischer als die der Einheimischen.

Nur einig wenige in dieser Traumlage waren im Besitz der Einheimischen. Ganz selten Polizisten. Die konnten sich die vermutlich nicht unbedingt leisten.

Einen Moment zögerte sie. Sie hatte die Adresse idiotischweise nicht geprüft, als er ihr sie gegeben hatte. Stella war eine gut trainierte junge Frau. Sie hatte in Schottland zudem Zeit in Kampfsportarten investiert. Dennoch erschien ihr die Idee, sich mit einem Kerl von Anfang 40 unten am Steg zu treffen, mindestens ungewöhnlich. Auf der anderen Seite war der Mann Polizist.

Sie verzichtete darauf, sich zur Entscheidungsfindung auf die Lippe zu beißen, griff ihren Helm entschlossen und schnappte sich ihre Lederjacke mit den Schulterpolstern. Minuten später bewegte sie sich Richtung Stadt, bog zum Hafen ab und nahm einen Weg unten entlang des Schärengartens, den man mit dem Auto nicht verwenden konnte. Zwei Poller, die nur die Feuerwehr versenken konnte, verhinderten das. Mit dem Motorrad rauschte sie hindurch und lächelte. Dann rollte sie mit wenig Gas im hohen Gang leise heran. Schließlich schaltete sie den Motor im Fahren ab und ließ sich an den Steg heranrollen.

Was hatte Jakob im vergangenen Jahr für einen Wagen gehabt? Einen silbernen Kombi. Kleineres Modell – an die Marke erinnerte sie sich nicht. Aber als sie das Fahrzeug sah, erkannte sie es.

Sie stellte ihr Motorrad neben seinem Wagen ab. Dann jedoch schob sie es drei Parkplätze weiter. So, dass man es nicht sehen konnte. Die vorsichtige Stella in ihr stieg ab, warf einen blickt in den Mülleimer und entnahm ihm zwei Bierdosen. Sie trat beide flach und legte sie so vor die Vorderräder, dass sie beim Anfahren für ein kurzes Durchdrehen der Räder und einen Schlag im Unterboden sorgen würden.

Paranoia – vielleicht. Erhöhte Sicherheit – schon eher.

Erst dann schlich sie fast schwebend über den Steg bis zum Haus Nummer VII – das Vorletzte an diesem Steg, welches seitlich in den schroffen grauen Hang des engen Fjords gebaut war. Auf der anderen Seite grenzte es an den fast endenden Steg. Eine schwedische Traumlage. Bilderbuch-Schweden. So sah Urlaub aus.

Das mittelgroße Haus war nicht falunrot gestrichen, wie beinahe alle, sondern hellblau. Das Einzige auf dem Steg in dieser Farbe. Es schien eine Heizung zu haben. Zumindest verfügte es über einen Schornstein. Keine Selbstverständlichkeit hier.

Als sie näher kam, erkannte sie, dass seitlich hinter dem einfachen Holzhaus auf dem Steg Licht brannte. Sie passierte das Haus, blickte um die Ecke und schaute auf den blonden Polizisten mit dem stoppeligen Bart, der über einer Akte brütete.

Sie kam näher. Jakob schien sie nicht gehört zu haben und zuckte herum, als sie gegen die Holzwand klopfte.

„Jesus!“ Er griff ans Ohr und nahm seinen Kopfhörer heraus. Dann blickte er auf die Uhr. „Oh…“, murmelte er. „Hatte wohl die Zeit vergessen.“

Er gab sich Mühe, erhob sich wohlerzogen und bot ihr einen Platz gegenüber auf dem groben Holzstuhl mit den breiten Armlehnen an. Als sie sich setzte, fielen ihre Ellbogen praktisch ins Leere. Der Stuhl war für breit gebaute Männer gemacht, nicht für schlanke Frauen in roter Spitzenunterwäsche. Sie war sich plötzlich sicher, dass man die bei der hiesigen Beleuchtung erkennen konnte. Hoffentlich setzte sie keine falschen Akzente, ging es ihr durch den Kopf.

Sie erschnüffelte einen Geruch, den sie kannte, obwohl sie das einem Bullen gegenüber kaum zugegeben hätte. Sie konnte die Bewegung ihrer Nase nicht verhehlen und er sah sie konzentriert an, warf einen Blick in den Aschenbecher. Die krumme Selbstgedrehte sprach eine eindeutige Sprache. Er lächelte subtil. „Ich habe dich wegen deiner Nachtfahrt auch nicht verpfiffen, korrekt?“

Sie nickte rasch. „Gleichstand.“

„‘n Bier? Ich habe…“, er beugte sich über eine kleine Kühlbox, „auch solches Light-Zeug.“

„Dann gern.“

Er griff hinein, öffnete die Büchse und reichte ihr die helle Dose mit der goldenen Schrift. Es schien sich um deutsches Bier zu handeln.

Sie prosteten einander zu. Stella bemerkte, dass Jakob Nordlund hier draußen nach einer kleinen Portion Cannabis nicht mehr derselbe Mensch war wie der aus dem Revier. Er wirkte bedeutend entspannter, kumpelhafter. Aber das Thema „Entspannung“ war in ihrer Wahrnehmung das Beherrschende.

Er deutete mit der kräftigen Hand auf die Akte vor ihm. „Ich habe mich da noch einmal reingewühlt.“ Er sah sie durchdringend an. „Möglicherweise haben wir das … mit dieser Ermittlung. … nicht ganz so perfekt gemacht, wie ich in Erinnerung hatte.“

Stella nickte ruhig, ohne das zu kommentieren.

„Okay – lass mich mal damit anfangen, was wir wissen. Und eins noch einmal ganz klar: Lese ich davon in der Nyheter … töte ich dich, klar?“

„Ich habe keine Ambitionen in dieser Richtung. Da kannst du sicher sein.“

Sein Blick haftete ungewöhnlich lange auf Stella und sie fühlte sich seltsam. Vielleicht trainierten richtige Bullen das. Sie hatte bei Scott schon beobachtet, dass er diesen Dirty-Harry Blick, wie sie ihn innerlich nannte, aufsetzen konnte. Immer und sofort, wenn es die Situation erforderte.

Jakob, den sie in Phasen fast als lächerlich jungenhaft empfunden hatte, beherrschte diesen Gesichtsausdruck offensichtlich ebenso. Und er hatte ein paar zusätzliche Jahre Training.

Schließlich nickte er. „Okay. Ich fang mal vorne an.

Wir haben von vornherein drei Stränge in dieser Ermittlung verfolgt.“ Er hob die Hand und zählte mit den Finger auf. „Erstens: Was bekommen wir über den Schädel heraus? Zweitens:

verschwunden gemeldete Personen aus der Region. Drittens sehr schnell: vermisste Personen aus anderen Regionen.

Der dritte Strang kostet immer unglaublich viel Kraft. Den hasse ich.

Okay – zum ersten Bereich. Wir haben den Schädel untersucht. Mann, späte 30, frühe 40. Das kann man an den Zähnen ziemlich sicher sagen. Die Plomben waren entweder schwedisch oder dänisch. Da waren wir uns schnell sicher."

„Darf ich was fragen?", wagte Stella sich konzentriert vor.

„Deshalb sitzen wir hier, oder?"

„Okay ... in meiner Welt war ich immer davon ausgegangen, dass man zentral etwas mit den Zahnärzten..."

„Nein. Das ist ein weit verbreiteter Irrtum. Zentral ist da gar nix. Du kannst mit Zahnärzten über konkrete Gebisse sprechen. Und wenn du gute Nerven, viel Zeit und 25 Mitarbeiter einer Sondereinheit hast, dann kannst du mit allen sprechen. Ein zentrales Register, einen mysteriösen Supercomputer oder etwas in dieser Art gibt es nicht. Das ist nicht wie bei registrierten Straftätern und ihren Fingerabdrücken. Okay?"

„Okay. Aber wenn..."

„Lass mich dazu gleich kommen."

„Na gut." Sie nahm einen Schluck Bier und stufte es als sehr lecker ein für ein Lightbier. Sie würde sich die Marke merken müssen.

„Also – wir haben den Schädel natürlich noch weiter untersucht. Der hatte ja nicht nur Zähne. Erst einmal haben vier Zähne gefehlt. Dreieinhalb genaugenommen."

Er demonstrierte die Lage der fehlenden Zähne an seinem eigenen Gebiss. „Das hast du so nicht sehen sofort können. Die Zähne hatte er bei dem Schlag eingebüßt, von dem er auch die Narbe im Gesicht hatte. Nehmen wir zumindest an. Wir können ziemlich sicher sagen, dass er mit einer großen Axt erschlagen worden ist. Warte...." Er grinste blöd. „Das klang jetzt falsch. Ihm wurde mit einer Axt ins Gesicht geschlagen. Wenn man das aber genauer angesehen hat, stellte sich ein unklarer Winkel heraus."

Er erhob sich sehr spontan, griff seitlich neben sich, holte plötzlich eine Axt hervor und kam um den Tisch herum, der die beiden trennte.

„Stell dich mal hin."

Stella erhob sich mit einer Mischung aus Neugier und Misstrauen. Jakob platzierte sich ihr gegenüber in einem guten Meter Abstand und hob die Axt mit beiden Händen über seinen Kopf. Er musste kräftiger sein, als er auf den ersten Blick wirkte.

„Keine Angst jetzt", erklärte er. „Nehmen wir einmal an, ich würde dir die Axt jetzt ins Gesicht schlagen, dann würde ich dich nur mit der scharfen Seite treffen. Vielleicht mit der äußeren Spitze, okay?" Er senkte die Axt behutsam ab und achtete genau auf Stellas Augen. Er kam nahe genug heran, um den Effekt zu demonstrieren.

„Verstanden", erklärte sie schließlich, um die Demonstration zu beenden.

Er nickte. „Du hättest also einen langen Schnitt im Gesicht. Würde ich dich gut treffen, hättest du vermutlich eher einen tief sitzenden Spalt im gesamten Schädel, richtig?"

„Wenn dieser … Swartling das sagt. Aber ja – das erscheint mir nachvollziehbar", schickte sie verbindlich hinterher, um die Stimmung nicht zu versauen. Sie spürte, wie unwohl sie sich fühlte.

„Und jetzt pass auf!! Bleib genau so stehen." Jakob Nordlund drehte sich, bis er mit dem Rücken zu ihr stand, sie praktisch nicht mehr sehen konnte. Dann hob er beidhändig die Axt und schwang sie weit über dem Kopf nach hinten.

Die Axt so zu balancieren – das erforderte Muskeln an den unmöglichsten Stellen – Brust, Trapez, Bauch, Bizeps… Während sie darüber nachdachte, führte er aus „Wenn ich so schlagen würde - und du stündest hinter mir – dann könnte ich dir diese Wunde zufügen, die der Mann hatte. Du würdest einen waagrechten Schnitt im Gesicht haben. Gleichzeitig aber …" Er nahm die Axt herunter, fuhr herum und hielt die Axt unerwartet dicht vor Stellas Gesicht, berührte sie leicht. Vorsichtig und ausbalanciert. Er wollte sie nicht erschrecken. Er wollte ihr etwas klarmachen. „Du hättest die Schnittwunde rund um das

Auge und eine Stoßwunde weiter unten. Vom Kopf der Axt. Das sind die vier ausgeschlagenen Zähne, oder?“

Sie spürte, dass sie in den vergangenen Augenblicken kaum geatmet hatte. Dann wich Stella einige Zentimeter zurück und nickte vorsichtig, um der leicht rostigen und doch scharfkantigen Axt keinen Millimeter zu nahe zu kommen.

Sie begriff: Ihre Welt war die simple Welt der Fernsehkrimis. Seine scheinbar die echte Welt forensischer Erkenntnisse auf einem anderen Level.

Jakob ließ ihren Blick zur Untermauerung noch kurz auf ihr haften. Dann ließ er die Axt schließlich sinken und platzierte sie wieder seitlich der Holzbank und setzte sich ruhig hin. Als sei nichts gewesen. Stella kam zögerlich zu ihrem Stuhl zurück.

„Du siehst, was ich meine. Unsere Ableitung war hier ganz klar: Da lag keine Tötungsabsicht vor. Wenn du jemanden mit der Axt töten wolltest, wäre das der dümmstmögliche Weg, oder?

Wir sind vielmehr davon ausgegangen, dass es sich um Waldarbeiter gehandelt haben musste. Dazu gibt es auch eine wichtige Erkenntnis, die du kennen solltest. Dieser Schlag, den ich gerade beschrieben hab – den führt so kaum jemand aus, der nicht ein Waldarbeiter ist. Wenn du einen Baum fällst, dann fällst du ja eher seitlich, nicht wahr?“

„Sicher.“

„Der Schlag, den ich beschreibe, den machen die Profis. Solche, die wissen, dass man – speziell bei der Fichte – zuerst die seitlichen kleinen Äste weghauen muss, um dann sauber und mit Kraft schnell und effizient den Baum fällen zu können. Uns war dadurch schnell klar: Die Fahndungsrichtung musste die sein, nach einem solchen Menschen zu suchen.“

„Okay...“ Ihre Gedanken kreiselten wild. Das passte nicht recht in ihre Theorie, wie ihr schien. Konnte sie das passend machen? Würde er sie auslachen? War das eigentlich wirklich ein Lightbier?

„Und der Schädel, den du gefunden hast, hat uns noch mehr gesagt. Wir wussten recht sicher, dass der Tote zur kalten

Jahreszeit ins Wasser gelangt war. Viktor kann solche Sachen bestimmen. Wir konnten somit davon ausgehen, dass er im November oder Dezember getötet worden war. Die wenigen Leute, die in der Zeit verschwunden sind und als vermisst gemeldet wurden, hatten wir schnell durch. Wir sind ja hier nicht in Göteborg oder so. Und da können wir gerne einen näheren Blick auf den Mann werfen, den du im Kopf hattest: Arvid Valquist. Der Mann von Inger Valquist."

„Genau. Das Bild von ihm habe ich in..."

Er hob die Hand, schnitt ihr das Wort ab. „Lass uns dazu noch kommen." Ruhig zündete er zunächst die Zigarette wieder an. Er nahm einen Zug mit zusammengekniffenen Augen und hielt die Kippe dabei in einem befremdlichen Winkel von seinem stoppeligen Gesicht weg. Dann fixierte er sie einen kurzen Augenblick, hielt ihr die Zigarette offensiv hin.

Stella Nykvist fixierte die verbotene Frucht und zögerte. Schließlich überzeugte sie sich, dass es wohl der Stimmung hier draußen dienen würde. Sie griff die Zigarette, nahm einen kräftigen Zug, hielt ihn einen Moment ein und reichte die illegale Droge dem Polizisten, was in vielerlei Hinsicht grotesk war.

Er nahm einen weiteren Zug, legte sie wieder seitlich auf den Rand des Aschenbechers und konzentrierte sich.

„Wir haben seinen Tagesablauf rekonstruiert. Sein letzter Tag bei seiner Familie. Das war kurz vor Weihnachten. Er hatte an dem Tag frei. War sehr ausgiebig einkaufen. Einmal unten auf dem Markt, dann noch in zwei weiteren Läden. Hat den zweiten Kühlschrank in der Garage vollgemacht.

Er hat viel telefoniert an dem Tag. Mit Freunden und Bekannten. Teilweise mit solchen, die er lange nicht mehr gesehen hatte.

Abends wollten sie dann mit der Familie Standlund essen. Ihren Nachbarn. Aber Gunnar war unterwegs, um einen Weihnachtsbaum zu besorgen. Es schien ewig zu dauern. Schließlich ist Arvid losgefahren, um ihn zu suchen."

„Wieso haben sie ihn nicht einfach angerufen?"

„Haben sie versucht. Er war nicht erreichbar."

„Und die Gespräche habt ihr überprüft?"

„Nein – drei Personen haben das bezeugt."

„Hm…" Sie nickte nachdenklich. Ihr war nicht klar, dass Polizisten mit solchen Dingen so umgingen. Aber wenn sie 30 Leute in kurzer Zeit befragten, war das wahrscheinlich nicht anders machbar.

„Jedenfalls ist Arvid dann losgefahren, um den Nachbarn zu suchen. Und das ist natürlich im Grunde eigenartig. Und nicht nur das. Er ist wahnsinnig lange weggeblieben und das ging so weit, dass dann auch noch seine Frau losgefahren ist, um ihn wiederum zu suchen."

„Also vier Leute wollen miteinander essen, am Ende sind drei davon weg? Ist schon komisch, oder?"

„Ja, absolut. Und für uns deutet es darauf hin, dass Arvid wirklich seine Frau verlassen hat. Er hat diese ganzen Telefonate an dem Tag geführt. Der wollte weg. Und seine Kreditkarte wurde anschließend noch an anderen Orten genutzt. Also haben wir das nicht weiter verfolgt. Es erschien nicht sinnvoll. Wir haben uns dann weiter um die Waldarbeiter gekümmert. Und um einen Typen aus Skogsdalen."

„Was war mit dem?"

„Bei ihm passte alles. Seine Frau hatte ihn auf dem Bild erkannt und auch ein Kollege. Ein Feuerwehrmann, der kurz vor Weihnachten immer eine lange Wald-Wanderung mit seinen Freunden unternahm. Sie hatten sich unterwegs getrennt und er war verschwunden. Keine 300 Meter vom See entfernt, in dem du ihn nachher gefunden hast. Einfach nur ein Stück den Hauptweg hinauf."

„Und dann?"

„Bei ihm haben wir genau das gemacht. Wir haben uns dann die Daten seines Zahnarztes geben lassen. Und es stellte sich heraus, dass er nicht unser Toter war. Aber verdammt: Er sah ihm wirklich ähnlich." Er blickte einen Moment lang nachdenklich zu Boden.

Ansatzlos fuhr er fort „Wir sind dann immer weiter in die

geografische Ausdehnung gegangen. Wo waren noch Leute verschwunden, die passend schienen? Was war mit Waldarbeitern? Es gab zwei, die dem Toten ebenfalls erstaunlich ähnlich gesehen haben. Ein Weißrusse, den seine Zimmerwirtin erkannt hat. Also mussten wir Amtshilfe beantragen. Solche Sachen dauern."

„Ihr habt also einen Russen gesucht?"

„Schon, ja ... Und da sind wir dann auf lange Sicht wohl irgendwie stecken geblieben. Aber wir haben keinen Grund mehr zur Annahme gehabt, dass wir bei einem hier in der Region zum Stich kommen. Und solche Ermittlungen kosten richtig Geld. Und Arvid konnten wir ja ausschließen."

Er lehnte sich zurück, verschränkte die Arme. „So – und wie sieht das bei dir aus? Andere Erkenntnisse?"

Sie schluckte. Das Gefühl, sich dumm vorzukommen, war bei ihr immer noch nicht ganz verschwunden.

Sie griff dennoch mutig nach ihrem Rucksack, holte ihre kleine Akte heraus. „Ich habe ja ... damals mit meinem alten Freund in Island gesprochen. Ich habe zwei Bilder des Kopfes gescannt und habe sie ihm geschickt." Sie legte die beiden Bilder nacheinander auf den Tisch. So, wie sie das aus dem Fernsehen kannte. „Ich habe ihm gesagt, der Mann habe im Winter im Wasser gelegen – für ungefähr drei Monate."

„Mh... Das hätten wir auch gemacht, wenn wir da einen Anlass gesehen hätten. Und dann hätte jemand seinen Schädel modelliert."

„Modelliert?"

„In Ton oder so. Oder Balsaholz."

„Ah ... okay. Ist das nicht wahnsinnig aufwändig?"

„Ja – und teuer. 50.000 Kronen sind da weg wie nichts."

„Okay. Also mein Kumpel hat es mit einem Computer gemacht. Da kommt aber auch ein 3D-Bild heraus. Braucht ein bisschen Rechenpower, geht aber. Kann man drehen und sich von allen Seiten ansehen. Ich habe es nur ausgedruckt. Mein richtiger Rechner ist noch in Schottland."

„Okay ... Zeig mal."

Sie griff das obere Blatt, drehte es und legte es vor dem Polizisten auf den Tisch.

„Okay ... das sieht ein bisschen blutleer aus. Künstlich. Da sind die modellierten Schädel wirklich besser. Da arbeiten Maskenbildner dran, die ihnen ein wenig Leben einhauchen.

Aber ich gestehe: Ich hatte das Bild ein wenig anders in Erinnerung. Ganz so schlimm, wie es mir damals schien, als du es mir zum ersten Mal gezeigt hast, ist es nicht. Aber ich kann nicht sagen, wie gut das qualitativ wirklich ist."

Stella lächelte. Dann griff sie das nächste Blatt, drehte es um und legt es daneben. Auch im Halbdunkel konnte sie jetzt Veränderungen in seinem Gesicht erkennen.

„Verdammt – wo ist das Bild her?"

„Von der Homepage seiner Firma. Der Mann ist ja offiziell immer noch in der Geschäftsleitung. Ich denke, das Bild ist etwa drei Jahre alt."

Jakobs verblüffter Gesichtsausdruck gab Stella ein wenig Rückenwind, den er ihr jedoch sofort wieder nahm. „Da hat dein Freund das Bild aber passend gemacht, sei ehrlich."

Sie zuckte schier zurück. Dann schnauzte sie „Sei doch nicht so misstrauisch, verdammt! Warum sollte ich das denn wollen? Meinst du, ich will mich da irgendwie interessant machen oder so?"

Er schaute sie an und sie hatte den Eindruck, dass dieser kleine Ausbruch ihre Position eher gestärkt hatte. Er senkte den Kopf wieder, schaute auf die beiden Bilder. „Wenn die sich wirklich so ähnlich sind ... dann hätten wir dort eventuell einen großen Fehler gemacht. Einen riesigen Fehler vielleicht."

Sein Gesicht verzog sich und zeigte Falten. „Was hast du noch?"

„Ich habe mir Gedanken gemacht über die Rollen. Im Umfeld."

„Hm?"

„Inger Valquist und ihr Mann Arvid. Die haben doch eine gemeinsame Firma."

„Sicher."

„Wer vertritt dort ihren Mann, seit er verschwunden ist?"

„Keine Ahnung ... warte – oder?“ Er richtete sich auf, griff wieder seine eigene Akte und blätterte darin herum. „Doch – hier. Hatte ich nur vergessen. Standlund, Gunnar Standlund. Ein Interims-Manager.“

„Habt ihr mit dem gesprochen?“

„Ja – wenn ich das hier recht sehe, schon. Wenn auch nur kurz. Die Standlunds waren die Familie, mit denen die Valquists an dem Abend essen wollten. Warum sollten wir da tiefer bohren?“

„Die beiden sind Nachbarn und vögeln miteinander.“

„Moment – wer mit wem?“

„Gunnar Standlund mit der verlassenen Inger Valquist.“

Jakobs Gesicht wirkte für einen langen Moment leer. Dann griff er sein Bier. Er trank es konzentriert und nachdenklich leer. Im Anschluss griff er sich stumm ein weiteres Bier und stellte auch Stella ein neues hin.

„Das ... ich weiß gar nicht, wie ich das gerade bewerten soll. Woher weißt du das?“

Sie legte ihm das nächste Bild hin. „Hab dort gelauert und hab es gesehen. Er fährt zur Arbeit. Dann fährt seine Frau zur Arbeit. Ein paar Minuten später kommt er zurück und dann reißen die beiden sich die Kleider vom Leib. Sie hatte genau betrachtet schon vorher kaum welche an. Nur so sexy Spitzen-Zeug.“

„So wie du“, grinste er und Stella richtete sich intuitiv auf und rückte ihr Oberteil zurecht.

„So wie ich, genau“, antwortete sie mit einer gewissen Verzögerung. Dann aber selbstbewusst. Sie musste sich nicht schämen, sich sexy anzuziehen. Und was sollte die blöde Bemerkung? Bis gerade war alles gut gelaufen. „Aber wir reden ja nicht über meine Unterwäsche. Ich habe die beiden definitiv beobachtet. Schon zweimal. Das war eigentlich nicht weiter schwer. Einmal im Valquist-Haus und einmal haben sie sich dort draußen in den Schären auf einer Insel geküsst. Vermutung: Das geht schon länger so.“

„In dem Falle haben wir mindestens einen ziemlich Verdächtigen.“

„Vielleicht sogar zwei.“

„Du meinst: Sie und ihn?"

„Warum nicht?"

„Okay – ich hatte mehr an ihn gedacht. Wieso sollte sie..? Moment ... du hast da einen Punkt." Er straffte sich, überlegte. „Warte – ich muss kurz auf Toilette."

Er verschwand reichlich spontan. Stella erhob sich, wanderte ein wenig auf dem Steg umher. Sie fühlte sich leicht schummrig. Selbst das Light-Bier schien zusammen mit dem hintergründigen Cannabis-Nebel auf ihren Körper zu wirken. Sie blickte hinaus aufs Wasser. In Edinburgh hatte sie zu tief in der Innenstadt gelebt. Zu weit vom Wasser weg. Das war hier besser, das mochte sie schon seit Kindheitstagen.

Würde sie deshalb hier leben wollen? Sie ertappte sich dabei, den Kopf zu schütteln.

Nach einer Weile hörte sie Schritte hinter sich auf dem Steg. Jakob trat wieder an sie heran, seinen Joint in der Hand. Er blickt in dieselbe Richtung, ließ seinen Blick über das Wasser streifen.

„Ich muss den Fall neu aufrollen, fürchte ich. Ich müsste nur noch eine richtige Grundlage dafür haben."

„Was brauchst du dafür?"

„Das überlege ich gerade. Wir haben den Fall nie offiziell ad acta gelegt. Aber ich brauche einen echten Beweis, um bei Inger aufzutauchen."

„Und was ist, wenn meine Aussage das wäre? Wenn ich dir sage, dass diese beiden was miteinander haben?"

„Das ist ja erst mal nicht strafbar. Das ist ja maximal im Sinne der jeweiligen Ehe ein Thema. Daraus kann ich nichts herleiten, schätze ich. Außerdem ist zumindest Ingers Mann ja verschwunden. Sie kann vögeln, mit wem sie will."

„Und das Bild?"

„Stammt aus keiner amtlichen Quelle."

Stella Nykvist biss sich auf die Lippe, sah den Polizisten nicht an. Sie hielt den Blick starr aufs Wasser gerichtet. Sie hatte ein wenig recherchiert und glaubte, dieses Problem längst gelöst zu haben. Jedoch: Wenn er nicht drauf kam – vielleicht lag sie in dem Punkt dann falsch? Stella wollte sich nicht lächerlich machen. Sie zögerte. Jedoch nur kurz.

„Und wenn es euch jemand anonym schicken würde? Müsstet ihr euch dann nicht darum kümmern? Seid ihr dann nicht sogar dazu verpflichtet?“

Jetzt wandte er sich zu ihr um.

Lachte er sie jetzt aus?

„Da ... meine kleine Detektivin ... da hast du jetzt aber mal einen Punkt...“ Er nickte, wirkte jedoch nicht mehr übermäßig scharfsinnig auf sie. Jakob machte ein paar unsichere Schritte in Richtung des Tisches, an dem sie gesessen hatten. Er stützte sich ab.

Stella wollte etwas sagen, stellte jedoch fest, dass auch sie nach dem ganzen Bier dringend auf Toilette musste. Er saß am Tisch, hatte die Ellbogen auf die Holzplatte gestützt und den Kopf in die Hände gelegt und murmelte etwas. Sie fragte nach der Toilette. Als sie keine Antwort erhielt, ging sie ohne weitere Anweisung in die kleine Hütte. Er rief ihr etwas hinterher, das sie nicht verstehen konnte. Seine Stimme klang, als würde er jeden Moment einnicken. Das wollte sie nicht erleben. Sie würde rasch auf Toilette gehen, sich mit ihm auf das weitere Vorgehen verständigen und dann mit all ihrer roten Spitzenunterwäsche den mutigen Weg zu Yvonne Jónsson antreten.

Die Hütte war im Innenraum nur von einem kleinen Licht erleuchtet. Alles hier war simpel gehalten. Eine klassische Fischerhütte, die keinen großen Umbau erfahren hatte. Sie sah noch so aus, wie sie vermutlich schon vor Stellas Geburt ausgesehen hatte.

Die Toilette war immer an derselben Stelle bei diesen Hütten. Geradeaus und dann links. Rechts befand sich das Stromaggregat. So war es auch hier. Die Toilette war hier relativ breit angelegt und besaß sogar eine Dusche. Bei der fragte Stella sich, wie man die benutzte, ohne alles unter Wasser zu setzen.

Sie schüttelte den Kopf, drückte die Spülung, wusch sich die Hände und griff nach dem Verschluss der Tür.

Was zur Hölle...? Sie hatte den Hebel zur Seite gedrückt, um abzuschließen. Da hatte es ein klickendes Geräusch gegeben, das ihr jetzt falsch erschien, wenn sie darüber nachdachte. Wo sollte in dieser mittelalterlich einfachen Mechanik aus Holz etwas einrasten?

Erneut griff sie nach dem Riegel, versuchte, ihn zu bewegen. Sie hatte kräftige Hände, presste, drehte sich dann um und zog mit ihrem ganzen Gewicht.

Plötzlich tat es einen Schlag.

Ein Schmerz schoss durch ihre Hand, dann durch ihren Arm. Sie schrie auf.

Der Riegel war abgebrochen. Sie war an dem Holzstumpf entlang gerutscht, bevor sie ihren gesamten Körper bremsen konnte. Ein Holzspan hatte ihr einen Riss in den Unterarm gezogen und war dann an ihrem Ellbogen abgebrochen.

Das Ding steckte wie ein dickes Streichholz in ihrem Arm, blutüberströmt und schien sie gemein anzustarren. Sie versuchte, gegen den Schmerz anzuatmen. Längst waren Tränen in ihre Augen geschossen. Sie hatte ein quiekendes Geräusch gehört. War sie das etwa gewesen? Tropfte da ihr Blut auf den Holzboden?

„Gottverdammtermistsoeinscheiß.....!"

Sie griff mutig nach dem Toilettenpapier, riss einen knappen Meter ab und wickelte ihn um den Arm. Dann griff sie ein weiteres Stück, legte es sich in die linke Hand, überwand sich kurz, griff nach dem Span und riss ihn mit einem kurzen Ruck heraus. Sie biss sich fest auf die Zähne und gab ein wütendes Geräusch von sich.

Nach einigen Augenblicken setzte Stella sich auf den Klodeckel. Sie hielt den rechten Arm umklammert. Sie rief Jakobs Namen. Zweimal, dreimal. Schließlich schrie sie ihn. Wütend griff sie mit der linken Hand in die Hosentasche, zog ihr Handy hervor. Sie ahnte bereits, was sie darauf sehen würde. Auf dem Wasser gab es praktisch nie ausreichend Empfang. Der einzige Strich von sechs möglichen blinkte. Als sie zu wählen begann, zeigte das Display ihr bereits, dass auch das eine Illusion war.

Es sollte eine bleiben.

13. Am langen Ende

> **E**r hatte sich bewusst den frühen Morgen ausgesucht. Hatte genau dort gewartet, wo Stella beschrieben hatte. Von dort aus konnte man tatsächlich ausgezeichnet in Inger Valquists Wohnzimmer schauen. Ebenso hatte man die umliegenden Häuser im Blick.

Er begriff das Szenario jetzt erst richtig. Wenn der Lover aus dem Nachbarhaus seinen Wagen geschickt parkte, konnte man nicht sehen, ob er in sein Haus ging oder seine halbnackte Nachbarin aufsuchte. Er schüttelte den Kopf. Gunnar Standlund hatte das Haus bereits verlassen, als kurz darauf seine Frau auf die Außentreppe trat, sich umschaute, wieder ins Haus ging und mit einer Strickjacke auf dem Arm zurückkehrte.

Eine schmächtige, etwas unscheinbare Frau. Jakob hatte sie schon einmal in der Stadt gesehen. Er konnte sich nicht erinnern, wo genau, war aber sicher, dass sie an einem öffentlichen Ort arbeitete. Ein Bankschalter, ein Amt, etwas in der Art, wo du auf den Prozess schaust und nicht auf die Person, die ihn durchführt.

Sollte er raten, wie die Machtverhältnisse zwischen den drei Personen waren – er hätte eine Ahnung gehabt.

Nachdem die Frau ihren Wagen bestiegen hatte und losgefahren war, wartete Jakob nur noch einen kurzen Augenblick. Dann kam er aus dem Gebüsch auf dem kleinen Hügel hervor, streifte seine Kleidung oberflächlich ab und passierte die Landstraße.

Er konnte einen kurzen Augenblick lang erkennen, dass Inger Valquist sich angezogen hatte. Einen weißen dünnen Rollkragenpullover. Die Farbe Weiß, daran erinnerte er sich, schien ihr gesamtes Haus zu dominieren. Ihr Wagen war ebenfalls weiß. Damals hatte sie seiner Erinnerung nach einen dunklen Wagen besessen. Vielleicht hatte der aber auch ihrem Mann gehört.

Er huschte die Holzstufen rasch hinauf, klopfte fest gegen die cremefarbene Holztür, trat einen Schritt zurück. Respekt war ein wichtiges Thema in Momenten wie diesen.

In einem kurzen geistigen Rückblick dachte er an Stella

Nykvist. Respekt war sicherlich nicht ihre Stärke. Aber sie schien zielstrebig zu sein und einen guten Instinkt zu haben. Sie hatte etwas herausbekommen, das keiner von ihnen begriffen hatte oder wahrhaben wollte.

Und es war nicht einmal ihr Job. Die rotblonde Frau schien schlicht eine gesunde Paarung aus Neugier und Respektlosigkeit zu besitzen.

Als die Tür geöffnet wurde, straffte er sich. Inger Valquist sah ihn an. Eine unverkennbare spontane Ablehnung kennzeichnete ihren Blick.

„Du ... Guten Morgen. Entschuldige bitte – ich habe deinen Namen vergessen."

„Jakob Nordlund." Er streckte ihr die Hand entgegen und erklärte dann formal korrekt „Kriminalpolizei Stinarsund und Ytlamark."

„Richtig. Inger Valquist", erklärte sie unnötigerweise.

„Inger, ich würde gerne hereinkommen und kurz etwas mit dir besprechen."

Sie blickte so unauffällig wie möglich auf die Uhr, machte dann den Weg ins Haus frei. „Ich habe allerdings gleich zwei wichtige Termine."

„Sicher", akzeptierte Jakob vordergründig, bemerkte aber selbst, dass seine Stimme eher geklungen hatte wie *„mir doch egal"*.

Minuten später saß er auf einem cremefarbenen Sofa mit ein paar cremefarbenen Kissen, während die elegante, schlanke Frau ihm auf einem cremefarbenen Sessel in ihrem hellen Rollkragenpullover gegenübersaß. Sie gehörte zu der Art Frauen, die auf Sesseln seitlich versetzt Platz nahmen. Am vorderen Ende. Wie früher die eleganten Frauen beim Reiten. Die Knie dicht beieinander. Ihr würde kein Polizist unter den cremefarbenen Rock schauen. Das stellte Inger sicher.

Jakob konzentrierte sich, blickte zu Beginn seines Satzes zu Boden und suchte dann langsam Blickkontakt. „Inger, wir haben eine neue Beweislage, über die ich dich informieren wollte."

„Mhm", nickte sie. Die Lippen dabei eng aufeinander, fast gepresst.

„Wir haben eine Rekonstruktion des Kopfes gemacht, den wir im vergangenen Jahr oben im See gefunden haben, okay?"

„Mhm", nickte sie erneut mit einer winzigen Kopfbewegung.

Er griff in sein Sakko, nahm das gerollte Bild in seiner Klarsichtfolie heraus. „Ich möchte dich bitten, einmal einen Blick darauf zu werfen, okay? Das ist kein Foto, ja? Das ist eine Simulation, die…"

„Zeig her", unterbrach sie in einem erstaunlich angriffslustigen Ton. Sie wollte das offensichtlich hinter sich bringen. Er nickte, entrollte es vollständig, drehte es um 180 Grad und legte es auf den Tisch.

Sein Blick galt der hell geschminkten Frau. Jetzt kam es erstmals darauf an. Sie brauchte keine Sekunde, um ihr Gesicht zu verhärten, die Augen zusammenzukneifen.

„Das ist … Arvid. Mein Mann." Sie schaute zu ihm auf. „Ist das … echt? Also – ihr habt nicht etwa ein Bild von ihm genommen und…?" Sie sah wieder auf das Blatt auf dem Tisch, zog es zu sich heran. Das hatte etwas von Hypnose. Von der Anziehungskraft, die Menschen auch dazu brachte, sich einen Unfall anzusehen. Man konnte die Augen nicht abwenden. Es ging nicht.

Das hatte nicht nur mit Sensationslust zu tun. Man wusste auch, dass man einen wichtigen Bruch in der Realität sah. Zeuge einer signifikanten Veränderung wurde. Etwas, das sich nicht mehr zurückdrehen ließ.

„Ich werte das als eine Identifikation, richtig?"

„Das hat nichts mit dem Bild zu tun, das ihr mir letztes Jahr gezeigt habt."

„Die Technik wird besser mit den Jahren."

„Okay … Und … Und was machen wir jetzt? Jetzt wissen wir, dass der Tote …" Sie brach ab, ballte die linke Hand zur Faust, hielt sie sich vor den Mund und schien eine Träne damit ersticken zu wollen. „Ist der Tote mein Mann?"

„Das wissen wir noch nicht mit absoluter Sicherheit."

„Aber das Bild…?"

„Ist ein Bild. Ich wollte zunächst deine Bestätigung haben.

Was wir jetzt tun müssen, um da sichergehen zu können, ist natürlich, das Ganze zu beweisen. Wir müssen rechtskräftig klären, dass es sich dabei um deinen Mann handelt. Wir werden jetzt mit seinem Zahnarzt sprechen müssen, dann werden wir seine DNA ... hast Du eventuell noch eine Haarbürste von ihm oder so?"

„Na ... ich ... sicher bin ich da nicht." Erneut blickte sie auf die Uhr.

„Inger ... ich würde dir empfehlen, dich in den kommenden Tagen in der Nähe aufzuhalten, okay? Wir werden dich ganz sicher brauchen."

„Ja, verstehe."

„Okay. Also – DNA? Magst du vielleicht einmal nachsehen, was du da noch so hast?"

Sie erhob sich stumm, verschwand in einem Winkel des Hauses, wo er sie nicht mehr sehen konnte. War das die Reaktion einer Frau, die bis eben geglaubt hatte, sie sei Verlassen worden? Schwer zu sagen. Jakob mangelte es an Vergleichsmöglichkeiten. Wie hätte er reagiert? Eventuell auch reserviert. Aber hätte er nicht mehr Fragen gehabt? Eine andere Neugier? Eine stärkere Emotionalität?

Er erhob sich, blickte sich um. Vorsichtig trat er ans Fenster und schaute auf den Platz, von dem aus Stella die beiden beobachtet hatte. Auch bei genauerem Hinsehen konnte man dort niemanden erkennen. Das war schon beeindruckend. Die junge rothaarige Frau mochte nerven – aber sie hatte ein eigenartiges Talent.

Wenige Minuten später hatte Jakob sich verabschiedet, war losgefahren und eine Minute später in einen Waldweg eingebogen. Es dauerte keine 20 Sekunden, bis Inger Valquist seinen Wagen passierte und in Richtung Stinarsund über die Kammstraße fuhr.

Jakob griff sein Telefon und rief seine Kollegin Britt Holmberg an. „Sie dürfte jetzt gleich bei dir sein."

„Okay, dann mach ich mich mal auf den Weg. Wie hat sie reagiert?“ Er konnte hören, wie die Kollegin den Motor startete, um Inger Valquist zu folgen.

„Eigenartig. Sie hat eigentlich gar nicht richtig reagiert. Kurz dachte ich, sie fängt zu weinen an. Hat sie aber nicht. Sie war … sie hat keine echten Emotionen gezeigt.“

„Haben wir DNA?“

„Sie hat mir eine Haarbürste mitgegeben.“

„Immerhin … Da kommt sie – ich mach mich auf den Weg.“

„Bis später.“ Er konnte noch das Geräusch hören, mit dem sie beschleunigte, dann wurde die Verbindung getrennt.

Einen Moment dachte er nach, zögerlich. Er sah auf die Uhr, rechnete. Dann wählte er eine Nummer in Großbritannien.

14. Konstanz

> Als Stella das Gespräch beendet hatte, starrte sie eine ganze Zeit lang bewegungslos auf die Straße. Die Autos quälten sich im Takt der Ampel in Richtung Innenstadt. Das übliche Bild. Die Menschen trugen Zeitungen umher, warteten auf den Bus oder liefen eigenartig unsortiert durcheinander, wie es schien.

Sie hatte sich über die Nachricht gefreut, dass Jakob mit Inger gesprochen hatte. Dass jetzt doch noch einmal Drive in diese Ermittlung kam. Und ihr war klar, dass das ihr Verdienst war. Dennoch: Sie hatte sich sehr gefreut, dass Jakob das ausdrücklich erwähnt hatte.

Er hatte sie nach ihrem Arm gefragt. Der sah immer noch schlimm aus. Sie befürchtete, dass sie eine Narbe am rechten Unterarm behalten würde.

Immer noch war sie wütend über den Abend in Jakobs Haus am Steg. Nach einiger Zeit war sie auf dem Klodeckel eingenickt. Sie hatte mehrfach nach Jakob gerufen. Laut, mit voller Kraft. Aber der war in seinem leichten Rausch kopfüber auf dem Tisch am Steg eingeschlafen. Erst gegen Mitternacht war er aufgewacht.

Er hatte sie mithilfe eines Stemmeisens aus der kleinen engen Toilette befreit. Wie sie erfuhr, hatte er ihr hinterhergerufen, dass sie die Tür nicht verriegeln solle. Das hatte sie nicht verstanden. So war kein Treffen mit Yvonne mehr zustande gekommen.

Stella blickte zu Boden. Wer wusste schon, wofür die eigenartige Entwicklung gut war? Yvonne war ihre beste Freundin. Seit Jahren. Eine der wenigen Konstanten in ihrem unsteten Leben, das sie quer durch die skandinavischen Staaten geführt hatte. Vielleicht sollte das einfach so bleiben.

Sie nahm sich eine weitere Kiste und setzte das Packen fort. Sie hatte noch ein paar Tage hier in Edinburgh. Aber sie wollte nicht so tun, als wäre hier alles normal. Ihr Vater war gestorben. Nichts hier war normal. Garnichts.

15. **Bewegungsspielraum**

> Zwei Dinge hatten Stella in all den Wochen beschäftigt. Als sie mit ihrer Mutter am Flughafen gestanden hatte, hatte sie Jakob angerufen und ihn danach gefragt. Aber sie hatten bislang für einen Teil ihrer Frage keine Erklärung, sich um den anderen noch nicht gekümmert.

Als Stella wieder in Stinarsund eintraf, gingen ihr diese Fragen noch intensiver im Kopf herum. Als sie damals den Schädel gefunden hatte, war auch eine Hand gefunden worden. In der Nähe des Sees. Nur wenige Meter in den Wald hinein zwischen den eng stehenden Fichten.

Mittlerweile war nicht nur klar, dass der gefundene Schädel der Kopf Arvid Valquists war. Auch die Hand war einmal Teil seines Körpers gewesen. Diese Information war ganz frisch. Sie hatten sie noch nicht einmal seiner Frau gegenüber erwähnt. „*Aus ermittlungstaktischen Gründen*", wie sie gelernt hatte.

Wie ein Mord aussah, der dazu passte, wollte Stella nicht recht in den Kopf. Den Ermittlern jedoch auch nicht.

Die eigentliche Frage aber, die sie beschäftigte, war die nach dem Schädel und warum er sich nach mehreren Monaten gelöst hatte. Von irgend einem Ort, an dem er zuvor gelegen hatte.

Die Polizei hatte an diesem Thema nicht ermittelt in den vergangenen Wochen. Sie hatten sich vielmehr in endlosen Verhören von Inger Valquist dem letzten Tag von Arvid gewidmet. Den Letzten, zu dem sie saubere Daten hatten. Und sie hatten noch einmal mit Gunnar Standlund gesprochen. Auch dem hatten sie nichts Definitives zum Tod seines ehemaligen Nachbarn mitgeteilt. Stina schien, dass die Polizisten entweder unsicher waren oder zunächst eine bessere Faktenlage wollten. Aber warum fragte Inger an der Stelle nicht jeden Tag nach, was sie hatten? Sie müsste doch ein Interesse haben.

Sie hatte so viele Fragen.

Am Abend würde Stella sich mit Jakob treffen. Es war ihr gelungen, ihm ein weiteres Update abzuschwatzen. Sie hatten beschlossen, nichts zu trinken und auch sonst keine Substanzen zu konsumieren, die ihnen schaden könnten.

Den Tag hatte Stella zunächst sitzend auf ihrem Bett verbracht, sich alte Foto-Alben angesehen. Sie weinte nicht mehr. Aber sie ertappte sich immer noch dabei, dass sie ihrem Vater Dinge erzählen wollte, die in ihrem Leben passierten.

Als der Regen des Morgens aufhörte, schob Stella ihr Motorrad nach draußen. In den letzten Wochen in Edinburgh hatte sie den großen Wagen ihres Vaters zur Verfügung gehabt. Bis seinem ehemaligen Arbeitgeber das aufgefallen war. Jetzt fuhr sie wieder die schwarze Enduro. Als sie losfuhr, tat sie das ziellos. Und doch landete sie nach etwas mehr als einer halben Stunde am 234er Wanderparkplatz, fuhr das letzte Stück in den Wald hinein und zum See.

Die Anziehungskraft war zu groß. Es hatte etwas von einem Suchtverhalten, das war ihr klar. Es gab keinen Grund hier zu sein. Es gab keinen Grund, diese Ermittlung am Laufen zu halten. Es hatte für Stella nie einen Grund gegeben, sich überhaupt in diese Untersuchung einzumischen.

Und doch war sie hier.

Am See lagen zwei Teenager, die Stella scheinbar gestört hatte. Sie stellte ihr Motorrad dennoch ruhig auf der gegenüberliegenden Seite ab, nickte den beiden knapp zu. Der Junge beobachtete sie, das Mädchen drehte sich zur Seite. Am Rande des Waldes lagen bunte Fahrräder.

Stella meinte, das Mädchen zu kennen. Die stand immer mit einem jungen Punk auf dem Schulhof an der kleinen Statue. Schien ihr eine dumme Kuh ohne Selbstbewusstsein zu sein, obwohl sie nicht sagen konnte, was sie zu diesem Schluss brachte.

Ein Teil ihres Gehirns driftete ab und fragte sich, wo die beiden wohnten, wenn sie mit dem Fahrrad hierher kamen. Alle Orte waren dafür fast zu weit weg. Sie schüttelte den Gedanken ab, schloss ihren Helm am Motorrad fest und lief ein paar Schritte um den See herum.

Nach ein paar Schritten griff Stella sich zwei flache Steine, ließ sie über die glatte Oberfläche des Sees hüpfen. Das hatte sie seit Kindertagen am liebsten mit ihrem Vater gemacht. Sie gehörte zu den wenigen Menschen auf der Erde, die das mit beiden Händen konnten. Eine idiotische Fähigkeit, die im Alltag keine Bedeutung hatte – aber sie war stolz darauf.

Nachdenklich glitt ihr Blick über das Wasser. Was geschah, wenn ein Schädel ins Wasser geworfen wurde? Er sank nach unten, wie nahezu alles, was man ins Wasser warf. Was hätte ihn nach oben befördern sollen?

Stella war frech genug, Viktor Swartling anzurufen und ihm diese Frage zu stellen. Der lachte über die „Kleine Detektivin" – aber bei ihm klang es charmant. Dann wurde er ernst und erklärte ihr, dass es jede Menge andere Möglichkeiten gab. Etwas konnte dafür gesorgt haben, dass sich Sauerstoff im Schädel sammelte. Er nannte ihr Beispiele dafür. Jede einzelne Möglichkeit markierte er als möglich, aber abstrakt. Einen guten natürlichen Grund dafür zu finden, fiel Swartling schwer.

Sie hatten in der Ermittlung auf externe Gründe gesetzt. Fische, Schwimmer, Taucher, Angler. Etwas in dieser Art. Ihre Vermutung war ebenso eine Zeitlang dahin gegangen, dass der Schädel erst kürzlich versenkt worden sein konnte.

Der Gedanke funktionierte jedoch nur in einer unsinnigen Konstellation: Er hätte in dem Falle dennoch in einem anderen Gewässer gelegen haben müssen. Die Zersetzungsspuren der Haut waren eindeutig. Und warum würde jemand einen Schädel in einem Gewässer versenken, ihn wieder hervorholen und dann in einem anderen versenken?

„Wenn dir dazu etwas einfällt, meine kleine Detektivin, dann kannst du morgen bei uns einen Job haben. Uns ist dazu jedenfalls nichts vernünftiges eingefallen."

Nach dem Gespräch blickte sie lange übers Wasser. Sie registrierte, dass die Teenager sie immer noch beobachteten. Vor allem der Junge, der um die 14 oder 15 sein mochte. Das Mädchen erschien ihr älter – aber waren junge Mädchen nicht immer erwachsener als die gleichaltrigen Jungs? Hatte sie nicht selbst stets mit älteren Typen anbändeln müssen, wenn sie einen Partner auf Augenhöhe haben wollte?

Ihr Blick glitt über den See. Sie trödelte ein Stück am Ufer entlang. Der Teil des Sees, in dem sie den Kopf gefunden hatte, war der deutlich kleinere Teil des Sees, der ein wenig geformt war wie eine Acht – nur mit einem sehr kleinen Kopf. Der obere Part war nicht nur in seiner Ausdehnung deutlich kleiner – er war vor allem auch weniger tief. Die Tatsache, dass er dadurch schneller warm wurde, war hier in der Region wichtig und machte ihn zu dem wichtigeren Teil. Der kleine Part war wärmer und erlaubte das Baden zu Zeiten, in denen der große Part noch viel zu kalt war.

An der schmalen Stelle, die seitlich von zwei großen Felsen bestimmt wurde, blieb Stella stehen. Sie machte einen Satz, sprang auf den Stein und balancierte sich aus. Von hier aus hatte man einen anderen Blick. Sie schaute sich um, warf einen langen Blick über den großen Teil des Sees. Gesäumt von Nadelbäumen und ein paar vereinzelten Birken zog er sich dunkel und grün dahin. Topfeben, ausgeglichen, ruhig. Der See war einer der wenigen, an dem es keine Hütten gab. Er war schlicht zu abgelegen.

Als Stella so analytisch darüber nachdachte, fragte sie sich beinahe, ob in einem solchen See nicht noch viel mehr Leichen zu finden sein müssten. Wenn sie sagen sollte, wo sie hier in der Gegend eine Leiche loswerden würde – dieser See war schon eine gute Adresse. Abgelegen, dunkel, tief. Es gab keinen wichtigen Wanderweg, der hier entlangführte, der etwa große Touristenmengen beschert hätte. Auch ein Anfänger konnte hier eine Leiche verhältnismäßig leicht loswerden. Für immer.

Was für ein Gedanke.

Sie ließ ihre Ideen weiter kreisen. Erneut griff sie ihr Telefon, drückte die Wiederwahl.

„Stella Nykvist ... ich bekomme langsam Angst, dass du uns bald für deine freie Mitarbeit eine Rechnung stellen möchtest."

Sie konnte Viktors Grinsen durch den Hörer sehen und es übertrug sich auf sie.

„Ich bin ... neugierig, hm?"

„Das ist ja in unserem Beruf eher eine Qualifikation."

„Hm ... dann lass mich doch bitte eins fragen: Der See ... habt ihr den komplett abgesucht?"

„Wie meinst du ‚komplett' genau?"

„Den großen Teil – habt ihr den auch abgesucht?"

„Äh ... Stella ... hast du ein Gefühl, was das bedeuten würde? Da bist du ja tagelang dran. Der ist ganz schön groß und vor allem tiefer und dunkler. Da können die Taucher nicht mal eben so reinhüpfen und wieder hochkommen. Da gibt es Regeln. Da müssen wir denen ein Camp aufbauen, Unterbringungen in der Stadt schaffen, Hotelbetten, Ausgleichszahlungen..."

„Okay ... schon gut ... das wusste ich nicht."

„Du weißt doch: Schweden ist das Land der Sozialpartnerschaften und Gewerkschaftsverbände..."

„Ja – ich bin auch hier zur Schule gegangen, Viktor..."

„Aber du fragst mich das ja nicht einfach so aus Lust und Laune, junge Detektivin, oder?"

Sie musste kurz lächeln. Gerade hatte er sie nicht „kleine" Detektivin genannt. Er hatte „jung" verwendet. Sie fühlte sich leicht erhoben.

„Viktor ... ich kenne solche Abläufe ja nicht. Aber ich habe mich natürlich gefragt: Wenn ich den See anschaue ... würde nicht ein vernünftiger Mensch eine Leiche in dem großen Teil versenken?"

„Den Gedanken hatte ich natürlich auch."

„Aber?"

„Ich habe ihn wieder verworfen. Erinnere dich an den Winter, als der Mann getötet wurde."

„Da habe ich auf Färöer gelebt. Da gibt es keinen Winter."

„Ah ... okay. Hier oben war das ein strenger Winter. Nicht mal so sehr, wenn ich an die Temperaturen denke. Aber wir hatten ganz lange Schnee. Eigentlich praktisch von Oktober bis ... März ... da müsste ich nachsehen. Aber wenn du dir den See mal vorstellst..."

„...ich blicke gerade drauf..."

Er machte eine Pause. „Ah – umso besser. Du siehst, dass die

Flanken des Sees ziemlich steil nach oben reichen. An den Wald heran. Ich denke, dass es ungemein schwierig wäre, bis ganz hinten zu kommen. Mit einer kompletten Leiche. Der Mann wog so um die 80 Kilo – ob jetzt mit oder ohne Kopf. Vermutlich bist du froh, wenn du ihn im vorderen Teil loswerden kannst. Ganz wichtig: Da vorne wärst du sogar mit dem Auto nah genug herankommen. Mutige Fahrer könnten bis an den See gefahren sein, die Heckklappe geöffnet haben und die Leiche abgeladen haben."

„Habt ihr das überprüft…?"

„Der Gedanke ist mir ja gerade eben erst gekommen, als du gefragt hast. Natürlich haben wir das nicht überprüft."

„Hätten Inger Valquist oder Gunnar Standlund die Leiche transportiert - würde man das in ihren Autos heute noch nachweisen können?"

„Kommt immer drauf an, wie blöd sie sich dabei angestellt haben."

„Aber technisch ginge es?"

„Wenn dort Blut war, dann könnten wir es finden und nachweisen. Ja. Es müsste genügend Blut gewesen sein. Und je länger sie gebraucht haben, um es wegzuwischen, umso besser wäre das für uns."

„Kann eine Frau einen 80 Kilo schweren Körper ins Wasser zerren?"

„Wieso willst du jetzt die Frau da reinziehen?"

„Nur so eine Frage."

„Sie hätte die Axt aber nicht schwingen können."

„Ich habe schon mit Äxten…"

„Stella – übertreib es nicht…"

„Aber im Ernst: Kann eine Frau einen 80 Kilo schweren Körper ins Wasser zerren oder nicht?"

„Wenn genügend Schnee liegt, sollte das kein Problem sein. Dann kannst du jemanden ja leicht schleifen."

„Die Frau ist wirklich schmal und fast dürre, finde ich."

„Hm … ja – ausschließen würde ich es in der Konstellation trotzdem nicht. Und sieh eins: Wenn Menschen einen Mord vertuschen wollen, dann entwickeln sie oft ungeahnte Fähigkeiten."

„Okay – also der Mann könnte es erst recht."

„Ja – da sehe ich kein Problem."

„Was machen wir jetzt damit?" Wollte Stella Nykvist wissen.

„Ich hoffe, du erst mal gar nichts ..."

„Ja ja... so meinte ich es nicht..."

Viktor Swartling lachte laut. „Ich hingegen weiß, was ich tu: Ich gehe jetzt die Kollegen wecken und sage ihnen, dass wir eine potentielle Spur prüfen müssen."

16. **Gefechtsordnung**

> Keine 90 Minuten später hatte Stella das Motorrad gegen den Van des Bootsclubs getauscht. Sie tauchte regelmäßig. Seit sie 13 war. Auch in kalten Seen. Dennoch war sie bei aller Sicherheit, die sie in diesem Terrain verspürte, glücklich, dass Nils Nedergren sie begleitete. Er tauchte auch, jedoch deutlich seltener und hatte sich bereiterklärt, sie eher im Sinne eines technischen Supports zu begleiten.

Er hatte auch nicht groß darauf herumgehackt, dass das nicht Stellas Job war. Oder, dass sie sich eventuell in etwas hineinsteigerte.

Als sie sich halbnackt in den Tauchanzug „für große Kinder“ hinein drehte, bekam sie den Verdacht, dass er weitere Hintergedanken bei seiner Zusage gehabt hatte. Also räkelte sie sich ein wenig. Sollte er sich ruhig ein paar warme Gedanken machen.

Als das kalte Nass zum ersten Mal über Stellas Kopf zusammenschlug, lächelte sie. Tauchen hatte nicht nur den Touch von Raumfahrt, von fremden Welten. Sie empfand den Tauchvorgang in seiner Klarheit und umfassenden Begegnung des Körpers mit einem einzigen Element auch immer schon als eine erotische Begebenheit.

Wenn die Wasserfinger deinen Körper mit Strömung streichelten, dir in ihrer Klarheit und Kälte im ersten Moment fast die Sinne raubten und sich alles nur um dich zu drehen schien. Diesen Dialog mit dem Element hatte sie vom ersten Mal an geliebt. Ihr Vater und ihr Onkel hatten sie an diesen Sport herangeführt, der sie in andere Welten zu ziehen imstande war.

Nach ein paar ausgiebigen Zügen, um den Sitz der Flossen zu testen, schaltete sie die breite Gleitlampe an, mit der man außerhalb des Wassers wahrscheinlich ein Stadion beleuchten konnte. Unter Wasser verlor sich ihr Strahl unweit von ihr in der Schwärze der stummen Umgebung. Ein kleiner Schwarm Fische wurde aufgescheucht, wechselte die Richtung blitzartig. Als wären 100 Fische ein Lebewesen. Koordiniert von Magie – ganz ohne militärisches Gebrüll und erlernter Befehlskette.

Eine eigene Ästhetik.

Den Lichtstrahl voran zog sie ihre Bahn in die Tiefe. Sie beschrieb eine große Spirale, um nicht zu schnell zu tief zu gehen. Ihr fehlte im Moment Training und sie hatte sich eine Ecke des Sees ausgesucht, die sie klug fand. Wenn hier irgendwo noch eine Leiche zu finden sein sollte, dann war die Wahrscheinlichkeit, dass sie sie aufspüren würde, nicht besonders groß. Sie suchte eher nach Hinweisen. Nach Spuren. Das war ihr klar. So realistisch war sie, die „junge Detektivin". Diesen Titel trug sie mit ein wenig Stolz, das spürte sie.

Der Atemrhythmus hatte sich eingependelt und sie fühlte sich wieder ausgezeichnet, als sie den Grund des Sees zum ersten Mal mit dem Strahl der Lampe erwischte.

Ein größerer Fisch wühlte sich aus dem Schlick des Bodens und zischte davon. Respektvoll hielt sie inne und widerstand dem Verlangen, ihm neugierig hinterher zu leuchten. Vorsichtig tauchte sie in Richtung des kleineren Sees. Dann hielt sie inne. Sie blickte nach rechts, dann nach links. Wieder zurück. Sie ließ Lichtstrahl und Blick nach oben gleiten. Mist. Sie hatte den Überblick verloren. Sie schien hier unten im Dunkeln in die falsche Richtung geschwommen zu sein.

Innerlich ärgerte Stella sich massiv. Sie wandte ich um, suchte nach Anhaltspunkten. Aber hier unten war es wirklich beeindruckend dunkel. Schwärzer als sie erwartet hatte.

Langsam sah sie ein, dass sie Mist gebaut hatte. Sie schwamm ruhig wieder nach oben. Nach einiger Zeit hielt sie an, um sich zu akklimatisieren. Das war übertrieben in diesem Gewässer, aber hart antrainiert. Wenige Augenblicke später setzte sie ihre Flossen wieder in Gang und schob sich gen Himmel. Die Lampe hatte sie ausgeschaltet. Senkrecht nach oben war nicht so schwer zu finden, fand sie immer.

Sie malte sich aus, wie es sein würde, wenn sie die Leiche wider Erwarten doch finden würde. Dann drosselte sie sich. Das war wirklich kindisch. Als sie durch die Wasseroberfläche stieß und die Brille lüftete, war sie mehr als erstaunt. Sie war an einem Ende gelandet, an dem sie sich selbst nicht vermutet hatte. Wie konnte ihr das passieren?

Nils Nedergren winkte ihr, saß auf einem Haufen Zeug, das er aus dem Van herangeschleppt hatte. Er rauchte konzentriert. Nach einer Zigarette sah das nicht aus. Was machte seine Mutter noch beruflich?

Stella winkte kurz zurück, setzte die Brille wieder auf, kam in den Atemrhythmus und paddelte mit hoher Geschwindigkeit in Richtung des Übergangs zum kleinen See. Schließlich tauchte sie mit einer kleinen Bewegung ein, knickte den Oberkörper ab, zischte eine ganze Zeit im Blindflug herab und genoss diesen Rausch.

Erst spät schaltete sie die Lampe an. Sie war mit hohem Tempo getaucht, beinahe zu schnell. Nun prallte sie fast zurück, musste regelrecht ausweichen. Wieder hatte sie sich verschätzt und war schon zu nahe am düsteren schlickigen Boden.

Dann erst begriff sie mit einer gewissen Verzögerung: Das war nicht der Boden. Sie wich aus, stoppte ihren Flow, schwamm vorsichtig zurück und richtete die Lampe auf das Objekt, das sie erschreckt hatte. Am liebsten hätte sie laut losgeschrien!

Wie würde es sich anfühlen, wenn sie das jemandem erzählen würde?

17. Hunderttausend mehr oder weniger

> „Das habe ich schon verstanden!“ Inger wirkte angefressen. Seine Kollegin Britt war einen halben Schritt zu weit gegangen. Aber Jakob fand ihr Vorgehen angemessen. Inger Valquist schien verstört zu sein. Was die beiden Beamten stutzig machte, war die gesamthafte Reaktion der Frau. Selten erlebte man so etwas, wenn man eine solche Nachricht überbrachte. Sie hatten ihr gerade verkündet, dass sie zu einem Verhör mit auf die Wache kommen musste. Im Zusammenhang mit dem Tode ihres Gatten Arvid Valquist.

Meist wollten die Menschen in dem Falle doch etwas wissen, verstehen und begreifen.

Hier war nichts dergleichen geschehen. Keine Frage, keine Neugier, kein Interesse. Es schien vielmehr so, als wären sie Inger mit dieser Nachricht in die Tagesplanung geplatzt wie eine unliebsame E-Mail mit einem Sonderauftrag und sie versuchte jetzt, den wieder loszuwerden.

Die drei schwiegen eine Weile und im Falle der beiden Beamten geschah das bewusst, obwohl sie noch nicht gut aufeinander abgestimmt waren.

Inger blickte in den verglasten Raum, in dem das Meeting stattfand, aus dem sie sie eben geholt hatten. Sie presste die Lippen fest aufeinander. Es dauerte weit mehr als 30 Sekunden, bis Inger sich räusperte und dann bekanntgab „Ich werde es dem Geschäftsleitungsgremium jetzt bekanntgeben. Sie wissen noch nicht, dass ihr Arvid für tot erklären werdet.

Dann können wir auf eure komische Wache fahren und einer von Euch bleibt dann eben hier und befragt meinethalben die Geschäftsführung.“

Die beiden Beamten warteten respektvoll vor dem Meeting-Raum. Der Auftritt Ingers vor ihren Kollegen dauerte nicht lange. Mitgründer Daniel und Interimsmanager Gunnar nahmen sie anschließend beide vertraut in den Arm. Die beiden Polizisten tauschten einen raschen Blick. Sie hatte den beiden anderen nicht verkündet, dass der Firmengründer bald offiziell für tot erklärt werden würde? Sie wusste das jetzt seit mindestens 48 Stunden.

Sie hatten keine Zeit mehr, sich diesbezüglich auszutauschen, bevor sie mit Britt gemeinsam aus dem Gebäude verschwand. Die anderen Kollegen und Kolleginnen des wichtigen Meetings schienen weniger vertraut mit Inger zu sein. Sie reagierten betroffen, aber in Summe ruhig. Nur eine junge Frau, die offensichtlich das Protokoll führte und eine Sekretärin zu sein schien, begann zu weinen.

Gunnar legte ihr die Hände väterlich auf die Schulter und Jakob registrierte, dass er eine solche Vertraulichkeit in dieser Situation nicht gewollt hätte. Vermutlich war die Frau Arvids Sekretärin gewesen und hatte ihre eigene persönliche Leidensgeschichte in dieser Sache.

Der Rest der Mannschaft war erstaunlich gefasst, als Jakob zunächst begann, mit ihnen als Gruppe zu sprechen. Sie klärten gemeinsam zunächst ein paar operative Themen.

Was war jetzt zu tun? Wer musste informiert werden? Welche handelsrechtlichen Konsequenzen hatte der Tod von Arvid Valquist für die Firma? Alle wichtigen Jobs landeten bei der Sekretärin. So lange, bis die schließlich wortlos aufstand, ihren Block liegen ließ und weinend den Raum verließ und sich unter Tränen gepresst und schwer verständlich entschuldigte.

Jakob blickte ihr hinterher, schaute in den Raum und erwartete, dass jemand der Frau hinterhergehen würde. Nichts dergleichen geschah und er schüttelte den Kopf. Aber es war nicht an ihm, zu urteilen, solange er die Verhältnisse und Beziehungen der Menschen untereinander nicht kannte.

Dennoch: Auch diese Reaktion erschien ihm eigenartig kalt.

Nach einer Pause bat er darum, diese Sitzung aufzulösen, damit er mit Gunnar Standlund sprechen konnte. Er behielt sich weitere Mitarbeiter vor. Daniel Ohisson, der Mitgründer, würde in jedem Falle einer von ihnen sein. Jakob hatte ihn vor ein paar Monaten gemeinsam mit seiner Chefin Linda Nedergren vernommen.

Er zog sich mit Gunnar in dessen Büro zurück. Im Vorzimmer

erkannte Jakob die Sekretärin wieder, die hektisch in ein Festnetztelefon sprach – norwegisch, wie ihm schien. Hätte er raten sollen, hätte er darauf getippt, dass die junge Frau ihre Mutter anrief. Er notierte sich geistig: *Mit der muss ich sprechen.*

Kaum, dass sie in Gunnars Ledersofa-Kombination Platz genommen hatte, legte Jakob sein Telefon aufnahmebereit auf den Tisch, ohne um Erlaubnis zu fragen. Er erkundigte sich nach der Frau im Vorzimmer.

„War die Dame Arvids Assistentin?"

Gunnar nickte. „Bis ... ja – bis er eben verschwunden ist. Sie sieht jünger aus, als sie ist. Die war hier praktisch Gründungsmitglied bei der Firma."

„Und dann ... bist du ... wann bist du genau gekommen?"

„Hierher?"

„Sicher."

Gunnar schien überlegen zu müssen und nahm sogar sein Telefon hinzu. „Das war in der dritten Januarwoche vergangenes Jahr."

„In der dritten Januarwoche? Das war wirklich schnell. Arvid ist ein paar Tage vor Weihnachten verschwunden. Wann habt ihr die vertraglichen Themen geklärt?"

„An dem Tag, als ich angefangen hab. Das mag jetzt für dich komisch klingen, aber in solchen Jobs diskutierst du ja am Ende nicht über 100.000 Kronen mehr oder weniger – das ist ja ein Gesamtpaket. Und ich kenne Inger schon seit Jahren. Da war klar, dass sie mich nicht übers Ohr hauen würde."

„Du warst zuvor Unternehmensberater?"

„Technisch bin ich es noch. Ich habe nur ausgesetzt, um Inger hier zu helfen. Das ist jetzt über ein Jahr her. Das war so natürlich nicht geplant." Er machte eine Verlegenheitsgeste mit der Hand an der Nase und blickte einen Moment lang aus dem Fenster nach draußen, wo man den Schärengarten mit seiner rauen Schönheit bestaunen konnte.

Für einen Moment folgte Jakob, dem die Schären in den letzten Jahren oft gefehlt hatten, seinem Blick. Dann fing er sich wieder. „Gunnar – wie ist deine vertragliche Regelung? Was passiert jetzt, wo der Firmengründer tot ist?"

„Das ... Ich muss das nachsehen, ganz ehrlich."

„Können wir das bitte gerade tun?"

„Jetzt?"

„Sicher."

„Also der Vertrag ... mein Arbeitsvertrag ist in meinem Schließfach, wie es sich gehört."

Jakobs Mine kräuselte sich. „Aber ... wir sind doch hier bei deinem Arbeitgeber. Da wird er doch wohl eine Kopie deines Arbeitsvertrages bei der HR-Abteilung geben. Da wäre ich mir sogar sehr sicher."

Er wirkte verwirrt. „Ach so ... das hast du natürlich recht."

Gunnar Standlund sprang pflichtbewusst auf und wies seine Sekretärin an, sich um dieses Thema zu kümmern. In einem Ton, der Jakob unangemessen erschien, vor allem in der jetzigen Situation.

Gunnar kehrte zurück, setzte sich wieder und blickte Jakob erwartungsvoll ins Gesicht. „Kriegen wir hin. Was kann ich sonst noch tun?"

„Ich würde gerne noch einmal einen Blick auf das Verschwinden deines Nachbarn werfen. Auf den konkreten Abend."

„Okay."

„Wie lief das ab? Du warst nicht da, habe ich verstanden?"

„Was heißt *‚nicht da'* – ich war unterwegs, um einen Weihnachtsbaum zu kaufen. Schlagen darf man den ja nicht mehr. Eine Schande, wenn du mich fragst." Jakob Nordlund ging bewusst nicht auf die Frage ein. Persönlich hätte er zugestimmt. Dienstlich empfand er das als unangemessen. Hier oben spielte das eine ganz andere Rolle – das war ihm klar. Im Süden Schwedens hatte es diese Diskussion nicht gegeben, als er dort noch gewohnt hatte. Aber Stinarsund war eben auch satte zehn Autostunden weiter nördlich. Natur war hier wie in der Hauptstadt Kinos und Kneipen.

„Okay ... und dann?"

„Ich bin rauf in Richtung Järvsby und dachte, dass dort kurz vor Järvsby noch der ... weiß nicht genau, was der ist – Russe vermutlich. Ich dachte, der Russe sei da noch mit seinem Stand. War er aber nicht. Also bin ich langsam wieder zurück, habe an dem einen oder anderen Stand entlang der Straße angehalten und dann schließlich einen Baum gekauft."

„Wo genau war das?"

„Pfff... schon kurz, bevor man hier oben wieder auf die Kamm-Straße fährt. Also vor der großen Kreuzung."

„Reden wir von dem Stand, der an diesem kleinen Schotterparkplatz ist?"

„Genau. Der belegt vor Weihnachten eigentlich den kompletten Parkplatz."

„Dort hast du also einen Baum gekauft?"

„Ja – eine viel zu teure Fichte, die wir dann schon zu Neujahr weggeworfen haben, weil sie furchtbar genadelt hat. Grauenhaft. Gab es früher nicht. So einen hätte ich zumindest nicht gefällt."

„Früher hast du also selbst gefällt?"

„Ja, na sicher! Du etwas nicht?"

„Hin und wieder, ja."

„Also – wir haben das immer gemacht! Mein Opa hat mir damals gezeigt, wie man es macht. Er hat mir erklärt, wie man die Axt hält." Er untermalte das pantomimisch und zeigte eine Bewegung wie auf dem Golfplatz. Jakob registrierte, dass Gunnar unter seinem eleganten blauen Hemd mit Monogramm kräftige Muskeln besaß. „Und dann kam das Gesetz! Also habe ich mir alle Bäume angesehen und keiner war gut."

„Okay – und dann?"

„Haben wir abends andauernd Arvid angerufen, der nicht mehr erreichbar war."

„Ich hatte verstanden, dass du unterwegs noch Inger getroffen hast?"

„Ach ... ach so ja. Das hatte ich schon verdrängt. Sie ist mir entgegengekommen. Kurz nach dem Baum-Kauf. Also: Ich hatte ihn schon auf dem Dach meines Wagens. Und da hat sie Arvid gesucht. Sie war da schon einigermaßen sauer."

„Wie lange war er zu dem Zeitpunkt weg?"

„Weiß nicht – eine Stunde, zwei? So genau erinnere ich mich nicht mehr. Aber schon lange genug, um sie sauer zu machen – sonst hätten wir uns ja nicht getroffen."

„Wieso war sie dort hoch gefahren?"

„Sie hatten angenommen, dass Arvid mich gesucht hatte. Früher war man ja beim Baumschlagen auch immer schnapsen. Und Arvid und ich haben das tatsächlich in den letzten Jahren oft gemeinsam gemacht."

„Den Baum geschlagen?"

„Und geschnapst. Wenn ich recht drüber nachdenke ... eigentlich immer. Arvid und ich haben den Baum geschlagen, dann sind wir zu ihnen rüber und haben gekocht. Also – Arvid hat gekocht, sagen wir er mal so."

„Arvid war der Koch in dieser Ehe?"

„Sicher. Inger kocht wie ... eigentlich kann sie nur Brote machen. Heute ist sie deswegen öfter bei uns. Oft auch mittags. Wir haben es ja nicht so weit. Wir kommen oft mittags heim. Außerdem sind wir ja die Chefs. Da kann man auch mal zwei Stunden Mittag machen und keiner schaut einen blöd an."

„Das war vorher nicht so?"

„Nie. Meine Frau und sie schon ... Aber ich war ja als Unternehmensberater immer viel unterwegs."

„Das ist jetzt deutlich komfortabler für dich, hm?"

„Absolut, ja", bestätigte er

„Okay... Du hattest also Inger getroffen. Wie lief das ab?"

„Sie hat mit mir gesprochen, hat mich gefragt, ob Arvid mich getroffen hätte. Er hatte wohl mit ihr telefoniert und erzählt, dass er mich treffen wollte."

„In den Akten steht das etwas anders."

„Wie steht es denn da?"

„Inger hat damals ausgesagt, sie hätte mit ihm telefoniert und er habe ihr erzählt, dass er dich *gefunden* habe."

Gunnar schlug sich vor die Stirn. „Stimmt! Das hatte ich vergessen. Dabei haben wir darüber damals oft gesprochen. Mann ... dass ich das vergessen habe." Er schüttelte nachdenklich den Kopf. „Wir haben uns das damals so erklärt, dass er wohl dachte, er habe mich irgendwo gesehen. Dann hat er aufgelegt und festgestellt, dass er mich verwechselt hat. Oder er hat meinen Wagen irgendwo gesehen. Etwas in der Art."

„Okay... Wo hätte er dich dort oben treffen können? Hattet ihr einen Platz, wo ihr öfter wart?"

„Nein ... nicht in dem Jahr. In den Jahren davor waren wir immer dort oben in der Gegend, wo er ... also – wo ihr ihn wohl gefunden habt. Aber es war ja klar, dass man dort nicht mehr fällen durfte."

„Arvid hatte scheinbar einen Gutschein, um an einer anderen Stelle zu fällen."

„Das sagt mir jetzt nichts – davon wusste ich nichts. Hatten wir auch nicht drüber gesprochen."

„Okay. Also du hast den Baum auf dem Dach, triffst Inger Valquist. Ihr unterhaltet euch kurz. Und dann?"

„Sie fährt weiter, sucht ihn. Ich fahre heim und lade den Baum ab."

„Hast du ihn aufgebaut?"

„Nein ... der muss ja erst mal ein paar Stunden stehen. Ich habe ihn am kommenden Morgen ... Nein – wenn ich jetzt darüber nachdenke, habe ich ihn erst am übernächsten Tag aufgebaut. Am nächsten Tag waren wir mit Inger unterwegs, meine Frau und ich. Da war ja Chaos – da waren wir bei der Polizei und so. Gruselig."

„Okay – so weit bin ich noch nicht. Der Abend. Wie war das? Ihr wart im Haus der Valquists?"

„Genau. Die ganze Zeit. Wir hatten sogar unser Telefon mit rüber genommen, falls Arvid bei uns anrufen sollte. Was ja blödsinnig ist. Aber irgendwie kommst du in so einen Aktionismus, wenn so etwas passiert. Du willst doch was tun! Wir wollten Inger helfen, irgendwie beteiligt sein! Dafür sorgen, dass Arvid wiederkommt. War ja klar, dass das nicht in unserer Macht stand..."

„An dem Abend – was hast du da gedacht? Was war deiner Meinung nach passiert?"

Er überlegte, zuckte mit den Schultern. Jakob arbeitete gerne mit dieser Frage. Seine Erfahrung zeigte ihm, dass Leute, die logen, in der Gegenwart ganz gut lügen konnten. Auf eine Lüge in der Vergangenheit waren sie oft nicht eingestellt. „Ich kann mich nicht mehr erinnern. Wir haben wohl am ehesten geglaubt, dass er einen Unfall gehabt hatte, oder?"

„Also habt ihr bei der Polizei angerufen?"

„Mehrfach. Und auch bei der kleinen Station in Järvsby. In Summe sicher an die zehn Mal. Grauenhaft. Wir haben alle nicht geschlafen. Und deine Kollegen ... Die wollen ja nichts mit Vermissten zu tun haben, die noch nicht seit mindestens zwei Tagen verschwunden sind." Er warf Jakob kurz einen vorwurfsvollen Blick zu, senkte die Augen dann aber wieder. Er blickte rasch auf die Uhr.

„Okay. Wie ging das weiter?"

„Die kommenden Wochen hatte Inger immer wieder Termine bei der Polizei. Aber es kam ja nichts dabei raus."

„Was ist deiner Meinung nach passiert?"

Gunnar stöhnte und strich sich übers Gesicht. „Wenn wir das wüssten, wären wir klüger, oder? Bis eben bin ich ja noch davon ausgegangen, dass er verschwunden ist. Jetzt isser tot..." Jakob war der Ansicht, dass das auch in ihrem letzten Gespräch bereits klar gewesen war. Und falls nicht, so musste er ja wohl davon ausgehen, dass die beiden eng verbundenen Nachbarn über das Thema sprachen. Eigentlich war dieses Unwissen fast verdächtiger als alles andere. Aber verdächtig wofür?

Gunnars Sekretärin betrat den Raum diskret und fast unterwürfig. Sie reichte ihm einen Stapel Papiere und Gunnar prüfte sie sofort routiniert und fand die entsprechende Stelle. „Okay ... hier steht es ja. Wenn sich herausstellen sollte, dass er tot ist ... Oh – das hatte ich auch schon nicht mehr so im Kopf."

„Was passiert dann?"

„Dann muss die erweiterte Geschäftsleitung einen Nachfolger bestimmen. Innerhalb von 60 Tagen. Finden sie keinen, müssen sie einen Interims-Manager bestimmen."

„Dann ist es also nicht so, dass du deinen Job einfach weitermachen kannst."

„Na ja ... rein auf dem Papier nicht. Das wäre ja auch zynisch gewesen, oder?“ Er überlegte einen Moment, blickte nachdenklich auf das Blatt. „Sie könnten mich natürlich sofort als Interims-Manager bestellen. Müssen wir nachher mal diskutieren im Board. Ja – das könnten sie tun, wenn ich das hier richtig lese.“

„Hm – möglicherweise. Okay – sag mir noch eins, Gunnar. Du warst Unternehmensberater. In welchem Segment?“

„Hauptsächlich Versicherungen und Banken, aber auch Energie.“

„Mit Themen wie hier hattest du also nichts zu tun?“

„Bislang nicht. Aber das geht einem als Berater ja auch öfter so.“

„Wie kam das zustande? Hast du Inger Valquist angeboten, hier zu arbeiten?“

„Es war eher so, dass sie mich darum gebeten hat.“

„Eher?“

„Okay... im Sinne einer Vernehmung: Sie hat mich darum gebeten. Aber es passte gut. Ich hatte zu der Zeit kein relevantes Projekt. Sie wusste, dass ich solche Sachen beherrsche. Ich habe schon alles Mögliche gemacht. Wenn auch nicht exakt das, was ich jetzt hier mache. Dir als Polizist wirft sicher auch niemand vor, dass du erstmals in einem Erstechungs-Mord ermittelst, wenn du bislang nur Erschießungen hattest, oder?“

„Ich kann mich nicht erinnern, etwas in der Art gesagt zu haben?“

„Ja – aber *gedacht* hast du es. Die Leute sagen sich immer ‚*wieso bekommt so einer zwei Millionen, wenn er doch keine Erfahrung in dem Thema hat?*‘ Dabei ist das je genau die Stärke! Wir sammeln viele Erfahrungen. In den unterschiedlichsten Projekten. Das ist keine präzise Qualifikation – das ist eine breite, eine systematische.“

Jakob hob abwehrend die Hände. „Nochmal - ich hab nichts gesagt.“ Dann erhob er sich. „Das wäre es für den Moment. Ach – sicher hast du noch die Quittung für den Baum, oder?“

„Was?“

„Die Quittung... Für den Weihnachtsbaum. Wenn du den

schon bezahlen musstest. Mir reicht ein Auszug aus dem Konto als Screenshot." Er nickte Gunnar freundlich zu, schloss die Tür und wanderte mit einem freundlichen Gruß durch das Vorzimmer und bemühte sich, rasch hinauszukommen. Dann beschloss er, noch rasch mit Daniel Ohisson zu sprechen. Er fragte die Sekretärin freundlich und sie erhob sich und brachte ihn rasch zu dem Büro des anderen Firmengründers. Der kam ihm schon auf dem Gang entgegen. „Hallo Jakob, komm rein."

18. **Todesstrudel**

> Britt und Linda hatten sich mit einem Notizblock und einem Notebook gegenüber von Inger Valquist positioniert. Auf dem Tisch lag ein großes Bild ihres Mannes. Genauer gesagt: Seines Kopfes. Die Verletzung mitten im Gesicht war unappetitlich und man konnte darüber streiten, ob es angemessen war, den Toten so darzustellen. Aber Britt hielt es als Grundlage des Gesprächs für angebracht. Der Mann war tot. Mit DNA und Zähnen jetzt auch offiziell für tot erklärt worden. Ebenso war seine Hand eindeutig zugeordnet worden. Daran würde auch die weitere Ermittlung nichts mehr ändern.

Und was sich zwischen den beiden abspielte und über Stella Nykvist zu ihnen gelangt war, sprach eine Sprache, die ein Verhör erforderte.

Sollte Inger darin verwickelt sein, war das Foto goldrichtig. Falls nicht, was es schmerzhaft, schadete aber vermutlich nicht.

Insofern überwog der Nutzen aus Britts Sicht.

Sie begannen mit den entsprechenden Formalitäten und dann fragte Britt „Lass uns bitte am Tag des Verschwindens von Arvid beginnen."

„...das... Wie oft denn noch?" Inger schüttelte den Kopf und wirkte dabei fast angewidert.

Britt ignorierte diesen Einwand, den sie als höchst unpassend empfand. „Er ist am späten Nachmittag verschwunden. Was war an dem Tag bis dahin geschehen?"

„Nichts, absolut gar nichts."

„Wie haben wir uns das vorzustellen?"

„Wir hatten den Tag frei genommen, wir beide. Er war morgens kurz in der Firma gewesen. Irgendetwas gab es da mit Daniel zu klären. Ich kann mich nicht erinnern, worum es da ging, aber es war irgendetwas, was noch vor Jahreswechsel passieren musste. Also vermutlich etwas mit Steuern oder so." Sie machte eine vage Bewegung mit der linken Hand und signalisierte Desinteresse.

„Und dann?"

„Dann waren wir beide einkaufen. Wir sind nach Järvsby gefahren."

„Das ist ein ganzes Stück, wenn man nur einkaufen will. Warum dahin und nicht nach Stinarsund? Ich meine: Järvsby gilt ja nicht unbedingt als Shopping-Mekka."

„Dort gibt es einen anständigen Markt, den wir mögen. Erst seit ein paar Jahren. Kennst du den nicht?"

„Im Ernst? Da gibt es einen Markt?" warf Linda erstaunt ein. „Das wusste ich gar nicht."

Eigentlich fand Britt die Bemerkung etwas unpassend. Aber es war der Kollegin gelungen, Inger dadurch in einen Plaudermodus zu bringen. „Na ja – der ist dort auch nicht immer. Ist eine Folge von der Sache mit den Fischerei-Rechten, wenn ich es recht verstanden habe. Aber vor Weihnachten ist er dort mehrmals. Da gibt es viel Reh-Gulasch und solche Sachen. Tolle Gewürze. Fisch natürlich. Und wir wollten Fisch haben. Die beiden ... Den Rest wisst ihr ja eigentlich. Die Nachbarn wollten uns besuchen am Abend. Wir wollten kochen. Und das ging dann wohl irgendwie schief."

„Okay... Ihr wart also in Järvsby – dann seid ihr wieder heimgekommen. Und dann?"

„Hat er viel telefoniert. Auch mit ein paar Leuten, die er schon ewig nicht gesehen hat. Das hatte etwas Sentimentales."

„Okay ... das dauerte wie lange?"

„Puuuh – schon so zwei Stunden, denke ich."

„Okay – und dann?"

„Hatten wir Sex."

Die beiden Polizistinnen stutzten kurz, dann beschlossen beide, sich ihr Erstaunen nicht anmerken zu lassen. Die meisten Menschen blendeten Details dieser Art gegenüber der Polizei gerne aus. „Okay", murmelte Britt. „Was geschah dann?"

„Nicht viel. Irgendwann später wollte Arvid rüber zu Gunnar gehen. Gunnar war so wütend, dass er keinen Baum schlagen konnte. Und Arvid hatte von einem unserer Partner einen Gutschein für kontrolliertes Fällen."

„Das heißt...?"

„Die Region gibt einige Bäume jenseits des Gesetzes zum Fällen frei. Und dafür nehmen sie natürlich Geld. Das haben die sich schon ganz gut ausgedacht." Für einen Moment sah Inger unschlüssig an den beiden Frauen vorbei. Sie hatte sich enorm gut gehalten bislang, wirkte sehr sachlich. Das Gesetz aber schien sie aufzuregen. Als gäbe es an diesem Tag nichts Wichtigeres.

„Na ja. Irgendwie... Da wird meine Erinnerung unscharf, habe ich aber auch schon mit euren Kollegen besprochen."

„Was bedeutet das?"

„Ich bin mir weder der Zeiten noch der Abläufe vollkommen sicher. Irgendwann war Gunnars Frau bei uns. Wir haben etwas getrunken und dann hat Arvid sich aufgemacht, Gunnar zu suchen. Gunnars Frau und ich waren die ganze Zeit bei uns, haben gekocht. Das Gemüse – den Fisch natürlich noch nicht. Und schließlich haben wir uns gewundert, weil keiner der beiden Männer zurückkam."

„Und dann?"

„Bin ich losgefahren, um die beiden zu suchen?"

„Bist du?"

„Ja, sage ich doch gerade."

„Okay – das hatte wie eine Frage geklungen."

„Wo war Elin Standlund zu der Zeit?", wechselte Linda Nedergren unvermittelt das Thema.

„Elin war bei uns in der Küche und hat sich um das Essen gekümmert. Ich bin dann Richtung Järvsby gefahren und habe Arvid nicht gefunden."

„Du bist nach Järvsby gefahren. Bis ganz nach Järvsby?"

„Nein. Ich habe in etwa dort gewendet ... dort, wo ... Also da in der Nähe des Sees, auf Höhe des Waldes ist ein Wendeplatz."

„Also warst du gute 10 Minuten von Järvsby entfernt."

Sie nickte nachdenklich. Dann zuckte sie die Schultern. „Circa?"

„Und unterwegs...?"

„Unterwegs...?"

„Hast Du da jemanden getroffen?"

„Nein." Sie blickte die beiden Frauen mit gekräuselter Stirn an. „Ach so! Natürlich habe ich jemanden getroffen! Entschuldigt, da war ich jetzt gerade ... irgendwie ... ein verwirrender Tag. Ich habe Gunnar getroffen. Wir haben uns kurz unterhalten. Er hatte Arvid nicht getroffen. Und einen Baum hatte er mittlerweile auch. Also bin ich weiter gefahren. Bis zu dem Wendeplatz."

„Hast du Arvid zwischendurch angerufen?"

„Andauernd. Aber da tat sich nichts. Ich habe ihn sogar einmal angerufen, als ich Gunnar getroffen habe."

„Hat die Polizei damals das Handy geortet?"

„Das Handy? Geortet? Ich – also, das müsst ihr eure Kollegen fragen, davon weiß ich nichts." Sie strich ihre helle Kleidung glatt und setzte sich aufrechter hin.

Linda nickte und bat ihre jüngere Kollegin, das zu prüfen. Sicherlich hatten die Beamten das damals gemacht, obwohl es aus den vorliegenden Akten nicht hervorging. Es war das einzige Logische, obwohl der Empfang dort oben oft nicht gut war. Eine Ortung dadurch häufig unmöglich.

Sie besprachen die weiteren Details des Abends und die Aussage lieferte erwartungsgemäß wenig neue Informationen. Sie diskutierten das Thema Erbe. Da es keine Kinder gab, war der private Teil simpel. Die Firma würde vermutlich in größeren Teilen ebenfalls an sie fallen. Das hatte Stress-Potential.

Inger hatte in dem Gespräch immer wieder Aussetzer, die die beiden befremdlich empfanden. Dann stotterte sie herum, suchte nach Worten. Das wirkte verwirrt, suchend, unklar und passte nicht ins Bild der aufrechten Frau in ihrer hellen Kleidung, die ansonsten fast druckfähige Sätze sprach.

Eine runde Stunde später fuhr ein junger Beamter sie zurück in die Firma.

Als die beiden Frauen gerade ihr Resümee der Vernehmung ziehen wollten, kam Jakob zurück in die Station. Er berichtete kurz von seinem Gespräch mit Daniel, dem anderen Firmengründer. Das hatte lange gedauert und dennoch nur wenig Ergebnisse geliefert. Daniel war trauriger gewesen als Arvids Ehefrau, fasste Jakob das Gespräch zusammen. Sonst gab es nicht viel zu erzählen. Beide hatten die Affäre nicht zur Sprache gebracht. Jakob hatte, wie auch die beiden Frauen, das Gefühl gehabt, das besser vorbereiten zu müssen, Sie hätten es sonst einfach geleugnet. Vielleicht brauchten sie Fotos?

„Diese Sache mit Gunnars Vertrag. Ist das nicht seltsam?"

„Ich hab mich das auch gefragt und werde noch einmal mit einem Juristen sprechen. Daniel hat mir gesagt, dass deren Jurist das empfohlen hat, um keine falschen Fakten zu schaffen. Aber er will Gunnar auf jeden Fall weiter beschäftigen." Dann blickte Jakob zu Boden und schüttelte den Kopf. „Der Kerl verdient dort übrigens fast drei Millionen – hättet ihr das gedacht?"

Britt riss die Augen auf „Was?" Der Neid war in ihren Augen klar zu erkennen.

„Ja, ich war ehrlichgesagt auch ein wenig erstaunt. Daniel hat mir erzählt, dass Gunnar angeblich zuvor noch mehr verdient hat."

„Das würde zumindest deren Haus erklären", steuerte Britt bei und man konnte ihr ansehen, dass sie ausrechnete, wie viele Jahre sie für drei Millionen Kronen arbeiten müsste.

Britt projizierte ihr Vernehmungsprotokoll an die Wand und sie diskutierten einige Punkte, bis Britt nachdenklich einwarf „Ist dir aufgefallen, dass Inger Valquist immer *Gunnars Frau* sagt, wenn sie von Elin Standlund spricht?"

„Ja, ist mir aufgefallen. Nur du hast Elins Namen genannt. Sie sagt stur *Gunnars Frau*, als sei sie nur ein Anhängsel. Dabei hatte ich das so verstanden, dass die beiden die besten Freundinnen seien."

Unvermittelt stand Viktor Swartling mit einem seiner Leute im Flur. Beide redeten laut. Viktor näherte sich dem Vernehmungszimmer der kleinen Wache.

„Diese junge Detektivin ... Glaubt mir: Wir werden sie sehr bald bezahlen müssen."

19. Zum Denken ungeeignet

> Was Viktor schilderte, hatte noch niemand auf dieser Station so erlebt.

„Kinder, ich mache keine Witze“, erklärte er nochmals, die Hände demonstrativ offen vom Körper weg gestreckt. „Die junge Frau hat wirklich Mumm. Ich meine – sobald klar war, dass in dem größeren Teil des Sees etwas sein könnte, hat sie sich das Tauchmobil vom Bootsclub geschnappt ...“

„Hat die überhaupt schon einen Führerschein?“

Viktor zuckte die Schultern, blickte Jakob an. Der nickte. „Sie ist 18 geworden vor kurzem.“

„Umso besser“, stimmte Swartling hektisch zu, machte aber gleichzeitig klar, dass ihm eine solche Verwaltungslappalie in Bezug auf diese Frau gleichgültig war.

Er wischte sein dünner werdendes graues Haar hektisch zur Seite, nahm die Brille ab und putzte sie mit seinem Hemd. „Also ist sie runter ins Wasser, ist ein paar Mal getaucht. Und sie hat ... Nein, wartet! Ich erzähle es anders. Sie hat eigentlich nach der Leiche gesucht. Sie hatte eine gute Idee. Sie hat sich gefragt, wie sich der Kopf in Bewegung setzen konnte.“

„Na – das haben wir ja wohl alle.“

„Ja – aber als sie das durchdacht hat, ist ihr der Gedanke gekommen, dass jemand den Mann dort hin transportiert haben könnte. Wir sollten die Kofferräume der Wagen der Gattin und des Nachbarn überprüfen.“

„Mit welcher Begründung denn?“ Blaffte Linda ihn an, als er weiter sprechen konnte.

Viktor zuckte die Schultern. „Das ist euere Sache.“

Ihr Blick schoss zwischen den beiden männlichen Kollegen hin und her. „Eure kleine neue Freundin hat euch also keine juristische Handhabe geliefert? Na – da bin ich aber ein wenig enttäuscht.“

Viktor erstarrte leicht. Seine Mundwinkel senkten sich. „Linda – machen wir uns mal nichts vor. Unsere *kleine neue Freundin*, wie du sie nennst, hat dafür gesorgt, dass wir hier sauber in einem Mord ermitteln können. Und die hat nicht das Gehalt einer leitenden Ermittlerin."

Es wurde kurz eisig im Raum und Jakob beschloss, für den Moment nichts zu sagen. Linda, die große grauhaarige Frau, schien nochmals gewachsen zu sein. Sie war jetzt die größte im Team. Nach einer Sekunde entschied Viktor sich für die Flucht nach vorn.

„Sie ist also getaucht! Und jetzt ratet, was sie im größeren Teil des Sees gefunden hat?"

„Der Teil, den du nicht durchsuchen wolltest?", schoss Linda Nedergren giftig zurück.

Viktors Gesicht war für einen Moment schwer zu lesen. Er schob sich die Brille mit dem Zeigefinger hoch. Dann ließ er die Bombe mit einem kalten Lächeln aufschlagen. „Sie hat den Wagen des Toten gefunden."

Die folgende Stille war unausweichlich. Sie rührte von beschäftigten Ermittlerköpfen her. Was bedeutete das? Was änderte sich? Lieferte dieser Fund einen Grund für weitere Ermittlungen?

Nach einer Weile zerriss Lindas Wut sie fast, als sie die Sache durchdacht hatte. „Viktor! Das kleine Mädchen mischt sich hier mal knallhart in eine Mordermittlung ein!"

„Ohne sie wäre das gar keine Mordermittlung mehr!"

„Viktor! Jakob! Sag mal – dreht ihr jetzt allesamt durch? Verdammt noch eins! Diese kleine Rothaarige mit dem knackigen Arsch hat alle relevanten Hinweise geliefert, oder? Den Kopf des Toten gefunden, den Hinweis zur Wiederaufnahme geliefert. Jetzt hat sie noch seinen Wagen gefunden. In einem See, in dem das mehrere Tage dauern muss! Wie viel Zufälle wollt ihr denn noch? Schaltet die euch mit ihren straffen Titten das Hirn aus?"

Britt muss gezielt zur Seite schauen, um nicht loszuprusten. Beide Männer hatten einen so dümmlichen Blick im Gesicht, der sie als ertappt auszuweisen schien. Innerlich dachte sie bei sich *‚Die Chefin ist nicht umsonst die Chefin'*.

„Jetzt mal ernsthaft, Männer! Einer der Gründe, warum ich die Vögelei der beiden Verdächtigen heute nicht ins Verhör eingebracht habe, ist genau das. Wie erklären wir denn dem Staatsanwalt am Ende, dass wir auf die Einflüsterungen eines Teenagers gehört haben? Ich glaube, bei euch setzt da echt was aus! Welche Beweise haben wir denn für deren Affäre? Und wo wir dabei sind: Welche Beweise haben wir dafür, dass der Tote überhaupt im See lag? Habt ihr Mal das Verhältnis von dieser Stella zu den Verdächtigen angeschaut?"

Sie blickte Jakob durchdringend an. „Hast du?"

Er zögerte erkennbar. „Nein ... Ich hatte keinen Grund."

„Man hat immer einen Grund für Misstrauen! In unserem Job! In so einem Fall! Mann!" Sie schlug gegen die Wand, verließ den Raum und rief draußen „Ich will, dass ihr das kleine Mädel überprüft! Und diesmal mit dem Hirn, nicht mit dem Schwanz!"

20. **Terroristen**

> Jakob hatte ihr ein Update versprochen und Stella hatte nicht widerstehen können. Wieder nahm sie den Weg am Wasser entlang, den man mit dem Auto nicht fahren konnte. Und wieder ließ sie sich ausrollen. Diesmal hatte sie vor, sich die Nummer mit den plattgedrückten Dosen vor den Antriebsrädern zu sparen. Sie wäre jedoch ohnehin daran gescheitert, weil sie seinen Wagen nicht finden konnte.

Nachdem sie ihr Motorrad abgestellt hatte, latschte sie den Steg entlang bis zum Haus VII, dem vorletzten auf diesem Steg, in dem sie sich die hässliche Verletzung am Arm zugezogen hatte, die langsam abzuebben schien. Hin und wieder schmerzte sie noch. Die Erinnerung würde eine hässliche bleiben. Ob nun mit Narbe oder nicht.

Sie konnte Jakob weder am Haus noch im Haus finden und beschloss, sich auf die Bank zu setzen und zu warten. Polizisten hatten vermutlich keinen ganz planbaren Alltag. Das würde wohl eher chaotisch sein. Erst recht an einem Tag wie diesem. Jetzt, wo Stella ihnen den Wagen geliefert hatte.

Swartling hatte sie spontan in die Arme genommen, als seine Taucher den Daumen nach oben gegeben hatten. Zu dem Zeitpunkt hatte Nils sich schon verdrückt, weil er in diesem Punkt nicht mit seiner Mutter aneinandergeraten wollte. Sie konnte seinen Angaben zufolge leicht ausfallend werden, wenn man sich in ihre Ermittlungen einmischte.

Das wollte er nicht riskieren. Er hatte sich dennoch die Zeit genommen, Stella beim Umziehen zu helfen und aus dem Neopren Anzug herauszuschälen.

War er dabei nur versehentlich seitlich an ihre Brust gekommen? Hatte er ihren Po nur so gestreift, weil es operativ erforderlich war? Da war doch schon etwas zwischen ihnen gewesen, bevor sie nach Edinburgh gegangen war. Das hatte sie sich nicht eingebildet.

Sie nahm ihr Handy aus der Hosentasche, tippte eine SMS an Nils. Sie brauchte drei Versuche, bis sie sie ausreichend doppeldeutig formuliert hatte. Dann schickte sie sie ab. Erst nach einigem Warten begriff sie, dass die Nachricht nicht herausgegangen war. Richtig – hier gab es keinen Empfang. Wer wüsste das besser als sie?

Sie machte einige Schritte Richtung Ufer und hielt ihr Telefon konzentriert vor sich hin. Die Nachbarn aus Haus VI beobachteten sie – ebenso die aus Haus V, sicherlich das traditionellste der Sommerhäuser hier am Steg. So traditionell, dass man schon ahnte, dass es sich um eine deutsche Familie handeln musste, bevor auch nur die beiden Kinder den Mund aufgemacht hatten, um sich um Ketchup zu streiten. Was hatten die Deutschen nur immer mit Ketchup?

Das lenkte die Eltern in jedem Falle für einen Moment ab und sie vergaßen die rotblonde Junge Frau, während ihre Nachricht gesendet wurde. Spontan wollte sie den Rückweg antreten, bis ihr aufging, dass sie die Antwort, falls Nils eine schicken würde, am Haus Nummer VII nicht empfangen würde.

Sie verzog ihr Gesicht, ging zu Jakobs Haus zurück, holte ihren Helm und ging wieder zu ihrem Motorrad, näher an die Quelle des mobilen Empfangs.

Schräg gegenüber der deutschen Kinder kam mit einem scharfen PING die Antwort herein. Nils hatte geantwortet. Whow – hatte der auch drei Anläufe für die Nachricht gebraucht? Sie war mehrdeutig, augenzwinkernd, sexy. So sehr man das eben mit 160 Zeichen anstellen konnte.

Stella grinste frech und antwortete ohne große Verzögerung.

Dann wartete sie, blickte sich um. Was war mit Jakob? Sie schickte auch ihm eine Nachricht. Eine vollkommen Eindeutige ohne jeden Touch von Mehrdeutigkeit.

Kurz darauf klingelte ihr Telefon und sie meldete sich. Es handelte sich jedoch nicht um Jakob. Vielmehr war Nils am anderen Ende.

„Sag mal, Stelly, bist du unten am Steg?“

„Ich ... wieso? Wie kommst du drauf?“

„Eingebung. Ich spüre, wo du dich befindest, weißt du? Great Minds think alike...“

„Babbel nichts nach, was du nicht verstehst, mein Lieber." Sie drehte sich kontrolliert um die eigene Achse und blickte sich um, konnte Nils jedoch nirgends entdecken. War vermutlich nur ein Zufallstreffer gewesen, Waren an so einem milden, warmen Abend nicht alle unten am Wasser?

Netter Versuch. „Und wo bist du?"

„Das rätst du nie..."

Sie bückte sich, nahm das Telefon zwischen Ohr und Schulter und zog ihre Schleife nach.

„Streck deinen Hintern besser nicht so raus, meine Liebe – die Leute gucken schon."

Sie überlegte kurz, dann streckte sie sich, schob ihren Hintern noch weiter heraus. Den mochte sie, mit dem war sie zufrieden. Den sollte ruhig jeder sehen. Nils erst recht. Der wollte sich den doch die ganze Zeit schon greifen.

Offensichtlich war der doch in der Nähe.

„Hör auf", stöhnte er gespielt.

„Tja ... klingt doch so, als hättest du was davon...." Sie erhob sich und versuchte sich in unauffälligen Blicken. Aber da war niemand. Sie überlegte. Wenn er so nahe wäre, hätte sie ihn gehört, also ließ sie ihren Blick weiter streifen. Oh ja ... Da war dieses Haus am Ende von Steg zwei. Das war in den Hang hinein gebaut. Dort stand ein Kerl auf dem kleinen hölzernen Balkon. Mit einem Fernglas.

Sie drehte sich unauffällig weiter, duckte sich und ging gebückt einige Schritte in Richtung ihres Motorrads. Von da, wo er stand, konnte er sie jetzt nicht mehr sehen. Dann huschte sie kurz durch den sichtbaren Bereich und verschwand wieder auf der schmalen Straße hinter den Mülltonnen. Sie stiefelte rasch die kleine steinerne Treppe hinauf und grinste.

„Nils, komm. Sag mir, wo du bist."

„Ich ... ach, weißt du ... meine Mutter ist Polizistin ... ich habe Zugriff auf Satellitentechnologien zur Überwachung und solche Sachen."

„Schon klar – dann sag mir, wie viele Finger ich dir jetzt zeige."

„Du zeigst mir deinen schmutzigen Mittelfinger."

Sie grinste. Er beherrschte das Spiel und versuchte sicherlich, herauszufinden, wie sie es angestellt hatte, aus seinem Sichtfeld zu verschwinden.

„Na komm, das war leicht, wenn man mich kennt."

Sie passierte die Stege im raschen Schritt, rannte einen Augenblick. Dann erkannte sie ihn, wie er mit seinem Fernglas auf den Steg blickte und etwas ins Telefon hauchte.

„Okay – do what I say... Ich möchte, dass du deinen Po noch einmal...."

„Verdammter Spanner", murrte sie. „Hast du keine Angst, dass die Kollegen von deiner Mutter kommen und dich festnehmen, wenn du mit so einem großen Fernglas da stehst?"

„Ich ..." Er senkte das Fernglas, blickte sich um und hatte keine Idee, wo Stella sich befand.

„Na komm, ja ... den Kopf noch ein wenig drehen", führte sie ihn weiter in die Irre. In dem Moment flankte sie bereits von der Promenade aus über den Zaun und stand jetzt im Garten des Hauses. Sie wartete einen Moment. Versicherte sich, dass er sie nicht gehört hatte.

„Warm", murmelte sie so leise wie möglich, als er seinen Blick auf den zweiten Steg vor sich richtete, wo sich eine Gruppe junger Frauen auf einem Boot räkelte.

Sie schlich vorsichtig am Haus entlang. Wenn sie jetzt weiter ging und sprach, würde er sie hören. Also stopfte sie das Telefon rasch in die Tasche, schlich sich auf den Balkon. Er hielt sein Telefon in der einen Hand, das zweistrahlige Fernglas in der anderen. Er trug nur ein Unterhemd und eine abgeschnittene Jeans. Stella entschied, dass der muskulöse Kerl jetzt fällig war. Sie traf die Entscheidung in dieser Sekunde, ließ den Helm auf den Boden gleiten, sprang hinter ihm auf den Balkon, griff von hinten um ihn herum und nutzte seine Verwirrung aus, um ihn rückwärts ins Haus zu ziehen.

„Wenn du nicht schreist, geschieht dir nichts", zischte sie ihm den klassischen Vergewaltiger-Satz ins Ohr und musste fast lachen. Erst nach wenigen Schritten stellte sie erstaunt fest, dass er ihr folgte und sich nicht wehrte. Nicht einmal im Spaß. Sie standen im Wohnzimmer und sie ließ ihn vorsichtshalber los.

Er blieb bewegungslos stehen, wandte sich nicht um und Stella fing an zu lachen, Laut und dreckig. Sie konnte kaum glauben, dass das gerade passiert war. Nils hatte sich wirklich einem Überfall ausgesetzt gesehen.

Er zitterte. Als sie ihn berührte, zuckte er zunächst. Und schließlich nahm die rotblonde junge Frau ihn in den Arm, drückte ihn fast mütterlich an sich. Ihr Lachen war verstummt und sie begriff, dass sie mal wieder einen Schritt zu weit gegangen war.

Sie drückte ihn an sich, umarmte ihn warm.

„Entschuldige, Nils, entschuldige bitte...“ Sie zog ihn an sich. Er hatte immer noch eine etwas weiche Erscheinung. Sie schob ihn zu dem kleinen Klapp-Bett in der Ecke des Raums, das in diesem Typ Häuser praktisch immer an dieser Stelle war. Kurz blickte sie sich um. Außer ihm schien niemand hier zu sein. Schließlich legte sie die Hand um ihn, drückte ihn. Sie streifte ihre Schuhe ab, huschte rasch hinter ihn. Sie legte die Arme um seine kräftige Brust, zog ihn so herunter, dass er sich auf sie ablegen konnte. Ihn schien das zu verwirren. Eine Frau hinter sich zu haben, schien ihm falsch.

Da konnte er als Kerl nicht richtig steuern. Er war ihr ausgeliefert. Darauf mussten junge Typen sich einlassen.

Er versuchte, seinen Oberkörper zu drehen, aber Stella verhinderte das. Sie küsste ihn von hinten auf seinen strammen, kräftigen Hals, der vom letzten Friseurbesuch frisch ausrasiert und empfindsam war.

Ihre Hände spielten mit seinen Brustmuskeln, dann glitt sie mit der einen Hand verspielt über seinen Bauch. Auch dort fühlte sie kräftige Muskeln. Erneut spannte er seine Muskeln an, wollte sich zu ihr umdrehen, aber Stella presste ihn zurück. Wenn hier einer das Sagen hatte, dann doch wohl die Frau, die ihm diesen Todesschrecken eingejagt hatte, oder?

Sie biss ihn leicht in den Nacken, richtete sich ein wenig auf, begann an seinem Ohr zu kauen und spürte, wie er ihr kaum noch widerstehen konnte. Er wollte sich umdrehen, wusste jedoch jetzt, dass das nicht Stellas Regeln waren. Verzweifelt suchte er hinter sich nach ihr, glitt mit seinen Händen ihre Beine hoch, die sie seitlich an ihn gelegt hatte. Ihre Hand glitt über seine Bauchmuskeln nach unten.

Sie wusste, wie verzweifelt Jungs auf diese Stellung reagieren konnten, die sie auf eine eigenartige Weise zu entmachten schien. Mächtige Frauen konnten dieses Verhältnis durchsetzen.

Stella entschied, sie machte die Regeln. Ihre Hand, die über seine Bauchmuskeln nach unten geglitten war, tänzelte nun suchend wieder nach oben, tingelte über seinen Hals, seine Ohren, seine Haare, bis sie wieder weiter herunter glitt. Suchend. Neugierig. Reizvoll.

„Sind wir allein?"

„... für mindestens die kommenden zwei Stunden..."

„Wessen Haus ist das...?" Murmelte sie und knabberte verspielt an seinem Ohrläppchen.

„Ein Freund meiner Mutter. Ehemaliger Polizeichef..." Seine Stimme schien zu verschwimmen. „Was machst du hier, Stella?"

„Meine Hand über deine Bauchmuskeln kreisen lassen."

Er kicherte. Nervös. Angespannt. Irgendwo draußen hörten sie eine heftige Bremsung. Reifen quietschten. Vermutlich führte wieder irgend ein Idiot seine tiefergelegte Karre vor. Stellas Hand glitt erneut über seinen Bauch nach unten. „Ich wollte mich mit Jakob treffen. Deswegen bin ich hier."

„Ah ... und ich dachte, du wärst hier, um mich zu Tode zu erschrecken."

„Das auch. Aber ich mach es ja wieder gut. Deal?" Ihre Hand glitt frech über seinen Schritt auf seine Schenkel. Fast wie zufällig. Sie spürte, wie angespannt und erregt er war.

Dann schlug draußen auf der Terrasse etwas auf.

Plötzlich war eine Taschenlampe auf sie gerichtet. Jemand schrie. Laut und eindringlich.

Nils war zusammengezuckt, Stella hatte sich intuitiv weggeduckt. Einen Augenblick später schrie noch eine Stimme. Eine

Waffe wurde auf sie gerichtet. Jemand knipste das Licht an.

Breitschultrige Typen in Uniformen wurden sichtbar. Der hintere rief wieder etwas. Dann beugte der Kleinere der beiden sich leicht vor, kniff erstaunt die Augen zusammen.

„Nils? Nils Nedergren?“

21. Gesetzeskonform

> Stella hatte die Tirade ihrer Mutter ertragen. Sie gehörte zum Kleinstadtleben dazu. Jeder in Stinarsund schien zu wissen, was am vergangenen Abend passiert war.

Die Polizei war schon zu dem Zeitpunkt gerufen worden, als Stella über den Zaun auf das Grundstück gesprungen war. „Eingebrochen" hieß das im Bericht. „Eine Person mit Militärausrüstung" sollte sie gewesen sein. Vermutlich bezog sich das auf ihren Motorradhelm. Bewaffnet war sie angeblich gewesen.

Kaum, dass die Polizei das aufgenommen hatte und ein Wagen in der Nähe alarmiert worden war, waren weitere Anrufe eingegangen. Jemand hatte scheinbar den Besitzer des Hauses überfallen und mit Gewalt ins Haus gezerrt, wo sie sich jetzt verschanzt hatten. Ein „Angriff" war gemeldet worden. „Militärischer Stil".

So hatten ganze vier Polizisten entschlossen das Haus angesteuert, todesmutig ihre Waffen gezogen und waren Nils, dessen Erregung ob dieses militärischen Übergriffes nicht zu verbergen war, zur vermeintlichen Hilfe geeilt.

Stella hatte sich bis auf die Unterwäsche ausziehen müssen und war nach Waffen durchsucht worden, obwohl Nils sie in Schutz genommen hatte. Sie hatten ihren Helm nach Sprengstoff durchsucht. Das Ganze hatte eine gute Dreiviertelstunde gedauert, in der Stella irgendwann wütend geworden war. Dann ausfallend. Dann hatten die Polizisten sie mitgenommen.

Ihre Mutter hatte sie erst morgens abgeholt. Weinend. Wütend. Unnötig zu erwähnen: Die Polizistin, die ihre Mutter verständigt hatte, kannte sie seit fast 20 Jahren. Ebenso unnötig zu erwähnen: Wenn so etwas passierte und der Sohn der leitenden Kriminalpolizisten beteiligt war, dann wusste auch jeder Polizist im Umkreis davon, bevor es die Zeitungen aufgreifen konnten. Das würde am kommenden Tag geschehen, dessen war Stellas Mutter sich sicher.

Wörter wie „Schande" waren gefallen. Und schließlich ein

Satz, den es in der Familie Nykvist bislang nicht gegeben hatte „Sei froh, dass dein Vater das nicht mehr erleben muss."

„Du klingst wie 90!" hatte Stella gerufen und war gegen jeden weiteren Befehl ihrer Mutter aus dem Haus gelaufen, in den Wald gelaufen. Dort war sie eine Zeit mit hohem Tempo quer durch die Bäume und vor allem über all die Wurzeln gerannt, dann langsamer geworden, letztlich in einen leichten Trab verfallen. Schließlich hatte sie den Weg durch den dichten Wald hinunter nach Stinarsund eingeschlagen. Ihre Sachen waren noch auf der Polizeistation: Helm, Schlüssel, Rucksack. Ihre Mutter hatte sie in der Eile, dieser Schande zu entfliehen, dort vergessen.

Sie wusste, dass sie einen Weg vor sich hatte, teilte sich ihre Kräfte ein. Um nicht vollkommen verschwitzt anzukommen, wechselte sie irgendwann in ein normales Wandertempo. Den letzten Kilometer ging sie so in die Stadt hinein.

Sie war aufgewühlt, fühlte sich aber immer noch besser als daheim.

Dass Jakob sie versetzt hatte, machte sie immer noch stocksauer. Nils hatte ihr erzählt, dass seine Mutter sich mit Jakob angelegt hatte. Scheinbar hatte er dann den Schwanz eingekniffen, was Stella wirklich anwiderte. Ein Erwachsener. Ein Kerl von über 40! Da gilt doch wohl: Face the music! Wenigsten anrufen hätte er können. Oder ihr eine SMS schicken.

Als das Revier in Sichtweite kam, erkannte sie seinen Wagen. Vielleicht ergab es sich ja. Auch den Wagen von Viktor meinte sie zu sehen. Minuten später füllte sie bereits ein Formular aus und erhielt ihre Sachen. Der junge Mann an der Ausgabe grinste breit und konnte das Lächeln die ganze Zeit über nicht ablegen. Effektiv musste Stella verdammt froh sein, dass die Bullen so schnell gewesen wären. Später wäre das viel peinlicher geworden.

Aus dem Augenwinkel spürte sie eine Bewegung in dem großen Raum neben ihr. Sie wollte zunächst nicht hinsehen, hörte dann aber die Stimme von Linda Nedergren.

„Willst du noch kurz bei mir vorbeischauen, Stella Nykvist?"

Sie drehte ihren Kopf um, schaute die Frau mit der schlechten Haut an und erklärte wahrheitsgemäß „Nein, von *Wollen* kann da keine Rede sein, ehrlichgesagt."

Die beiden Frauen blickten einander an und Stella hielt diesem Blick stand. „Tust es dann dennoch, *bitte?*"

„Sicher. Ich denke, ich brauche hier noch zwei Minuten."

Sie kontrollierte den Inhalt ihres Rucksacks ausgiebig, bevor sie alles unterschrieb. Dann schaute sie dem jungen Kerl offensiv ins Gesicht. „Rechnest du mit einem Trinkgeld oder warum starrst du mich die ganze Zeit so blöde an?"

„Ich starre doch ni..."

„Ach komm! Wie habt ihr euch hier das Maul zerrissen, hm? Was erzählt man sich, was gestern passiert ist? Eine Orgie mit fünf eingeölten Walküren, die den kleinen Nedergren verführt haben? Alle nackt, im Hintergrund Sitarmusik, die Luft drogengeschwängert?"

Sein Blick wanderte ins Entsetzte, dann wirkte er beinahe ein wenig abwesend. Ihr fiel eine freche Bemerkung ein, die nur so vor Sex gestrotzt hätte, aber sie wollte es nicht übertreiben. Stattdessen murmelte sie leise *Blödmann* und ging den Gang herunter zu Lindas Zimmer.

Sie blieb in der Tür stehen, ohne etwas zu sagen.

„Komm bitte rein, setz dich."

„Ist das eine Vernehmung?"

„Ich möchte mich mit dir unterhalten."

„In welcher Sache?"

„Würdest du einfach hereinkommen und die Tür schließen?"

Stella dachte nach. Sie hatte sich in den vergangenen Wochen ein wenig schlaugemacht. Wenn ihr die Beamtin nicht sagte, in welcher Angelegenheit und welcher Rolle sie mit ihr sprechen wollte, war das Gespräch streng genommen nicht legal. Sie entschied, das als Munition zu behalten, trat ins Zimmer, ließ die Tür bewusst offen stehen und setzte sich auf den Stuhl, der der großen Frau gegenüber stand. Das hatte etwas von *„Zum Direktor kommen."*

Hätte Stella wetten sollen, sie wäre sicher gewesen, dass ihr

Stuhl extra tief war und der von Linda, die ohnehin so ziemlich die größte Frau in der ganzen Stadt war, deutlich höher.

Sie blieb dennoch sitzen, obwohl sie einen Moment darüber nachdachte, aufzustehen. Sie tat alles, um Linda Nedergren anzusehen, und nicht etwa schuldbewusst zu Boden zu blicken. Sie war nicht schuldig. Sie half hier und musste sich dumm anmachen lassen und eine halbe Nacht in einer Zelle verbringen.

Linda schien hin- und hergerissen, wollte die Tür schließen. Dann entschied sie, die Provokation des rothaarigen Teenagers hinzunehmen.

„Stella Nykvist. Ich kannte deinen Vater, weist du das?"

„Nein. Aber jeder hier scheint ihn gekannt zu haben."

„Ob du es glaubst oder nicht: Er hatte mal Mathe-Nachhilfe bei mir."

„Hm."

„Das muss jetzt ... so rund 25 Jahre her sein. Meine Güte. Er war damals richtig übel in Mathe. Später hat er da ja scheinbar aufgeholt."

„Sieht so aus."

„Es tut mir leid, dass er so früh gestorben ist."

„Mir erst recht."

Linda machte Bewegungen mit den Händen, die sie eher nervös wirken ließen. „Du kannst dir vorstellen, dass ich hier eine Menge zu erklären habe? Wegen gestern?"

„Was hast du da zu erklären? Das waren dein Sohn und ich. Du warst ja nicht dabei."

„Ich – davon rede ich doch nicht!"

„Äh ... hm?" Nun war Stella verwirrt. Sie hatte mit einer Mutter-Predigt gerechnet. „Wovon reden wir denn dann?"

„Du hast dich illegal in meine Ermittlung eingemischt. Das muss ich dem Staatsanwalt erklären."

„Ich habe mich gar nicht eingemischt. Ich habe Hinweise gegeben. Ist meiner Ansicht nach unter ‚Zeuge' abgedeckt, sofern ich das Konzept richtig verstehe."

„Das kann man auch ganz anders sehen."

„Ja – wie denn?", erkundigte Stella sich offensiv.

„Ich schaue mal in dem Fall zurück... Du findest die Leiche. Du findest angeblich heraus, dass die Witwe und ihr Nachbar etwas miteinander haben, machst meine Leute deshalb wuschig. Und jetzt findest du auch noch den Wagen des Toten."

„Das Wort, das dir jetzt nicht einfällt, heißt *Danke*", erklärte Stella. Vor Konfrontationen hatte sie sich nie gescheut. Und was hier gerade passierte, ging in eine Richtung, die nahelegte, dass sie sich sehr bald auf dünnes juristisches Eis begeben würden.

„Stella ... vielleicht versuchst du das mal ein bisschen weniger vorlaut? Wir reden hier über einen ernsten Tatbestand. Da könnte etwa ‚üble Nachrede' drin stecken. Dein Vater hat Geschäfte mit der Stadtentwicklung gemacht. Da kann man schon auf..."

„Halt!" Sie hielt ihr die flache Hand entgegen wie ein Stop-Schild. „Halt, halt halt! Ich glaube, ich höre nicht richtig. Willst du mich gerade in einem Mordfall als Verdächtige vernehmen?"

„Ich rede mit dir als...." Entsetzt stellte sie fest, dass Stella Nykvist sich erhoben hatte. „Was ... Stella – ich rede..."

„Nein, tust du nicht. Ich habe dich völlig korrekt gefragt, in welcher Sache du mit mir reden willst." Stella trat einen Schritt zurück, damit man sie auf dem Gang gut hören konnte. „Du verstößt hier sehenden Auges gegen Verhörregeln! Das kann ja wohl nicht wahr sein! So wird hier Recht mit Füßen getreten."

„Stella! Mäßige dich... Bitte." Sie erhob sich, aber Stella wurde nur umso lauter.

„Ich habe dich gut hörbar gefragt, in welcher Sache du mit mir reden willst. Du hast mir nicht darauf geantwortet. Jetzt reden wir hier plötzlich über Straftatbestände." Sie richtete ihren Blick auf den jungen Mann, der ihr den Rucksack ausgehändigt hatte. Eindeutig der Schwächste hier. „Du hast gehört, dass ich sie gefragt habe, richtig?"

Er gab ein schmales „Ja..." Von sich, bevor ihm richtig klar wurde, was er da gerade getan hatte. Dann wurde er rot. So sichtbar wie in einem Comic. Mittlerweile standen mehrere Kollegen neugierig auf dem Gang. Linda Nedergren kam einen Schritt näher und Stella wurde jetzt sehr präzise und ruhig. Gut hörbar erklärte sie. „Du kannst hier nicht nach Gutdünken handeln, nur weil du dreimal so alt bist wie ich. Für dich gelten Regeln und ich werde eine formale Beschwerde bei William Molander einlegen. Ich betrachte dieses Gespräch als beendet."

Sie wandte sich um und ging den Gang in Richtung Ausgang. Unterwegs fragte sie den jungen Kerl, der ihr die Sachen zurückgegeben hatte, gut hörbar nach seinem vollständigen Namen und seinem Dienstgrad. Er tat ihr leid, aber er war Teil der Show. Ihr war vollkommen klar, dass die im Zweifel hier alle zusammenhalten würden. Niemand würde bestätigen, was hier eben passiert war. Und im Ernstfall würde auch niemand der Sache nachgehen, nahm sie an.

Den Namen William Molander hatte sie aus dem Internet. Wenn sie es recht verstand, war er hier bei der Polizei für Beschwerden dieser Art verantwortlich. Eigentlich hatte sie den Namen herausgesucht, weil sie sich beschweren wollte, dass man sie die Nacht über hier festgehalten hatte. Die Tatsache, dass sie sich vor zwei Beamten bis auf die Unterwäsche hatte ausziehen müssen, fand sie ebenfalls unangemessen.

Sie hatte außerdem nachgelesen: Es hätte eine weibliche Beamtin dafür anwesend sein müssen. Und das Gesetz galt schon vor ihrer Geburt. Unfassbar.

Dennoch umspielte ein leichtes Lächeln ihre Lippen, als sie mit Helm und Rucksack die Polizeistation verließ und hinunter zur Küste lief. Sie kaufte sich zwei belegte Brötchen und wanderte durch die kleine Innenstadt bis runter zu der Straße, die man mit dem Auto nur bis zur Hälfte befahren konnte.

Sie brauchte einige Zeit, um zu spüren, wie hoch ihr Puls tatsächlich gelegen hatte. Stella bemerkte, dass sie nach Schweiß stank und hasste sich dafür. Das passierte ihr nie. Aber offensichtlich war da in ihrem Körper bei dieser Konfrontation weit mehr geschehen, als ihr in dem Moment klar gewesen war.

Sie entschied, zu duschen und später zu ihrer Oma zu fahren. Sie hatten sich noch nicht richtig gesehen, seit sie aus Edinburgh wieder hier war. Und sie wettete, dass Lena Nykvist dennoch schon von dem gestrigen Vorfall mit der Polizei wusste.

Ihr ging die Frage durch den Kopf, ob sie eben gegebenenfalls Mist gebaut hatte. Oder vielleicht eher *wie viel* Mist sie gebaut hatte. Diese Kommissarin so anzuschnauzen... vor versammelter Mannschaft...

„*Stella, da bist du mal wieder zu weit gegangen*“ sagte die guterzogene Stella in ihr und sie verzog das Gesicht ein wenig.

22. **The world has turned and left me here**

> Nackt stand sie vor dem großen Spiegel und betrachtete sich. Es schien ihr, als hätte sie abgenommen. Sie begutachtete ihren Körper leicht seitlich. Sie war zufrieden und wusste, dass Schwimmen seit Jahre dafür sorgte, dass sie zwar etwas zu breite Schultern hatte – aber all ihrer Weiblichkeit schien es gutzutun.

Dann pochte es gegen die Tür. Ihre Mutter. „Stella?"

„Ja?"

„Die Polizei ist hier und möchte mit dir sprechen."

„Oh Mann... Ich komme!" rief sie laut und klar. Dann rubbelte sie ihre leicht lockigen Haare trocken, zog sich etwas an und trat Minuten später mit halb nassen Haaren ins Wohnzimmer.

Linda Nedergren saß auf dem dunklen tiefen Ledersofa und sprach mit Stellas Mutter. Als sie Stella erblickte, erhob sie sich pflichtbewusst, trat Stella entgegen und schüttelte ihr die Hand. Stella sagte keinen Ton, ließ die große Frau mit der schlechten Haut kommen.

„Stella, wir müssen noch einmal reden."

„Ich verschwinde dann mal...", murmelte ihre Mutter in einem fast unterwürfigen Ton und war schon aufgestanden, als Stella sie anzischte. „Nein, Mama – ich brauche dich als Zeugin." Anschließend griff sie frech in ihre Jeanstasche, fummelte an ihrem Telefon herum und erklärte „Du wirst nichts dagegen haben, wenn ich zu meiner Entlastung und Sicherheit eine Tonaufzeichnung anfertige, Linda Nedergren?"

„Ich halte das für übertrieben, Stella."

„Das ist eine Einschätzung, die ich nicht teile. Entweder wir machen es so oder du musst mich mit der entsprechenden rechtlich relevanten Erklärung zum Gespräch bitten. Oder mich festnehmen."

Sie spürte, wie ihre Mutter unter diesen Worten schier zusammenzuckte. Von ihr hatte sie diese Art der Angriffslustigkeit nicht geerbt, das wusste Stella seit Jahren und es hatte ihr Verhältnis immer belastet. Ihre Mutter wollte lieber nicht auffallen. Auch, wenn das bedeutete, eine ungerechte Behandlung zu akzeptieren.

Das hatte Stella spätestens in der Grundschule schon nicht recht einleuchten wollen. Sie erinnerte sich an ein Erlebnis mit ihrer Mutter auf dem Schiff nach Färöer. Sie hatten ihr in einer Tüte mit sechs Brötchen nur fünf gegeben. Ihre Mutter, zu 100% im Recht, hatte sich geweigert, das zu reklamieren. Letztlich war Stella so wütend geworden, dass sie sich beschwerte – obwohl Lovisa es ihr ausdrücklich verboten hatte. Lächelnd hatte der Mann am Tresen ihr als „Schmerzensgeld" zwei weitere Brötchen gereicht. Eine Geschichte, die diese Fragestellung im Hause Nykvist für immer besiegelt hatte.

Stella stellte das Telefon sichtbar auf den Tisch und nahm sich die Frechheit heraus, die Namen der Anwesenden und die Uhrzeit zu benennen.

„Stella. Ich möchte mich zunächst bei dir entschuldigen. Ich bin vorher zu weit gegangen."

„Du meinst, vorher, als ich bei Euch auf der Station war?"

„Genau."

„Als du mich im Rahmen einer Mordermittlung vernommen hast, ohne mir das vorher zu sagen?"

Linda blickte kurz auf das Telefon auf dem Tisch. „Ich habe dich zu einem Randgebiet einer Mordermittlung befragen wollen. Ich habe dich nicht als Verdächtige befragen wollen."

„Du hast mich trotz Nachfrage nicht darüber aufgeklärt."

„Das ist ..." Sie zögerte. Schließlich gab sie verkniffen zu „Das ist korrekt und dafür möchte ich mich entschuldigen. Ich möchte dennoch mit dir über die Dinge sprechen, die du in die Ermittlung eingebracht hast."

„Gerne."

„Müssen wir die Aufzeichnung weiterlaufen lassen?"

„Vielleicht hilft es dir später für das Protokoll? Ich sende sie dir gerne zu."

„Mh ... okay. Stella. Du behauptest, dass Gunnar Standlund und Inger Valquist eine Beziehung miteinander haben."

Stellas Mutter starrte sie an. „Inger?"

„Mama … ja – ich habe sie gesehen."

„Du kennst Inger Valquist?", erkundigte Linda sich erstaunt bei Stellas Mutter.

„Sicher. Mein Mann hat mit ihr Geschäfte gemacht. Ist aber schon eine Zeit her."

„Aha. Wie lange?"

„Kann ich nicht mehr sagen. Fünf Jahre, sechs Jahre? Jedenfalls ist dabei damals etwas schief gelaufen. Es gab eine Klage. Seitdem haben wir … keinen Kontakt mehr."

„Wer hat gegen wen geklagt?"

„Mein Mann gegen ihre Firma. Sie haben sich aber nachher irgendwie außergerichtlich geeinigt. Die Details kannte ich nicht."

„Aha", hielt Linda mit starker Stimme fest. „Man könnte also durchaus sagen, dass eure Familien ein Problem miteinander haben."

„So weit würde ich nicht gehen", mischte Stella sich ein. „Ich wusste davon beispielsweise nichts. Ich muss damals so etwa 12 gewesen sein. Und ich höre das zum ersten Mal."

„Okay … Ich nehme das einmal so zur Kenntnis. Ich melde aber Zweifel an deiner Aussage an. Du sagst, dass Gunnar Inger zuhause besucht und sie …"

Linda blickte kurz zu Stellas Mutter und Stella nutzte die Pause, um zu erklären „Sex haben? Ist es das, was du meinst."

„So in etwa, ja. Hast du das gesehen?"

„Als ich mich abgewendet habe, waren beide nackt und ineinander verkeilt. Das kann ich gerne auch vor Gericht bezeugen."

„Du kennst also die Häuser dort?"

„Sicher."

„Und das Ganze fand in der unteren Etage statt?"

„Genau. Quasi vom Eingangsbereich über das Wohnzimmer bis ins nächste Zimmer…"

„Hm … dir ist klar, dass man diese beiden Zimmer auch von den dahinterliegenden Häusern einsehen kann?"

„Nein."

„Kann man, ich habe es überprüft. Im Gegensatz zu Jakob, der diese Aussage einfach zur Kenntnis genommen hat."

„Er hat mir geglaubt."

„Hm ... So wie im vergangenen Jahr, als du erzählt hast, den Schädel gefunden zu haben."

„Ich *habe* den Schädel gefunden."

„Du warst nachts an dem Teich. Illegal. Mit einem Auto von *Sjöbodyt! Ytlamark*, das du nicht fahren durftest. Du hattest keinen Führerschein."

Stella zögerte. Sie hatte angenommen, dass nur Jakob das gewusst hatte. Und er hatte es unter den Tisch fallen lassen. „Ihr wisst nur, dass ich in der Nähe war."

„Wir haben den Wagen eben beschlagnahmt."

Ihre Mutter zuckte jetzt und blickte Linda erschrocken an. „Das Auto von *Sjöbodyt! Ytlamark*? Von unserem Bootsclub?"

„Genau. Die Kollegen haben den Van beschlagnahmt. Sie werden ihn untersuchen. Sollten wir dort Spuren des Opfers finden, hast du einiges zu erklären, Stella."

„Das wäre dann wohl so", murmelte sie.

„Was hast du mit dem Wagen gemacht?"

„Himmel, ich bin damit durch die Gegend gefahren!"

„Stella...!" Jetzt bedauerte sie, ihre Mutter dazu gebeten zu haben. So hatte sie sich das nicht vorgestellt. Wie sollte sie das erklären? *‚Ich hatte den Toten bereits gefunden, aber einen vagen lesbischen Traum mit meiner besten Freundin und wollte das nicht versauen?'*

Das klang schwierig.

Was hier gerade seinen Lauf nahm, konnte sie jedoch ihren Führerschein kosten. Stella überlegte fieberhaft. Auf der anderen Seite gab es dieses Bild von ihr mit 17 im Van ohnehin. Die Polizisten konnten jederzeit den Führerschein-Joker ziehen. Dazu musste sie keine schmuddeligen Fantasien bei der gesamten Polizei der Kleinstadt erzeugen.

Dennoch: Sie brauchte eine Geschichte – das wurde ihr schnell klar.

„Stella? Möchtest du mir sonst noch etwas dazu sagen?"

„Nein. Ich hab den Wagen genommen. Der Schlüssel ist zugänglich. Private Fahrstunde, wenn du so willst."

„Dir ist klar, dass das ein Nachspiel haben wird?"

Sie nickte, sagte jedoch nichts.

„Und dann? Hast du den Toten gefunden. Am folgenden Tag. Zufällig."

„Ja. Ich war dort, um etwas zu suchen."

„Was genau?"

„Ich ... kann mich ehrlichgesagt nicht mehr erinnern. Etwas, was ich am Tag vorher dort verloren hatte. Ich denke, eine Haarspange."

„Das sagst du jetzt."

„Das habe ich auch damals gesagt. Aber da war es keine 24 Stunden her und ich konnte mich erinnern. Ihr habt doch Akten, in denen so etwas steht. Schaut doch da nach."

„Das werde ich prüfen. Jetzt erinnerst du dich nicht mehr?"

„Nein. Zumindest nicht präzise."

„Hm..."

Stellas Muskeln waren straff gespannt. Sie war stinksauer. Auf sich, auf die Situation, darauf, dass sie sich nicht erinnern konnte, was sie damals behauptet hatte. Hatte sie tatsächlich von einer Haarspange gesprochen? Nicht die durchdachteste Ausrede einer Motorradfahrerin.

Am meisten ärgerte sie sich darüber, dass Linda Nedergren das so im Raum stehen ließ, als habe sie gelogen. Wer war hier eigentlich in welchem Kontext das Opfer? Hätte sie auf der Basis besser die Klappe halten sollen?

„Woher kommt dein Interesse an diesem Fall, Stella?"

„Sie war schon immer ein wenig neugi..."

„Mama! Das hier ist eine Vernehmung. Mein Interesse an diesem Fall kommt daher, dass ich mich einerseits betroffen fühle. Ich habe immerhin einem Toten ins Gesicht geschaut. Das passiert nicht alle Tage. Und ich hatte auf der anderen Seite das Gefühl, dass da nicht richtig ermittelt worden ist."

„Woher kam dieses Gefühl?"

„Na – ich hab immerhin schon letztes Jahr herausbekommen,

wer der Kerl ist. Ihr nicht."

„Dann kam der anonyme Tipp, den Jakob bekommen hat, also von dir, das gibst du zu?"

„Na sicher."

„Und warum hast du uns den Tipp dann nicht letztes Jahr gegeben?"

„Habe ich!"

„Aha – wann soll das gewesen sein? An wen?"

„Na ... an Jakob!"

„Das ist nirgends verzeichnet."

„Das, Linda, ist nicht mein Problem, sondern euer Thema. Ich habe Jakob das Bild gezeigt. Er wollte es nicht sehen."

„Du beschuldigst ihn da eines schweren Dienstvergehens, ist dir das klar?"

„Nein – das war mir bis gerade eben nicht klar. Aber das ändert nichts daran, dass es geschehen ist."

„Wer kann das bezeugen?"

„Na – Jakob und ich."

„Das nehme ich mal so zur Kenntnis. Da steht ja dann wohl das Wort eines Polizisten gegen das einer Minderjährigen, von der ich nicht mehr ganz sicher bin, wo sie in diesem Fall eigentlich steht."

„Was soll jetzt das bedeuten?"

„Na – alles – von der Leiche über die Auswertung bis zum Fund des Wagens. Das stammt alles von dir. Und du belastest eine Frau, die juristischen Stress mit deinem Vater hatte. Da kann ein Polizist schon auf komische Ideen kommen. Ein Richter auch, nehme ich an."

Plötzlich lehnte Linda sich vor und griff Stellas Telefon. „Ich würde sagen: Das hier konfisziere ich jetzt, um die Vernehmung zu sichern. Du kannst es dir in zwei Stunden bei uns abholen. Du kennst das ja. Vielleicht denkst du drüber nach, ob du dich wirklich an William Molander wenden möchtest."

23. Mit einer winzigen Ausnahme

> Zum zweiten Mal an diesem Tag war Stella Nykvist von zuhause mehr oder weniger weggelaufen. Diesmal hatte ihre Mutter nicht wütend gebrüllt, sondern vielmehr geweint.

So kannte sie ihre Mutter nicht. Lovisa Nykvist befand sich in einer Ausnahmesituation. Sie war praktisch seit dem Schulabschluss mit einem Mann verheiratet gewesen, der ihre Verhaltensweisen überkompensiert hatte. Er war der Mutige. Der Weltreisende. Der Verdiener. Ein Eroberer ersten Grades. Und Lovisa war ihm überall hin gefolgt. Nun war sie in einem Alter, in dem sie noch ihr halbes Leben vor sich hatte. Und der Eroberer fehlte ihr, um es zu überstehen. Derjenige, der sagte, wo es langging.

Und dann passierte so etwas. Innerlich fragte sie sich, ob ihre Mutter wirklich nicht wusste, dass Stella den Tauch-Van andauernd geklaut hatte. Genau genommen hatte ihr Vater Stella dazu gebracht. Der hatte es nicht nur geahnt – er hatte es gewusst, wenn auch nicht in allen Details und Facetten. Aber sein Bruder hatte es die ganze Zeit über gewusst.

Stella landete auf verhältnismäßig geradem Weg bei ihrer Oma. Die umarmte sie erst einmal ausgiebig. Dann taten sie, was am besten half: Sie gingen in den Wald. An der kleinen Hütte fingen sie zwei Fische und brieten sie auf der alten Pfanne. Mit fischigem Geschmack im Mund erzählte Stella ihr die Geschichte. Mit der winzigen Ausnahme, die Yvonne in dieser Geschichte betraf.

Als sie sich von ihrer Oma verabschiedete, ging es ihr bedeutend besser. Sie verabredeten sich für den Folgetag. Dann begab sich Stella erneut auf die Polizeistation.

Diesmal war der junge Kerl angespannt, sprach kein Wort und händigte Stella ihr Telefon aus. Sie bedankte sich und verließ die Station. Dann fuhr sie herunter zum Hafen, gönnte sich ein Eis und schaute über den Schärengarten.

Die kommenden Tage würden nicht lustig werden. Ein Problem mit dem Führerschein konnte sich zu einem großen Thema ausweiten. In der kommenden Woche hatte sie diverse Termine. Bei Berufsberatungen, an der Uni... Sie musste herausfinden, was sie mit ihrem Leben anfangen wollte. Wie hatte sie das nur so lange vor sich herschieben können?

Ihr Telefon riss sie aus den Gedanken. Eine unbekannte Nummer erschien in ihrem Display. Festnetz. Eine lange Nummer ... vermutlich eine Firma, bei der sie ihre Unterlagen platziert hatte?

Sie meldete sich ohne Namen. Am anderen Ende hörte sie eine Frauenstimme. „Stella Nykvist?“

„Wer spricht da?“ Fragte sie misstrauisch.

„Mein Name ist Gun Breinholst. Ich bin Journalistin. Ich schreibe für eine Art ... Frauenzeitschrift.“

„Hm ... was habe ich da...?“

„Wir möchten dich um ein Statement bitten.“

„Ein Statement? Zu was denn?“

„Polizeigewalt.“

„Dazu habe ich nichts zu sagen. Da bekomme ich ja doch nur Ärger.“

„Du hast also Erfahrung mit Polizeigewalt?“

„Das habe ich nicht gesagt. Ich sage nur, ich will keinen weiteren Ärger mit der Polizei haben – insofern habe ich dazu nichts zu sagen.“

„Weil du weitere Repressalien befürchtest, verstehe ich dich da richtig?“

Stella schwieg einen Moment. Dann schüttelte sie den Kopf und legte auf.

Keine zwei Minuten später blinkte eine Handynummer auf dem Display auf. Auch die kannte sie nicht. War das wieder dieselbe Frau? Sie überlegte kurz, den Anruf zu ignorieren – aber schließlich siegte ihre Neugier.

„Hm?“

„Stella?“

Sie kannte die Stimme, brauchte jedoch einen Moment, um sie dem Forensiker zuzuordnen. Und selbst dann war sie sich noch nicht vollkommen sicher. „...Viktor?"

„Genau. Stella – ganz schnell! Das hier ist das Handy meiner Tochter. Dieses Gespräch findet offiziell gar nicht statt. Ich mache es ganz kurz. Wir haben den Wagen von Inger Valquist untersucht."

„Und?"

„Keine Spuren, die wir nicht ohnehin dort vermutet hätten. Der Mann fuhr den Wagen auch hin und wieder. Aber kein Blut oder Vergleichbares."

„Hm ... und bei Gunnar Standlund?"

„Der hat mittlerweile einen neuen Wagen. Den anderen müssen wir noch auftreiben."

„Hm..."

„Aber deshalb rufe ich dich nicht an. Wir haben Blutspuren von Arvid Valquist gefunden. In eurem Tauch-Van, den du in der Nacht hattest."

„Oh nein..."

„Du verstehst sicher, was ich dir gerade sage?"

„Ich..."

„Stella. Diesen Anruf gibt es nicht, hat es nie gegeben, okay? Aber falls du etwas dazu sagen möchtest, wie die da reingekommen sein könnten... Kann Arvid mal bei Euch im Tauchclub gewesen sein?"

„Nein ... nicht, dass ich wüsste. Von was für Spuren reden wir? Blutspuren?"

„Könntest du die erklären?"

Sie dachte einen ganzen Moment lang angestrengt nach. Als sie wieder etwas sagen wollte, hatte Viktor Swartling aufgelegt.

Stella überlegte fieberhaft. Wie konnte das passiert sein? Hatte sie in der Nacht Blut an den Handschuhen gehabt? Sie erinnerte sich noch, dass sie die in den Van gefeuert hatte. Als sie sich umgezogen hatte, war ihr so ungemein kalt gewesen. Halbnackt und nass in der kühlen Nacht dort draußen am See.

So musste es gewesen sein.

Dann kam für einen Moment Misstrauen in ihr auf. Wie weit konnte sie diesem Kerl vertrauen? Vielleicht war das eine

Finte? Stand Linda Nedergren neben ihm und wollte nur herausbekommen, ob Stella sich belastete? Sie hätte durchdrehen können.

Sie musste zwei Dinge tun: Als erstes musste sie sich besinnen und konzentrieren und dann einen ganzen Moment nachdenken. Wenige Minuten später saß sie auf dem Motorrad und fuhr Richtung Westen. Von der Küste weg. Sie kannte eine Hütte im Wald, die sie jetzt benötigte. Sie passierte einige alte Aussiedlerhöfe, die hier oben in einem traurigen Zustand waren. 20 Minuten später befand sie sich an einem Punkt tief im Wald, der praktisch uneinsehbar war, aber noch über Reste von Mobilfunk verfügte. Das wusste sie.

Mit ihrem Vater und ihrem leider bereits verstorbenen Onkel war sie einige Male hier gewesen. Ihre Mutter kannte diese Hütte nicht. Sie gehörte einem Freund ihres Onkels und sie wusste, wo der Schlüssel versteckt war. Die Hütte hatte Strom und Wasser - notfalls konnte man es hier auch länger aushalten. Aber das hatte sie nicht vor.

Sie brühte sich einen Tee auf, nahm zwei große Blätter von einem Malblock, der hier scheinbar für Kinder oder Enkel hinterlegt worden war, und begann konzentriert aufzuzeichnen.

Wenn Stella ehrlich zu sich war, musste sie eingestehen, dass sie eine recht gute Lügnerin war. Nichts, worauf man stolz war oder es herumerzählte. Aber sie war mit vielen durchdachten Lügen gut hingekommen.

Ihr war natürlich klar, dass solche Polizisten sehr wohl in der Lage waren, sich mit Lügnern ihres Alters und ihrer Erfahrung auseinanderzusetzen. Also wollte sie sicher sein. Sie wollte die Lüge so klar formulieren und aufmalen, dass sie sie irgendwann selbst glauben würde.

Nach zwei Stunden war sie so weit, dass sie sich mit der Geschichte selbst angefreundet hatte. Sie hatte sie mehrfach korrigiert und verfeinert. Hatte die Punkte aufgeschrieben, die sie ihr zur Last legen konnten, die ihr gefährlich werden konnten. Sie hatte die Nummer ihrer Mutter vorsichtshalber blockiert. Leider galt das nur für Anrufe. Textnachrichten kamen durch, also hatte sie ihr Telefon irgendwann ausgeschaltet.

Mit Ruhe war ihr schließlich aufgegangen, dass die Blutspuren im Tauch-Van ihr vollkommen schnuppe sein konnten. Die hatten sie vorher zwar erschreckt – aber wie wollte man die denn konkret zu ihr zurückverfolgen? Sie lächelte. Für einen Moment hatte sie sich gefragt, ob es wohl exotische Verfahren geben mochte, bei denen man mit irgendwelchen radioaktiven Partikeln bestimmen konnte, von wann diese Blutspuren waren. Dann jedoch hatte sie sich überlegt, dass diese Methoden – falls es die überhaupt gab – ganz sicher nicht bei der Polizei von Stinarsund im Einsatz waren. Einer Kleinstadt! In Nordschweden.

Dann schoss ihr ein Gedanke in den Kopf. Es war spät geworden, aber in Großbritannien war es eine Stunde früher, wenn sie richtig rechnete. Sie schaltete das Telefon an und wählte entschlossen die Nummer von Scott.

Die beiden hatten sich neutral und emotionslos getrennt. Sie waren sich die ganze Zeit einer gewissen Endlichkeit ihrer Beziehung bewusst gewesen. Aber der Detective aus Edinburgh war der einzige Polizist, dem sie jetzt vertrauen konnte.

Bemerkenswerterweise wunderte er sich keine Sekunde über ihren Anruf. Auch nicht über die Erklärung, dass sie ungünstigerweise in einem Mordfall in Verdacht geraten war. Dann erzählte sie ihm die Geschichte in der Qualität, in der sie sie überlegt hatte.

Scott zögerte keine Sekunde. Er zerriss sie an zwei Stellen in der Luft und sie verzog getroffen das Gesicht, während sie im Hinterkopf die Kosten des Gesprächs hochrechnete. Vermutlich würden sie ihren Anschluss noch in der Nacht lahmlegen oder so.

Am Ende war sie dennoch glücklich, dass Scott ihr die richtigen Ratschläge gegeben hatte. Dann ging ihr ein Gedanke durch den Kopf. „Sag mal, Scott – kannst du so eine Akte von einer Ermittlung eigentlich anfordern?"

„Aus Schweden?"

„Ja ..."

„Da müsste viel passieren. Ich selbst kann das nicht. Mein Vorgesetzter ... sicherlich. Ich nehme aber an, dass auch der einen richterlichen Beschluss oder so braucht. In jedem Falle wird da ein Staatsanwalt eine Rolle spielen. Aber sicher bin ich nicht. Das ist in meinen Ermittlungen bislang nie vorgekommen."

„Mh ... das wäre ja auch zu einfach gewesen..."

Scott murmelte etwas, was sie nicht verstand. „Scott?"

„Warte einen Moment." Sie schaute aufs Display. 21 Minuten. Ins Ausland. Um Himmels willen... „Da bin ich wieder."

„Hm?"

„Also – ich musste gerade meinen Kollegen fragen. Was gehen *könnte*, wäre eine Anfrage der Akte des alten Falles."

„Wie meinst du das?"

„Wir legen unsere Akten in HOLMES ab. Zentral. So macht es die schottische Polizei."

„Was ist das?"

„Eine Art Datenbank. Steht für *Home Office Large Major Enquiry System*. Etwas in der Art wird es in Schweden auch geben. Wenn ich jetzt einen Fall habe, der eurem sehr ähnlich ist, dann kann ich die Akte auf einem oberflächlichen Niveau digital anfordern. Nur, falls dir das hilft."

„Würdest du das tun?"

„Sicher, Stelly." Der schottische Akzent, mit dem er ihren Namen aussprach, löste etwas aus in ihrem Kopf. Eine Träne rann ihr übers Gesicht.

„Du hast was gut bei mir, Scott."

Er antwortete mit einem Satz, den man so im Schwedischen nicht kannte „You're fam'ly". Sie legte auf und weinte.

24. **Verdammte Verhöre**

> Die kommenden beiden Tage gehörten zu den schlimmsten in Stellas bisherigem leben. Sie verbrachte sie fast durchgängig in der Polizei-Station.

Britt Holmberg und Linda Nedergren führten die Gespräche. Jakob bekam sie nur einmal zu sehen, als er ihr stocksauer erklärte, dass er ihretwegen nun riesige Probleme hatte.

Stella hatte die Blätter, die sie oben in der Hütte beschrieben und bemalt hatte, noch im Wald verbrannt. Sie hatte sie jedoch auswendig gelernt, in ihr Hirn gemeißelt und rückte keinen Millimeter von ihrer Geschichte ab, wie sie sie mit Scott trainiert hatte. Sie konnte sie vorwärts und rückwärts erzählen. Auch das hatte sie trainiert.

Am Ende des zweiten Tages war sie sich sicher, dass das Thema erledigt sei. Dann jedoch kündigte Linda für den folgenden Tag Besuch vom Staatsanwalt an. Stella hätte am liebsten vor Wut geschrien.

Am kommenden Morgen schüttete es und sie lieh sich den Wagen ihrer Mutter, um nicht mit dem Motorrad fahren zu müssen. Das brachte ihr einen Vortrag von Lovisa zum Thema Autofahren mit 17 ein, den sie erduldete. Nur, um nicht nass werden zu müssen. Aber wirklich nur deswegen.

Mit Betreten der Station verlor sie von der einen auf die nächste Sekunde die Lust. Bei Stella ein gefährliches Zeichen. Sie sah den Staatsanwalt, der auf sie wirkte, wie ein Mann aus der Vergangenheit. Gewaltig, groß, grauhaarig, ausufernd. Ein dreiteiliger Anzug – wann hatte sie so etwas zum letzten Mal gesehen?

Als sie ihn erblickte, bat er die junge Ermittlerin Britt Holmberg gerade um einen Kaffee, als wäre sie eine Bedienung in einem Restaurant.

Und selbst zu denen konnte man freundlicher sein, fand sie. Stella hätte ihm keinen Kaffee gebracht, wenn sie an dieser Stelle Ermittlerin gewesen wäre. Da war sie sich sicher. Sie würde sich so etwas später nicht bieten lassen. Sie starrte auf seinen speckigen Mund, seine fleischigen Lippen, als er sie ansprach und verpasste seine ersten Worte scheinbar. Um nicht völlig blöd zu wirken, griff sie ihr Telefon aus der Jeans, machte eine abweisende Geste und tat so, als hätte sie gerade einen wichtigen Anruf erhalten.

Sie ging noch einmal bis unters Vordach hinaus, sprach ein paar belanglose Sätze, die zu jedem beliebigen Telefonat gepasst hätten.

Dann beendete sie das fiktive Telefonat, stellte jedoch fest, dass sie eine SMS erhalten hatte. Sie stammte von Nils, der sie fragte, wann sie das Interview gegeben hatte.

Sie nahm an, dass die Nachricht nicht für sie bestimmt war, und antwortete mit einem Fragezeichen.

Dann trat sie wieder ein und fand den Staatsanwalt an derselben Stelle im Raum vor. Mittlerweile rührte seine fleischige Hand mit einem winzig wirkenden Löffel in einer Kaffeetasse.

Er peilte sie an, nickte ihr zu.

„Nykvist?"

„Stella Nykvist, ja." Artig trat sie einen Schritt auf ihn zu und schüttelte seine Hand. Sie erwog einen Knicks. Nur aus Spaß, weil er zu dieser Szene gepasst hätte.

„Emil Brahe. Staatsanwaltschaft für die Region Stinarsund und Ytlamark." Er machte einen Pause, begutachtete sie. „Ich kannte deinen Vater."

„Jeder hier scheint meinen Vater zu kennen."

„Er hat eine ganze Zeit lang immer unseren Hund ausgeführt. Einen alten Setter. Die beiden waren dicke Freunde. Das war lange vor deiner Geburt."

„Von dem Setter hat er mal erzählt." Dass der Hund einen Besitzer gehabt hatte, hatte Stella nie recht durchdrungen. Sie kannte die Geschichten, die ihr Vater mit dem Hund erlebt hatte. Die Details hatte sie nie hinterfragt.

„Herzinfarkt?"

„Hm."

„Wie sein Bruder, oder?" Er nickte. Mehr zu sich als für die Allgemeinheit. Dann legte er den Löffel auf die Untertasse. „Stella – du weißt, warum wir hier sind."

Er hatte das nicht als Frage formuliert. Es war eine Aussage, eine Feststellung.

„Sicher."

„Und dir ist klar, dass wir über eine ernste Sache reden."

Auch das ging nicht als Frage durch. Also antwortete Stella auch nicht, sondern wartete.

„Wir werden uns heute noch einmal über ein paar Details unterhalten."

Sie nickte und fragte sich, was dabei herauskommen sollte, was nicht schon am Vortag besprochen worden war. Sie hatten ihre Beteiligung gedreht und gewendet und ihre Geschichte war derart wasserdicht gewesen, dass sie nicht umgefallen war.

Dann kam ihr ein Verdacht, den der Staatsanwalt Sekunden später bestätigte. „Du hast ein paar Anschuldigungen erhoben im Zusammenhang mit diesem Fall."

Stella stieß die Luft aus, sah zu Boden. „Das ist richtig."

„Wollen wir das dort drinnen besprechen?" Er deutete auf den Vernehmungsraum, der akustischen Schutz bot.

„Sicher."

Sie wechselten in den großen, teilweise verglasten Raum, in dem sie gestern praktisch den gesamten Tag verbracht hatte. Sie legte den Helm und den Rucksack auf den Tisch in einer Art und Weise, die eine Art Schutzschicht zwischen ihr und dem Staatsanwalt aufbaute.

„Stella – ich möchte, dass du meine Rolle verstehst, okay? Ich habe mir sagen lassen, dass du nicht völlig ahnungslos in Sachen Polizeiarbeit bist?"

Sie kniff die Augen zusammen. „Wie meinst du das?"

„Na – ich höre, du kennst durchaus ein paar Paragrafen und kennst dich auch im Bereich unserer Verhörvorschriften ein wenig aus."

„Was man halt so in der Bibliothek und im Internet findet", schränkte sie bewusst ein, obwohl sie durchaus der Ansicht war, sich ein solides Wissen angeeignet zu haben. Aber war es notwendig, ihm das auf die fleischige Nase zu binden?

„Okay. Meine Rolle ist heute nicht, mit dir über die eigentlichen Ermittlungen zu sprechen. Also nicht über deine mögliche Beteiligung an diesem Fall. Ich habe die Vorab-Protokolle eurer gestrigen Vernehmungen gelesen, das sage ich ganz offen, damit du weißt, welchen Kenntnisstand ich habe. Aber es geht jetzt um etwas anderes."

„Okay ... Und was willst du da klären und was ist der Anlass, dich einzumischen?" Sie spürte, dass sie kurz rot geworden war. So hatte sie es zwar innerlich eingeschätzt, aber so hatte sie es nicht formulieren wollen.

Der fleischige Mann blieb ruhig. „Öffentliches Interesse. Spätestens seit dem Zeitungsartikel."

„Welcher Artikel?"

„Dein Interview."

„Ich habe kein Interview gegeben." Sie kniff ihre nur leicht geschminkten Augenlider zusammen. „Ich habe mit einer Journalistin telefoniert. Das waren vielleicht 30 Sekunden. Ich habe kein Interview gegeben. Ich habe aufgelegt. Die war blöd, wollte mir etwas in den Mund legen."

Nun schlitzte auch er seine Augen. „Lass uns darauf gleich noch einmal kommen. Abgesehen davon. Mein Job heute ist, mit dir zu klären, ob das, was du den Polizisten vorwirfst, geeignet gewesen wäre, die Ermittlungen entschieden zu beeinflussen oder ihre Ergebnisse zu verändern. Verstehst du, was ich damit sage?"

„Ich bin 18, nicht 8."

„Stella ... Vielleicht sollten wir uns darauf verständigen, dass ich dir nichts Böses will. Es geht hier nicht um dich. Es geht hier ganz mechanisch um das Verfahren und deine Wirkung darauf oder die der Polizisten, die an den Ermittlungen beteiligt waren, sind oder sein werden. Daher frage ich dich: Hast du meine Ausführungen verstanden?"

„Du willst herausfinden, ob die Ermittlung heute woanders stehen würde, wenn man auf mich gehört hätte."

„Das ist eine pragmatische Übersetzung eines komplexen Sachverhaltes aus deiner Perspektive. Aber im Kern korrekt. Lass uns einmal zurückgehen ins letzte Jahr. Der Vorwurf, der im Raum steht, ist der, dass du Ermittlungsergebnisse besitzt, die du der Polizei zugänglich gemacht hast. Diese wurden nicht in die Ermittlungen einbezogen. Korrekt?“

Stella berichtete ihm von dem Bild, welches ihr alter Kumpel aus Island angefertigt hatte, weil er ein netter Kerl war. Sie berichtete ihm, wie sie das an Jakob gegeben hatte, der sie als „Kleine Detektivin“ verspottet hatte.

„Hast du das Bild jemand anders zugänglich gemacht?“

„Jakob Nordlund hatte mich so verspottet, dass ich das nicht mehr als notwendig angesehen habe.“

„Und er hat das Bild gesehen?“

„Er hatte es in der Hand, mehrere Sekunden lang. Er konnte sich einen Eindruck machen. Aber er fand es zunächst lächerlich. Später hat er vermutet, dass mein Freund das Bild so bearbeitet hatte, dass er es passend gemacht hat. Aber das war nicht in diesem Moment. Damals hat er gesagt, das sei nur eine jüngere Version der Leiche.“

„Aber den Bezug hat er hergestellt?“

„Ganz klar. Schau dir das Bild an – urteile selbst.“

„Also: Du hast hier Beweismaterial angeboten und der Ermittler hat es abgelehnt. Ist das passiert?“

„Ist das die Definition? Danach suchst du genau?“

„Ich verstehe deine Frage nicht.“

„Na – wenn es das ist, hat Linda Nedergren sich ebenso schuldig gemacht. Ich habe ihr das auch angeboten.“

„Du hast ihr das Material damals auch gezeigt?“

„Nein. Ich habe ihr *angeboten*, dass ich das herstellen kann. Dafür gibt es zwei Zeugen. Die sind allerdings befangen.“

„Wen?“

„Britt, ihre Mitarbeiterin und Nils, ihren Sohn.“

„Na – was man so hört, ist der sogar doppelt befangen.“ Er grinste und Stella musste selbst auch lächeln.

„Kann man vermutlich so sagen.“

„Okay. Ich würde den Punkt vielleicht weniger schwer gewichten. Das war eher Theorie, wenn ich dich recht verstehe. Du hast ihr gesagt, dass du so etwas erzeugen kannst. Hast ihr gesagt, dass das eine Möglichkeit ist und dass du willig wärst."

„Das Wort *willig* verwendet man in anderen Kontexten, oder?"

Stella hielt ihren Gesichtsausdruck bemüht im Zaum. Der Anwalt grinste schließlich. „Entschuldige. *Willens* wäre sicher treffender. Aber so war es, richtig?"

„Ja, so war es."

„Gut. Ist auch blöd, spielt aber nicht in derselben Klasse aus juristischer Sicht."

„Soll mir recht sein. Ich wollte es der Vollständigkeit halber erwähnen."

„Danke für diese Korrektheit, Stella. So – dann haben wir da die Frage nach einer potentiellen Beziehung von zweien der Hauptverdächtigen. Genau genommen sind die ja nur im Kreuzfeuer, weil du sie da hineingebracht hast."

„Und wenn ihr wollt, mache ich Bilder davon. Ich weiß, was ich gesehen habe."

„Ja ... leider hat Jakob diese Information gestern in zwei Vernehmungen verwendet. Ohne Beweise. Sie wollen ihn jetzt beide wegen übler Nachrede oder etwas in der Art drankriegen."

Stella zog die Brauen hoch. „Ich würde sagen: Einfach mal nach Spermaspuren in Ingers Wohnung suchen."

„Junge Frau..."

„Na – ich habe die beiden gesehen..."

„Okay. Aber hier gilt: Du bleibst dabei?"

„Ganz sicher. Ohne Zweifel."

„Lass uns auf die Meta-Ebene des Falles wechseln."

„Whow – ich weiß nicht, ob ich dafür richtig angezogen bin", grinste Stella und merkte, dass sie mal wieder einem Witz nicht widerstanden hatte, der einen schlechten Einfluss auf die Situation hatte. Sie entschuldigte sich formal.

Er nickte sachlich und bemüht neutral.

„Es gab ein Vernehmungsproblem mit Linda, habe ich verstanden."

„Ja – aber das ist ja kaum die Meta-Ebene, oder?"

„Nein – ich habe mich an einem Übergang zu einem anderen

Thema versucht. Hat nicht so gut funktioniert."

„Nein. Jetzt steht es eins zu eins." Sie grinste und nahm sich vor, zu diesem blöden Witz zu stehen. Schließlich lächelte er milde.

„Die Meta-Ebene liegt dort, wo du und deine Familie in dem Fall eine Rolle spielen. Wir haben die Akten gesichtet und mit einigen Ermittlungen begonnen. Nichts Großes, nicht falsch verstehen. Aber es sieht so aus, dass dein Vater ein problematisches Verhältnis zu Inger Valquist hatte. Er hat finanzielle Verluste durch sie erlitten. Sie haben sich wohl außergerichtlich geeinigt. Der Inhalt der Einigung ist uns nicht bekannt. Nicht detailliert."

„Und meinen Vater können wir nicht mehr fragen."

„Kaum. Aber wir wissen von einem seiner damaligen Franchise-Managern aus der Zentrale, dass deine Familie Verluste hinnehmen musste. Er hat die in zwei Gesprächen anderen Personen gegenüber beziffert. Das ist keine Aussage im herkömmlichen Sinne. Aber zwei Personen, die ich dir jetzt noch nicht nennen möchte, erinnern sich an Summen in der Größenordnung von zwei Millionen Kronen, von denen er die Hälfte wiederbekommen haben soll. Eventuell waren es auch 2,5 Millionen und ein höherer Anteil. Aber sagen wir mal grob: Eine Million ist deinem Vater vermutlich durch die Lappen gegangen."

„Es fällt mir schwer, vorzustellen, dass ich davon damals nichts mitbekommen haben soll, wenn ich ehrlich bin."

„So geht es uns auch, Stella. Wir müssen davon ausgehen, dass du da ein Eisen im Feuer hast."

„Das verstehe ich. Ist aber nicht so. Ich kenne Inger Valquist nicht. Kannte sie nicht vorher, meine ich. Jetzt kenne ich sie natürlich. Sogar in schwarzen Spitzenhöschen und auch nackt."

Emil Brahe schloss die Augen und schüttelte leicht den Kopf. „Zu viele Details."

„Verstehe..."

„Die Sache mit dem Interview. Darauf würde ich gerne noch einmal zurückkommen."

„Ich habe keins gegeben."

„Du bist heute Headliner in der EVA."

„Dieses Weiberblatt?"

„Wenn du so willst."

„Warte. Die Frau hieß Gun … ich kann mich nicht erinnern."

„Gun Breinholst."

„Möglich."

„Nein – sicher. Was hast du mit ihr besprochen?"

„Sie wollte mir etwas zu Polizeigewalt in den Mund legen. Ich hab … warte." Stella griff in ihre Hose, zog ihr Telefon hervor, ging mit flinken Fingern zu dem entsprechenden Anruf zurück. „Hier: Gesprächsdauer: 23 Sekunden. Was soll das denn für ein Interview sein? Was soll ich da denn erzählt haben? Ich rede vielleicht schnell, aber sooo schnell nicht."

„War das euer einziges Gespräch?"

„Allerdings."

„Okay. Ich glaube das mal für den Moment. Ihr hat es für drei Magazinseiten gereicht. Viel wirres Zeug. Aber wir müssen der Sache nachgehen."

„Das kannste jetzt aber wirklich vergessen."

„Hm?"

„Das könnt ihr mir nicht anhängen."

„Stella, beruhige dich. Ich habe nicht vor, dir da etwas anzuhängen. Ich werde ermitteln. Ermittlungen beauftragen."

„Was schert ihr euch um die Sache?"

„Ganz einfach: Ich muss dem nachgehen. Es gab scheinbar einen gezielten Hinweis. Oder was glaubst du, wie die Frau auf dich gekommen ist?"

„Was weiß ich … ach so – du meinst: Einen Hinweis aus…" Stella ließ ihren Finger kreisen und schien auf das gesamte Gebäude zu deuten.

Emil Brahe zögerte, vollführte dann ein vorsichtiges Nicken. Eigentlich nur die Andeutung eines Nickens.

Stella Nykvist beobachtete ihn angestrengt und genau und bereute jetzt ein wenig, dass sie ihn am Anfang so böswillig eingeschätzt hatte. Er mochte sich schlecht benommen haben.

War ein Macho. Dennoch machte er in Summe einen vernünftigen Eindruck. Auch wenn sie immer noch nicht recht begreifen konnte, wie es von hier an weitergehen würde.

Es schien ihr, dass auch er nach dem nächsten Schritt zu suchen schien.

„Stella ... ich spreche jetzt mal für einen Moment nicht als Staatsanwalt, sondern als väterlicher Typ in den 50ern. Ich weiß nicht, ob dir klar ist, was du angerichtet hast. Und ich meine das jetzt im Moment nicht als Vorwurf, okay? Ich will dir nur verdeutlichen, was passiert.

Du hast in einer Art und Weise in einer Ermittlung eingegriffen, die dazu führen kann, dass gute Beamte, die ich zum Teil seit Jahren kenne, mit Disziplinarverfahren zu rechnen haben. Du hast in einer Art und Weise inhaltlich in den Fall eingegriffen, dass er neu aufgerollt werden muss. Da sind auf der einen Seite die Elemente, die den Fall stärker machen – aber auch die Verdachtsmomente gegen dich, die ihn schwächen. Jetzt im Moment ist dieser Fall wacklig." Er deutete das mit den Händen sehr bildlich an. „So ein Fall ist eine ganz und gar fragile Angelegenheit in dieser Phase. Ein bisschen wie Jenga, weißt du?"

„Emil – das kann ich alles nicht beurteilen. Aber ich kann beurteilen, dass dieser Fall ohne mich gar kein Fall mehr wäre."

Der nächste Augenblick schien ewig anzudauern. Emil Brahe sah sie lange und durchdringend an. Dann nickte er. Nachdenklich und stumm. Er faltete die Hände ruhig und geschickt. So, dass die Finger ineinandergriffen und ihm eine Art priesterliche Würde verliehen.

„Stella Nykvist – ich habe den Eindruck gewonnen, dass du eine mutige Frau bist. Das hilft mir, das Geschehen einzuordnen."

„Hm ... was bedeutet das jetzt? Wie geht es weiter?"

„Für dich geht es erst einmal gar nicht weiter. Deine Verhöre sind beendet. Die Beamten ermitteln und ich werde ermitteln. In einem wackligen Fall. Ich wünsche uns allen viel Glück."

„Ich euch auch", murmelte sie. Dann fühlte sie sich für

einen Moment leer. Schließlich erhob sie sich, schüttelte dem nachdenklichen Staatsanwalt die Hand und verschwand. Ohne weiter darüber nachzudenken, fuhr sie schließlich zu Yvonne. Sie redeten den Rest des Vormittags und vieles fühlte sich anschließend besser an für Stella.

Über hektische Küsse im Schärengarten redeten sie nicht mehr. Auch nicht über Verabredungen, die nicht zustande gekommen waren. Yvonne und Stella würden in der kommenden Woche gemeinsam an Yvonnes Uni fahren, worauf Stella sich ungemein freute. Sie wollte wissen, wie sich Uni anfühlte. Das alles schien ihr aufregend zu sein, wenn sie davon hörte.

Dennoch hatte Stella auch diverse andere Unterlagen angefordert. Die Letzten, die sie erreicht hatten, waren die der nationalen Polizei-Akademie gewesen. Ihre Mutter hatte sie stutzig gefragt, worum es dabei ging. Ihre Oma hatte in der Küche gestanden und gelächelt, als Stella erklärte, dass man alle Möglichkeiten prüfen müsse.

Als sie an diesem Tag von Yvonne nach Hause fuhr, fragte sie sich, wie sehr dieser Wunsch in ihr tatsächlich noch bestand. Wenn sie sich die hässlichen Gebäude der Polizei und teilweise grauenhaften Arbeitszeiten ansah, schien der Beruf an einigen Stellen wenig attraktiv zu sein. Das Gespräch mit dem Staatsanwalt hatte ihr zudem gezeigt, wie viel man in diesem Beruf falsch machen konnte. Juristische Feinheiten spielten eine erhebliche Rolle in diesem Job. Und Stella war sich darüber im Klaren, dass diese feinsilbigen Differenzen nicht immer ihre Stärke waren.

Hinzu kam: Sie hatte nie eine Heimat gehabt. Sie kannte sich in ihrer vermeintlichen Heimat nicht aus. Das war ein Haufen Häuser in einer Kleinstadt, in der sie rückblickend immer nur Gast gewesen war. Zwei Herzen schlugen in ihrer Brust: Sie brauchte die Unruhe der Wohnortwechsel. Und dennoch fragte sie sich, wie es sich anfühlen würde, einmal sesshaft zu sein.

Am liebsten hätte sie die Frage mit ihrem Vater diskutiert.

25. **Reset**

> Jakob rollte den Joint so präzise wie möglich. Dennoch: Akkurat sah anders aus. Obwohl es kaum Mittag war, wirkte die frische Whiskey-Flasche neben ihm halb leer. Er wusste, dass es so nicht weitergehen würde.

Er hatte eine Ahnung dessen, was in den kommenden Tagen auf ihn zukommen konnte, wenn er Pech hatte. Und er würde Pech haben. In dem Punkt war der Realist in ihm reichlich sicher.

Er hatte Mist gebaut und diese kleine Rothaarige war ihm auf die Schliche gekommen. Hatte er damit rechnen können? Keineswegs. Hatte er damit rechnen können, dass es irgendwann einmal jemandem auffiel? Na sicher. Er hatte es die ganze Zeit auf sich zukommen sehen und hatte es ignoriert.

Das war sein Fall.

Linda hatte ihm große Freiheiten gelassen. Er hatte die Akte so klein wie möglich gehalten, hatte auch seine Arbeit an diesem Fall so überschaubar wie möglich gehalten, seit seine Frau begonnen hatte, von Trennung zu sprechen.

Ihr zuliebe hatte er das getan. Redete er sich zumindest ein.

Nun lebte er schon viel zu lange in der kleinen Holzhütte Nummer VII mit der Dusche, die immer auch das verdammte Klo unter Wasser setzte. Das war okay für eine Nacht. Für Wochen war es das sicher nicht.

Aber nun waren es Monate geworden. Nur er hatte sich gegen diese Wahrnehmung gewehrt, hatte sie lange Zeit ignoriert.

Rückblickend fragte er sich, warum er damals darauf eingegangen war. Wäre er doch bloß im Süden geblieben.

So jemand wie diese Stella war ihm dort jedenfalls nie begegnet. Das war wirklich eine andere Generation. 20 Jahre jünger als er. Mutig, frech und wenig obrigkeitshörig.

Natürlich hatte Linda hier recht. Er hatte sie mit dem Schwanz bewertet, wie sie gesagt hatte – nicht mit dem Hirn. Aber er hatte auch gehofft, sich noch einmal aus der Affäre ziehen zu können und den Fall doch noch auszuermitteln. Konnte das denn wirklich so schwer sein?

Nach einer schier ewigen Starre erhob er sich, duschte, trocknete die Kloschüssel und setzte sich mit der Akte nach draußen. Vielleicht hatte die junge Frau ja recht.

26. **Paschendale**

> Lovisa Nykvist hatte mütterlich versöhnliche Köttbullar mit frisch gestampften Kartoffeln zubereitet und akzeptierte sogar, dass beim Essen Iron Maiden gehört wurde. Stella entschied sich für das letzte Album „Dance of Death", auf dessen Nachfolger sie sehnsüchtig wartete. Die Ankündigung lag vor. Im späten August sollte es so weit sein. Das Album war weniger laut als viele andere und in der Nähe von sozialkompatibel.

Ihre Mutter bat darum, die Musik nicht zu laut zu hören. Fair Deal.

Zum ersten Mal seit Tagen unterhielten sich die beiden Frauen ohne irrwitzige Emotionen über die Ereignisse der letzten verrückten 48 Stunden. Stella fühlte sich ausnahmsweise halbwegs erwachsen von ihrer Mutter behandelt. Auf Augenhöhe.

Sie kaute nachdenklich eines der kleinen Fleischbällchen, die sie sich hin und wieder in Edinburgh selbst zubereitet hatte. Die Zutaten für dieses traditionelle schwedische Gericht gab es in allen Ländern, in denen sie bislang gelebt hatte. Das machte sie zu einem der besten Heimatgerichte. Damit war Heimat überall.

Plötzlich schlug sich ihre Mutter vor den Kopf. „Da waren ein paar Anrufe. Vorhin hat die Uni in Umeå angerufen. Hatte ich fast vergessen."

„Umeå? Die Uni...? Da hatte ich doch gar nicht ... ach so. Was wollten die?" Stella begriff, dass es sich an der Stelle um die Polizeihochschule handeln musste. Sie war sich nicht sicher, ob sie die Stimmung jetzt zerstören wollte, indem sie über diese Option mit ihrer Mutter sprach. Sie erwartete eine ähnliche Reaktion wie bei Yvonne.

„Sie haben eine Nummer dagelassen. Und sie haben ein paar Uhrzeiten durchgegeben, zu denen sie Sprechstunde haben. Sie sagen, dass sie sich gerne über deine Bewerbung unterhalten wollen."

„Okay, das klingt ja mal gut."

„Liegen am Telefon. Ich hab sie alle notiert. Vier Stück in den kommenden Tagen."

„Super..."

„Und dann hat noch diese Firma angerufen..." Lovisa verzog ihr Gesicht leicht. „Hast du dich bei dieser Stadtentwicklung beworben?"

„Beworben? Nein! Ich habe da mal wegen eines Praktikums angefragt. Ist aber schon ein Jahr her."

„Na – da hat jemand aus der Personalabteilung angerufen. Standlund hieß der – oder zumindest so ähnlich."

„Gunnar Standlund?"

„Kind ... das weiß ich aus dem Kopf nicht. Aber ich habe es aufgeschrieben. Liegt alles beim Telefon."

„Okay, ich kümmere mich drum."

„Und du rätst nicht, wer auf den Anrufbeantworter gesprochen hat."

„Hm?"

„Dein Kumpel Scott!"

„Scott Campbell??"

„Ich denke ... ja, so hieß er doch, oder?"

„Was hat er gesagt?"

„Er sagte, er habe dir etwas geschickt." Sie überlegte kurz. „Klang irgendwie romantisch, fand ich." Zum ersten Mal seit Wochen schien ihre Mutter liebevoll zu lächeln. Sie hatte Scott in Edinburgh zweimal gesehen und sich spontan in sein Schwiegermutter-Lächeln verliebt, schien Stella. Der erste Mann, den sie an Stellas Seite zu dulden schien oder gar löblich fand. Ihr Vater hatte nicht ganz so positiv reagiert. Scotts Beruf schien ihm zu gefährlich.

Stella beeilte sich mit dem Essen, hastete an ihren Computer und fühlte sich voll von den vielen Fleischbällchen und noch mehr gestampften Kartoffeln.

Notebook hochfahren, Mails empfangen – eine Bewegung. Tatsächlich hatte sich die Polizeihochschule auch hier bei ihr gemeldet. Aber sie las die Mail nicht, sondern widmete sich vielmehr der des Detectives aus Edinburgh, mit dem sie in der schottischen Hauptstadt eine große Menge Körperflüssigkeiten getauscht hatte.

Erstaunt zog sie die Augenbrauen hoch. Die Mail enthielt ganze acht Anhänge und zwei Links. Stella setzte die Kopfhörer auf und setzte das Iron Maiden-Album fort. Der Song über die dritte Flandernschlacht erfüllte ihre Ohren und sie drehte lauter. Sie liebte das Lied, um sich von den Geräuschen des Alltags wegzuzaubern. Große Unterhaltung. Metal der besten Art. Intelligent, vielseitig, komplex und fast zehn Minuten lang.

Die Mail enthielt nur einen kurzen Text. Scott war kein Schwätzer. Er wünschte ihr viel Glück und erklärte ihr, dass Teile der Akte auf Schwedisch geliefert worden waren. Er hatte sich nur den englischsprachig dokumentierten Teil angesehen. Vorsichtshalber hatte er die Mail von einem Wegwerf-Account geschickt, welches mit 345678@ startete.

Vermutlich hatte er die Nachricht aus diesem Internetcafé verschickt, das von diesen beiden Kerlen aus Bangladesch betrieben wurde, die kein korrektes Wort Englisch sprachen, aber ausnehmend gastfreundlich waren und dicke Leitungen hatten. Die beiden, die nicht so genau darauf achteten, ob man sich korrekt ausweisen konnte oder nicht. Der Laden lag drei Gehminuten von seiner Wohnung entfernt. Die machten tollen Tee, daran erinnerte sie sich.

Stella schaute sich die Anhänge allesamt einzeln an. Die Namen der Ermittler kannte sie mittlerweile alle. Die Dokumentation schien ihr schlampig und unzusammenhängend zu sein. Aber woher sollte Stella einen Vergleich haben? Sie konnte lediglich entlang ihres eigenen Anspruchs urteilen. Wäre sie Polizistin, würde sie sich da mehr vorstellen. Schließlich ging es da doch eventuell um Gefängnisstrafen.

Eindringlich durchforstete sie alle Informationen, die sie finden konnte. Dann griff sie sich aus ihrer alten Malkiste wieder einen Block. Damit hatte sie ja gute Erfahrungen gemacht. Sie griff sich einen Tintenroller, warf den nach wenigen Minuten über Board und begab sich auf die Suche nach einem Druckbleistift.

Mit dem lief es besser. Intuitiv begann Sie damit, zu malen. Sie gestaltete eine kleine Karte der Region und überlegte sich, wer wann wo gewesen sein musste an dem Abend, als Arvid verschwunden war. Schließlich stieß sie an ihre Grenzen. Einzelne Elemente der Akte begriff sie nicht. Die enthielt Codes, die ihr nichts sagten. Sie versuchte es mit dem Internet und konnte einige knacken.

Irgendwann lehnte sie sich zurück und stöhnte. Tat sie es gerade wieder? Glaubte sie, besser als sie Ermittler zu sein, die zum Teil dreimal so lange auf der Welt waren wie sie und die Dinge wirklich von den Grundlagen an gelernt hatten?

Sie wechselte zu Scotts Mail.

Zwei Anhänge hatte sie noch nicht geöffnet. Sie klickte stumpf auf den Nächsten. Der öffnete sich in Form einer Timeline, die weitere Codes anzeigte, die sie noch nie gesehen hatte. Sie brauchte einen ganzen Moment, bis sie kapierte, dass es sich dabei um eine Auflistung handelte, an welchem Mobilfunkmast der Teilnehmer von wann bis wann eingeloggt gewesen war.

Sie versuchte sich auf der Website des Providers und scheiterte. Schließlich griff sie ihr Telefon und rief die Behörde an, die für den Mobilfunk verantwortlich war. Sie behauptete mit keinem Wort, zur Polizei zu gehören, verwendete hingegen durchaus Formulierungen wie „Ich ermittle im Fall“ oder „Ich habe Fragen zu einem Mordfall aus dem vergangenen Jahr“ und ähnliche Floskeln.

Stellas Herz pochte heftig und dauerhaft auf höchstem Level, während sie sich immer weiter verbinden ließ und endlich bei einem Kerl landete, der ihr helfen konnte. Der klang fett und schwerfällig, schien aber zu wissen, worum es ging.

Falls es für sie in diesem Fall Grauzonen gegeben hatte, dann hatte sie sie jetzt vollständig ausgereizt. Nachdem sie die Codierung der Funkknoten von ihm bekommen hatte, präzisiert durch ihre jeweiligen Längen- und Breitengrade, schaute sie sich die einzelnen Reiter auf der Liste nochmals an.

Deutete sie die Abkürzungen des Ermittlers richtig, so lagen ihr die Bewegungsmuster von sechs Telefonen vor: die der Telefone von Inger Valquist und Elin Standlund sowie jeweils zwei Handys von Gunnar Standlund und dem toten Arvid Valquist. Beide Männer schienen ein privates Telefon und ein Diensttelefon zu besitzen.

Stella Nykvist schnappte sich gerade ein weiteres Blatt vom großen Malblock, als ihre Mutter sich kurz verabschiedete und erklärte, für die kommenden zwei Stunden in der Stadt zu sein.

Sie nickte abwesend und begann zu malen. Irgendwann begriff sie, dass sie auf diese Weise nicht weiterkommen würde, und legte eine Tabelle auf ihrem Computer an. Tabellenkalkulationen waren nicht unbedingt ihr Stärke. Nach guten 40 Minuten schien sich dennoch ein erstes Muster abzuzeichnen, falls sie sich nicht vollkommen täuschte.

Irgendwann lehnte sie sich zurück, blickte konzentriert auf das Muster. Hatte keiner der Polizisten diese Übung für diesen Tag gemacht?

Sie hatte jeweils eine „1“ für die Telefone vergeben, die zu einem bestimmten Zeitpunkt in derselben Zelle waren. Die hatte sie untereinander addiert und schaute sich nun das Muster an. Irgendwann blendete sie Elin Standlund, Gunnars Frau, aus. Sie schien in dem Spektakel keine Rolle zu spielen.

Dann klickte sie das Diensthandy von Arvid weg. Plötzlich lichtete der undurchdringliche Dschungel sich von einem Moment auf den anderen. Nun wurde vieles mit einem Male eindeutig, klar und übersichtlich.

Gunnar Standlund hatte offensichtlich beide Telefone bei sich gehabt. Die waren bei verschiedenen Providern angemeldet und buchten sich stets mit einem leichten Versatz von 20 bis 40 Sekunden in die jeweiligen Knotenpunkte ein. Am Ende ergaben sie dennoch ein vollkommen eindeutiges Muster.

Auf den ersten oberflächlichen Blick schienen die Profile der Bewegung die Aussagen zu bestätigen. Aber wirklich nur auf den ersten oberflächlichen Blick. Stella starrte auf ihr Ergebnis. Da gab es eine Abweichung, die bislang niemand in den Akten vermerkt hatte, obwohl die mit ihrer Art der Analyse leicht zu finden war. Einmal wurde klar, dass sich die beiden Männer eine ganze Zeit im selben Gebiet aufgehalten hatten. Das war neu. Ebenso neu war, dass sich die Telefone der beiden Kerle mit dem von Inger einmal zu dritt in einer Zelle aufgehalten hatten.

Das passte nur halb zu den Aussagen. Inger und Gunnar hatten sich getroffen. Das hatten sie beide ausgesagt. Kurz, nachdem Gunnar seinen Baum gekauft hatte. In der Nähe der großen Kreuzung. Aber nie war da von Arvid die Rede gewesen.

Stella schaute konzentriert auf ihre Tabelle. Dann blickte sie zur Kontrolle an dieser speziellen Stelle noch einmal auf die Daten, die Scott ihr geschickt hatte.

Ihr Bild von dem Abend sah jetzt anders aus als ihr Bisheriges. Und anders als das, was die Polizei verfolgt hatte.

Gunnar Standlund war angeblich losgefahren, um einen Baum zu kaufen. Das Tracking seiner Mobilfunkspur zeigte jedoch ein anderes Bild. Nach dem Bild war er fast bis nach Järvsby gefahren. Dort oben gab es nichts. Dort verkaufte niemand Weihnachtsbäume. Und jeder wusste das.

Dann hatte sich sein Telefon eine Zeitlang nicht eingebucht. Dafür konnte es zwei Gründe geben, stand in Scots Mail. Entweder hatte er es ausgeschaltet oder er war in einen Bereich gefahren, in dem er keinen Empfang hatte. In dem Bereich lag der 234er Wanderparkplatz. In der guten Stunde, die er nicht dauerhaft eingebucht war, hatte sein Telefon sich einmal verbunden. Für etwa eine Minute.

Das zeigte eher, dass er sich die ganze Zeit zwischen den Funkknoten bewegt hatte und scheinbar kurz Empfang gehabt hatte. Da das für beide Telefone galt, die er bei sich hatte, hatte er wohl keines der beiden ausgeschaltet, sondern war nur sehr tief im Wald gewesen.

Das entsprach keineswegs seiner Darstellung. Anschließend war er die Straße von dort oben zurückgefahren. Er hatte auf Höhe des Schotterparkplatzes angehalten. Dort, wo dieser Russe Weihnachtsbäume verkauft hatte. Auch das traf zu. Zeitlich ebenso korrekt war die Darstellung von Inger. Sie hatten sich an dieser Stelle getroffen. Sie hatte sich zur selben Zeit dort aufgehalten und war dann weiter in Richtung Järvsby gefahren.

Da hatte auch ihr Telefon den Kontakt zum Netz für eine Zeit verloren. Knapp 13 Minuten lang.

Dagegen war nichts zu sagen. Das konnte passen, wenn sie oben in der Höhe des 234er Parkplatzes gewendet hatte und dann möglicherweise noch die CD gewechselt hatte oder etwas in der Art. Vielleicht war sie auch weiter bis Järvsby gefahren und hatte dort erst gewendet. Auch das würde vom Zeitraster her infrage kommen.

Die eigentlich Überraschende aber ergab sich aus der Funkspur, die der tote Arvid an diesem Abend hinterlassen hatte.

Stella fühlte, wie ihr Herz pochte und ihr abwechselnd warm und kalt wurde, als sie über den Daten brütete. Sie konnte sich nicht vorstellen, dass das keiner gesehen hatte. Entweder war das schlampig bearbeitet worden oder sogar gar nicht.

Gab es das? Zuckten ein paar Polizisten mit den Schultern und sagten sich ‚*ach – was soll's?*'. Ließen die einfach mal etwas liegen? Ignorierten sie es vielleicht, weil es nicht zu ihrer Idee passte, und verfolgten lieber ein paar russische Waldarbeiter?

Ihr schien das schwer vorstellbar. Das war doch ihre Pflicht. Dafür wurden die bezahlt.

Dennoch ergab sich in Stellas Tabelle ein Muster, das ihr neu war. Die beiden Telefone von Arvid gingen getrennte Wege. Er war oben an der großen Kreuzung abgebogen, hatte den Russen also auch passiert und war dann wenige Minuten später in das Funkloch gefahren, das sich zwischen dort und Järvsby befand. Und: Zu dieser Zeit war seine Frau noch zuhause. Gunnar Standlund hingegen befand sich gleichzeitig in demselben Funkloch. Also möglicherweise irgendwo am 234er Parkplatz – vielleicht sogar in der Nähe des Sees, wo sie Arvids Leiche später gefunden hatten.

Beide blieben eine Zeit in diesem Funkloch. Als sich Gunnar Standlunds Handy jedoch für einen kurzen Moment wieder ins Netz einbuchte, taten Arvids Telefone das nicht.

20 Minuten später, als Gunnar wieder in die Mobilfunknetze hineingefahren war, hatte sich wenige Sekunden vor seinem Telefon Arvids privates Handy eingebucht. Von da an wechselte

es die Funkmasten mit derselben Geschwindigkeit wie Gunnars Telefone. Jedoch nur eines von Arvids Telefonen. Sein Diensthandy hatte sich nicht mehr eingebucht. Arvid musste zu dem Zeitpunkt mit Gunnar im Auto gesessen haben oder dicht hinter ihm her gefahren sein.

Und dann geschah etwas ebenso Unerklärliches. Alle drei Personen schienen am Weihnachtsbaumstand zusammen gekommen zu sein. Sie hielten sich eine Zeitlang zu dritt dort auf. Inger und Arvid mit jeweils einem Telefon, Gunnar mit zweien.

Und dann fuhr Gunnar weiter Richtung Heimat, Inger Richtung Järvsby. Sie trennten sich also. Aber Arvids Telefon blieb an Ort und Stelle. Die verfügbaren Daten der Funkspur endeten morgens um Punkt zwei Uhr. Bis dahin hatte das Telefon sich nicht bewegt. Es war mehrfach angerufen worden, hatte sich aber nicht mehr aus dem Funkknoten heraus bewegt.

Und dann fiel Stella noch etwas auf. Gunnar war nicht auf dem direkten Wege nach Hause gefahren. Sie war sich nicht einmal sicher, was da seine genaue Aussage war. Sie schaute in den oberflächlichen Ablauf, den ihr Scott besorgt hatte. Dort war die Aussage verkürzt wiedergegeben, las sich aber so, als sei er auf direktem Weg heimgefahren.

Tatsächlich hatte er eine größere Pause eingelegt an einem Ort, an dem praktisch nichts war außer einem kleinen Haus und einer Tankstelle. Das Haus war Stellas Wissen nach unbewohnt und die Tankstelle um die Uhrzeit geschlossen.

Und das waren schon die Highlights in dieser Funkzelle. Sonst war dort nichts. Nicht einmal ein Wanderparkplatz oder ein anderer offizieller Zugang zum Wald. Jedenfalls nicht, soweit sie wusste.

Stella Nykvist lehnte sich zurück. Jetzt sah wirklich alles anders aus. Oder sponn sie sich hier gerade nur etwas zurecht? Hatten die Polizisten diese Spur verfolgt, längst geklärt, ausgeschlossen und zu dem Akten gelegt?

Wen sollte sie dazu befragen? Die beiden Ermittlerinnen würden mit ihr nicht mehr sprechen wollen. Jakob hatte sie eventuell schwer belastet. Zurecht jedoch, wie sie fand.

Der einzige der Truppe, der ihr noch ein gewisses Vertrauen entgegenbrachte, war der Forensiker. Mit der Tabelle vor Augen fragte sie sich jedoch: War es am Ende seine Aufgabe gewesen, so etwas zu prüfen? Sie konnte sich mit der Rollenverteilung da nicht so aus.

Eine weitere Frage, die ihr durch den Kopf ging, war die nach der Legitimierung. Sicher hatte der Zugriff durch Scott oder einen seiner Kollegen Spuren hinterlassen, war vermerkt worden. Wenn sie nun bekannt gab, dass sie im Besitz dieser Beweise war – würde ihr schottischer Freund dann Ärger bekommen?

Das konnte sehr wohl sein.

Sie nutzte den Gedanken, schrieb ihm eine SMS und bedankte sich bei ihm. Dann schrieb sie drei Weitere, mit der sie die Ergebnisse ihrer Ermittlungen bekannt gab.

Sie wartete einen Moment lang ab.

Er reagierte nicht. Vielleicht war er im Einsatz oder hatte Besseres zu tun. Im Grunde musste sie froh sein, dass er ihr überhaupt in der Art und Weise geholfen hatte. *You're fam'ly.*

Sie ließ ihren Blick aus dem Fenster gleiten und strich mit ihren Augen über die Landschaft vor ihrem Fenster, die sich nie verändert hatte. Ihre Eltern hatten das Haus gekauft, als Stella etwa zwei Jahre alt gewesen war. Ihre Homebase, zu der sie immer wieder zurückkehrten, obwohl das Haus manchmal 11 Monate im Jahr leer gestanden hatte, wenn ihr Vater sich wieder durch ein neues Land gekämpft hatte. Mit Lovisa und ihr an seiner Seite.

Irgendwann erinnerte sie sich, dass sie Telefonate zu erledigen hatte. Sie rief als Erstes bei der Polizeihochschule an. Ihre Erwartung war, dass die sie fragen würden, ob alle Unterlagen angekommen seien und ob diese verständlich waren. So hatten es die Universitäten gemacht. Auch die Firmen, bei denen sie initiativ ihre Daten abgegeben hatte und sich nach passenden Stellen erkundigt hatte, hatten im Regelfall Unterlagen geschickt und dann ein solches Gespräch mit ihr geführt, das eher formal und ohne große Inhalte abgelaufen war.

Das Gespräch hier gestaltete sich anders. Vollkommen anders. Sie hatte eine Frau am anderen Ende, die ihr ebenso jung wie durchsetzungsstark erschien. Stella bemerkte nach wenigen Sätzen, dass sie unbewusst aufgestanden war, korrekt sprach und dumme Witze vollkommen eingestellt hatte.

Die Frau hatte ihren kurzen Lebenslauf, den man auf einem Web-Formular abgeben konnte, vor sich und war direkt eingestiegen und hatte ihr Fragen gestellt.

Schließlich fragte sie Stella, ob sie bereits mit der Polizei zu tun gehabt hatte. Einen ganzen Moment zögerte Stella. Sie überlegte. Dann erzählte sie die Wahrheit. Die gesamte offizielle Wahrheit. Auch, wenn sie sich an einigen Stellen blöd dabei vorkam.

Die Frau stellte Detailfragen, lachte hier und da freundlich – aber es schien Stella nicht, dass sie sie als Spinnerin abtat. Um keinen Mist zu bauen, berichtete Stella auch von ihrer kleinen Festnahme am Hafen. Sie hatte ein Bild vor sich, in dem die Frau Zugriff auf solche Informationen haben würde, wenn sie Stella Nykvists Namen in ein zentrales System eingab. Also wollte sie lieber ehrlich sein.

Danach entstand eine Pause. Schließlich begann die junge Frau schallend zu lachen. „Vielleicht eine nicht ganz unwichtige Erfahrung. Da konntest du dir ja mal ein Bild davon machen, unter welchem Druck man als Polizistin manchmal steht. Stell dir vor, wie du gehandelt hättest, wenn du solche Hinweise bekommst. Du stürzt da rein. Die Situation: unklar. Sprengstoff? Waffen? Weitere Leute, von denen du nichts weißt? Da kann alles passieren!“

„Hm ... ja – das ist natürlich richtig.“

„Und dennoch willst du dich bei uns bewerben? Was sind deine anderen Optionen? Du hast einen ausgezeichneten Abschluss, muss ich sagen.“

„Wie meinst du das? Bei euch bewerben sich sonst Leute mit schlechteren Noten?“

„In erster Linie bewerben sich bei uns auffallend wenig Frauen. Meine Frage zielte eher dahin. Ich bin eigens damit beauftragt, Frauen auf dem Weg zu begleiten. Dessen musst du dir bewusst sein: Wir sind hier an vielen Stellen noch in der Minderheit."

„Hm... Können wir uns vielleicht ... einfach einmal treffen, damit ich einen Eindruck von ... der Ausbildung aus deiner Sicht bekomme?"

„Sag, wann es dir passt!"

27. **Tiflis**

> Am folgenden Tag wechselten Regen und Sonnenschein sich in so hässlich kurzer Abfolge ab, dass Stella Nykvist sich kaum traute, sich auf ihr Motorrad zu setzen. Stellas Mutter war mit dem Auto unterwegs.

Es wurde Zeit für einen eigenen Wagen. Ihr war klar, dass das bei dem Erbe in irgend einer Form drin sein würde, ohne sich zu verbiegen.

Schließlich entschied sie sich für etwas Ungewöhnliches und rief bei der zentralen Anlaufstelle der Verwaltung der Region Stinarsund und Ytlamark an. Sie erkundigte sich nach dem Mann, der die Weihnachtsbäume verkaufte und erzählte eine Geschichte über ein Schulprojekt.

Sie erfuhr, dass die Daten auf einer Website öffentlich zugänglich waren, und hatte den Mann wenige Minuten später ausfindig gemacht. Einmal lernte sie dabei, wie einfach solche Informationen zu bekommen waren. Gleichermaßen erhielt sie die Information, dass der Mann, den alle für einen Russen hielten, Georgier sei.

Mutig rief sie die Nummer seiner Firma, die laut Register weniger als fünf Mitarbeiter hatte, an.

Schon nach kurzer Zeit kamen sie ins Gespräch und er zeigte sich als ein ungewöhnlich aufgeweckter, angenehmer Mann. Auch wenn seine sprachlichen Fähigkeiten im Schwedischen hier und da eingeschränkt waren. Dann berichtete Stella ihm, dass sie der Polizei im Rahmen eines Praktikums bei einer Ermittlung half und betete ihm die Fakten über den entsprechenden Abend herunter. Erstaunlicherweise erinnerte der Mann sich.

„Sicher. Der Abend ist ja schwer zu vergessen."

„Wie meinst du das?"

„Da war diese komische Frau in diesem hellen Wintermantel. Wer trägt einen wollfarbenen Mantel? Im Schneetreiben?" Er lachte rau und herzlich. „Die hat mit mir an dem Abend über das Verschwinden ihres Mannes gesprochen. Und auch noch einmal.

Zwei oder drei Tage später."

„Worum ging es ihr da?"

„Sie hat mich gefragt, ob er da gewesen wäre. Dann kam sie zwei Tage später mit einem Foto wieder und ich habe ihr gesagt, dass sie das gerne bei mir am Stand aufhängen könne. Während die Leute darauf warten, dass man die Weihnachtsbäume einschnürt, haben die Zeit, sich solche Sachen anzusehen."

„Okay ... also hat sie ihn ernsthaft gesucht."

„Sicher! Sie war aufgelöst. Später dann eher geknickt. Aber davor hatte ich ein wirklich gestörtes Verhältnis zu ihr."

„Davor? Du kanntest sie schon?"

„Na ... sie war vielleicht eine halbe Stunde zuvor schon mal da gewesen an dem Abend. Da fand ich ihr Verhalten vollkommen blöd. Später habe ich das dann ein wenig verstanden. Sie war nervös. Ihr Mann war ja verschwunden!"

„Was ... war denn ihr blödes Verhalten?"

„Na ... Da war ein Typ gewesen. Der hat ganz in der Nähe von meinem Stand einen Fuchs angefahren. Ich meine: Da schauen die Leute doch alle hin, oder?"

„Sicher."

„Und hey ... die Viecher nerven natürlich. Das ist mir auch klar. Aber es hatte eben diesen Unfall gegeben. Ein Kerl in einem großen Geländewagen. Er fährt den Fuchs an, setzt zurück, steht mit Warnblinker auf der Straße. Dann kommt sie zufällig vorbei. Die beiden kennen sich scheinbar. Und er ist ein wenig ratlos. Und was passiert dann? Die Frau nimmt den Fuchs und wirft ihn einfach über die Leitplanke runter in den Wald."

„Was?" Stella hatte sich erhoben. „Sie hat den Fuchs in den Wald geworfen? Der war verwundet, oder?"

„Ja – sie packt ihn am Schwanz und wirft ihn weg. Ich meine – okay, der war vielleicht tot, klar. Aber irgendwie schien mir das so herzlos. Außerdem muss man diese Unfälle melden. Hat der Kerl bestimmt nicht gemacht. Und es war nicht sicher, ob der Fuchs tot war."

„Ein großer Geländewagen?"

„Ja – Volvo, glaube ich. Diese Dinger, die man jetzt überall bei den reichen Schweden sieht. Dunkelrot war der, daran erinnere ich mich noch."

„Und dann?"

„Dann ist der Kerl weiter gefahren. Richtung Stadt. Und sie ist weiter Richtung Järvsby gefahren."

„War da noch jemand in dem dunkelroten Geländewagen?"

„Das ... keine Ahnung, warum? Ich hatte eine Menge zu tun an dem Abend. Das war ja recht kurz vor Weihnachten."

„Okay ... klar ... verstehe."

„Auf der anderen Seite ... Ich denke nicht, dass da noch jemand im Wagen gesessen hat."

„Warum?"

„Na – ich erinnere mich wirklich nur an die beiden. Den Mann – so ein stattlicher Typ. Und eben die Frau in diesem lächerlichen Mantel, die ihren Mann gesucht hat." Er machte eine Pause, schien nachzudenken, murmelte etwas, das Stella nicht verstehen konnte.

„Ich meine", erklärte er dann, „Wenn da noch jemand im Wagen gesessen hätte ... Der wäre doch ausgestiegen, oder? Das war kein spektakulärer Unfall, aber es war ein Tier. Da willst Du doch wissen, was los ist. Da willst du vielleicht auch wissen, ob es Schäden am Auto gibt oder so."

„Das ... nehme ich an, ja."

„Hm .... und sag mal: Das alles wusste die Polizei nicht? Dann haben die den Unfall mit dem Fuchs garantiert nicht gemeldet."

„Das werde ich prüfen. Und dann? Später kam die Frau noch einmal zu dir zurück?"

„Genau. Mit ihrem lächerlichen Mantel. Mittlerweile war der am Aufschlag dreckig. ‚*Geschieht dir recht*', hab ich damals gedacht. Unglaublich blöde."

„Und dann hat sie dich nach ihrem Mann gefragt?"

„Nicht nur mich. Alle Leute am Stand. Sie hatte ein kleines Bild von ihm dabei. In ihrer Geldbörse. Sie war wirklich aufgedreht. Sie hat ihn dann auch noch einmal angerufen und so. Aber zwei Tage später war er immer noch nicht wieder aufgetaucht."

„Okay...", murmelte sie nachdenklich und malte ziellos auf

ihrem Block herum. Sie hatte die Szene genau vor Augen. Und sie gab keinen Sinn.

„Habt ihr den Mann denn gefunden?“., erkundigte der Georgier sich.

„Ich ... meine Kollegen ... also ... wir ermitteln da noch.“

„Okay. Sagt Bescheid, wenn ich noch was helfen kann.“

Sie verabschiedeten sich. Und schließlich entschied Stella sich, das Haus zu verlassen. Der Regen hatte nachgelassen, aber es war alles andere als trocken.

Sie sah sich die Stelle an, obwohl ihr klar war, dass sie hier nichts mehr finden würde. Ihr Motorrad stellte sie dort ab, wo im Winter die Bäume verkauft wurden. Von dem netten Georgier, den alle für einen Russen hielten.

Sie lief sie über die Straße und blickte hinter der Leitplanke hinunter. Dort ging es verhältnismäßig steil bergab. Kein Weg, den sie zu Fuß schaffen konnte. Sie schaute den Hang konzentriert herunter. Wenn man einen verletzten Fuchs hier über die Leitplanke warf und er lebte noch, schlug er vermutlich unten auf und war spätestens dann tot.

Barbarisch, wie sie fand, obwohl den Leuten in der Gegend hier die Füchse auf die Nerven gingen. Selbst sie hatte beinahe einmal einen mit dem Motorrad angefahren und war sich nicht sicher, für wen das am Ende gefährlicher geworden wäre.

Wenn alles stimmte, was sie aus den Daten gelesen hatte und das, was der Weihnachtsbaumverkäufer gesagt hatte, ebenso – dann war das Telefon von Arvid in Gunnars Auto gewesen. Aber Arvid nicht. Oder genauer: eines seiner Telefone.

Sie versuchte, sich eine sinnvolle Geschichte dazu auszudenken. Aber es wollte ihr keine einfallen. Die beiden Männer. Sie schienen sich im Wald getroffen zu haben. Dann fährt der eine zurück. Der andere bleibt im Wald. Wo Stella ihn nach dem Winter tot auffindet. Sein Auto ist auch dort, wie sie mittlerweile wussten. Da lag die Vermutung nahe, dass er vielleicht gleich dortgeblieben war in dieser Nacht.

Warum fuhr dann sein Telefon mit Gunnar mit? Um eine falsche Spur zu legen? Sie spürte, wie ein Auto langsamer wurde und neben ihr zum Stehen kam. Ein großer Geländewagen. Die Scheibe wurde heruntergelassen und sie blickte völlig unerwartet in Gunnar Standlunds Gesicht.

Er sah sie einen Moment an. Dann schaltete er den Warnblinker an. Er schaltete den Motor aus und sprang rasch aus seinem Wagen und kam auf ihre Seite. Sie griff ihren Motorradhelm fester. Was passierte hier? Der Mann wirkte aufgebracht. Hatte er sie etwa verfolgt? Oder war er nur zufällig hier vorbeigekommen?

„Du bist das doch. Du erzählst überall rum, dass ich meine Frau betrüge, richtig?“

Stella wich einen Schritt zurück. Er kam nochmals näher. „Was denkst du dir dabei?“

„Was denkst *du* dir dabei, müsste ich fragen, oder?“ gab Stella frech zurück und bedauerte das einen Augenblick später. Der Mann war wirklich aufgebracht. Das hatte sie nicht ausreichend bedacht. Ihr Mund hatte die Neigung, ihrem Hirn vorauszueilen. Aber dass er jetzt weiter auf sie zu stürzte und sie an der Lederjacke griff und förmlich vom Boden abhob – damit hatte sie nicht gerechnet. Wirklich nicht. Ihre Füße verloren den Halt. Er rief etwas, schnauzte sie an, begleitet von Spucke, die seine Wut zu betonen schien und ihr mehr Raum gab.

Sie gab einen gurgelnden Laut von sich. Dann begriff sie, dass sie der Leitplanke gefährlich nahegekommen war. Ein Leichtgewicht wie sie – er könnte sie einfach hier herunter werfen. Wie einen toten Fuchs. Sie war nicht sicher, ob sie das überleben würde.

Ihr Selbsterhaltungstrieb übernahm. Sie holte aus und schlug mit dem Helm zu. Erwischte ihn am Ellbogen. Als er sie mit einem Schmerzenslaut herabließ, schlug sie nochmals zu. Der Helm donnerte gegen seine Schulter, prallte ab und traf ihn mit einem laut klatschenden Geräusch seitlich am Ohr. Er verlor das Gleichgewicht und kippte um. Blut lief aus seinem Ohr.

Stella rannte los. Sie steckte den Helm auf den Kopf, während sie lief, sprang mehr oder weniger auf ihr Motorrad. Starten und losfahren: Eins. Nach wenigen Metern bremste sie und bog in einen kleinen Waldweg ab. Dort würde er ihr keinesfalls folgen können.

Sie warf einen Blick zurück, erkannte, dass Standlund sich längst wieder aufgerafft hatte und zur Fahrertür lief. Sie gab Gas. Der Weg war breit genug für einen Wagen, aber zerfurcht. Mit einem Geländemotorrad stellte das kein Problem dar. Mit einem zwei Tonnen schweren Auto würde er unbefahrbar sein. Erst nach mehreren Minuten, als sie tief und weit im Wald angelangt war und sicher sein konnte, dass er ihr nicht gefolgt war, hielt Stella an. Ihr Herz rasselte. Sie spürte ein Donnern in ihrer Halsschlagader und begann zu zittern.

Das war knapp gewesen.

28. Frontrunner or Carpet Crawler?

> In den folgenden Tagen tauchte Stella ab. Sie wollte nicht in einer Kleinstadt leben, in der ein Kerl mit einem großen SUV hinter ihr her war. Also beschloss sie, eine Freundin in Arvidsjaur zu besuchen, die sie lange nicht mehr gesehen hatte.

Sie war drei Jahre älter als Stella und hatte geheiratet, als sie versehentlich schwanger geworden war. Jetzt lebte sie, nach zwei Jahren bereits wieder geschieden, in Arvidsjaur. Ein Kaff, das von Stinarsund aus gute zwei Stunden entfernt im Landesinneren lag.

Es war Stella ein Rätsel, wie man in so einem Ort leben konnte. Stinarsund war klein – aber das Kaff, in dem ihre Freundin lebte, war mit „Kaff" noch gelobt. Sie arbeitete in einem Diner, wenn man das so nennen wollte. Das größte Restaurant des Ortes immerhin, das jedoch nur durch die große Umgehungsstraße lebensfähig war. Die machte den Ort gleichzeitig hässlich. Aber vermutlich war das der Preis der wenigen relevanten Arbeitsplätze.

Das Kind war oft bei der Mutter ihres Ex-Mannes. Am Ende des ersten Tages fragte Stella sie sehr offen, was sie hier wollte. In diesem winzigen Ort. Warum sie nicht nach Stinarsund zurückkam. Was ihre Pläne waren. Schnell musste sie feststellen, dass ihre Freundin keinerlei Pläne hatte. Sie war eine gute Schülerin gewesen und hatte dann im falschen Moment den falschen Abzweig genommen, wie es schien.

Und nun glitten ihre Tage dahin in einem Ort, der eigentlich nur aus einer Hauptstraße und ein paar Industriegebieten bestand. Es gab einen See, ein kleines Feriencamp. Ein paar langweilige alte Geschäfte in der Innenstadt, die keine Konkurrenz kannten und Dinge verkaufen konnte, die in Rufweite hinter der Zeit lagen. Sie dachte an einen Satz, den ihr Vater immer gesagt hatte: „Eine falsche Bewegung ist nicht schlimm, solange es keine falsche Bewegung mit einer Knarre an deinem Kopf ist." Hier hatte sie genau dieses Gefühl. Eine falsche Bewegung in deinem Leben und plötzlich lief alles in die Richtung, in die du nie wolltest. Und sie hatte noch so viele Entscheidungen zu treffen.

Wenn ihre Freundin abends im Diner arbeitete, kümmerte Stella sich in den Tagen um die kleine Tochter, bis die im Bett war. Das empfand sie als anstrengend. Aber eher, weil sie keine Erfahrung damit hatte. Eigentlich machte es ihr sogar Spaß. Anschließend setzte sie sich heraus auf die Terrasse, checkte ihre Mails und verschickte ein paar SMS, während sie Bier aus Dosen trank, was sie im Moment zu oft tat.

Am dritten Abend wollte sich gerade eine Art Routine einstellen. Stella fragte sich, wie sich ihr eigenes Leben wohl gestalten würde. Würde sie abends draußen sitzen? Mit dem Baby auf ihren Mann warten? Essen kochen? Sie hatte noch reichlich Mühe mit dieser Vorstellung.

In einem Diner arbeiten, kam ganz sicher nicht in diesem Bild vor. Am Vorabend hatte sie ein erstes Angebot aus Göteborg bekommen, mit Anschluss an eine junge Firma Betriebswirtschaft zu studieren. Sie hatte sich dort nicht einmal anständig beworben. Sie hatte einen einseitigen Lebenslauf geschickt. Dann hatten sie einmal telefoniert. Für nicht einmal eine halbe Stunde. Aber das Unternehmen wuchs und wollte viele junge Leute anstellen. Online-Plattformen und digitale Geschäftsmodelle vorantreiben. In ganz Skandinavien.

Davon fühlte sie sich ein wenig angezogen. Das klang so, als wäre das am Ende der Job für Leute aus ihrer Generation. Da, wo die Frontrunner waren. Nach einigem Nachdenken kam sie zu dem Schluss, dass ihr der Gedanke mit den Gestaltern ihrer Generation und den Frontrunnern nicht selbst gekommen war. Den hatte sie auf deren Website aufgeschnappt.

Und dort war sie eigentlich auch im Kern gelandet, weil die Ausbildungsprogramme in anderen Ländern hatten. Stella fürchtete sich ein wenig vor einem festen Wohnort. Das war ihr erst in den vergangenen Wochen klar geworden. Oder musste sie das einfach noch lernen? Jetzt, da ihr Vater tot war? War das nur eine Gewohnheit geworden, wie manche Leute abends vor dem Fernseher Chips aßen, ohne darüber nachzudenken?

Ein Anruf riss sie aus den Gedanken und sie griff rasch nach dem Telefon. Das Baby sollte keinesfalls aufwachen.

Sie erkannte die Stimme sofort. Es handelte sich um Jakob Nordlund. Diesmal klang er erfreulich nüchtern.

„Stella ... hast du ein paar Minuten für mich?"

„Hm ... da bin ich mir nicht ganz sicher. Ich will da nicht ... in irgendetwas mit reingezogen werden."

„Wegen des Staatsanwaltes?"

„Hm...", bestätigte sie bewusst vage.

„Das haben wir im Griff. Ich habe mich ein paar andere Dinge gefragt."

„Hm?"

„Du bist gesehen worden. Mit deinem Lieblingsverdächtigen."

„Wie meinst du das?"

„Komm – verkauf' mich nicht für dumm. Er hat dich angegriffen, stimmt's?"

Sie antwortete nicht, sondern ließ ihren Blick sinken. Konzentriert. Verdammte Kleinstadt. Konnte das jemand mitbekommen haben? Da gab es zwei Häuser, schon, aber die Leute kannten sie ja nicht.

„Stella?"

„Ich bin noch da."

„Du brauchst es nicht zu leugnen. Junge Frau mit rotblonden Haaren, schwarzer Helm, schwarze Lederjacke."

„Davon wird es ja noch mehr geben."

„Aber vermutlich nicht so viele, die den doppelt so schweren großen Angreifer überwältigen können. Stella, komm! Stell dich nicht so an. Ich mach dir keinen Vorwurf. Aber ich habe mich sehr wohl gefragt, was da gewesen ist. Und vor allem genau dort. Das ist die Stelle, an der sich deine beiden Lieblingsverdächtigen getroffen haben. Da verkauft der Russe seine Weihnachtsbäume."

„Der Mann ist Georgier."

„Sind die etwa keine Russen?"

„Jakob, was willst du von mir?"

„Weißt du, ich habe mir die Akten noch einmal angesehen. Und da stelle ich doch fest, dass jenseits all der Fragen, die wir uns hier stellen, eine internationale Abfrage der Ermittlungsergebnisse stattgefunden hat."

„Eine Abfrage?" erkundigte Stella sich neugierig – kurz bevor sie begriff, was er gerade gesagt hatte.

„Stella ... jetzt im Ernst. Die Abfrage kam von der schottischen Polizei. Ich hab da angerufen. Eine Abfrage aus einem östlichen Revier von Edinburgh. Ich weiß nicht, wie du es angestellt hast, wenn ich ehrlich bin. Aber ich finde, wir könnten das deutlich verkürzen, wenn du es einfach zugibst."

Stella dachte nach. Bevor sie eine Entscheidung treffen konnte, legte Jakob Nordlund nach. „Weißt du – ich müsste sonst die Person ermitteln, die die Abfrage gemacht hat. Und da stellt sich die Frage: Hatte der juristisch nachvollziehbare Gründe?"

„Was willst du?"

„Ich möchte mich entschuldigen. Wenn du die Daten jetzt hast, dann weißt du, dass ich schlampig gearbeitet habe."

„Und dafür willst du dich entschuldigen? Bei mir?"

„Ja ... du hast recht gehabt. Und glaube mir: Ich hatte Gründe. Ich hatte ... eine schwere Phase, als ich... Ist jetzt eigentlich egal. Sag mir, was du hast. Was hast du aus den Akten gelesen? Du bist doch nicht umsonst dort bei dem Georgier gewesen. Ausgerechnet dort."

Nach kurzem Nachdenken richtete Stella Nykvist sich auf. Dann rasselte sie die Fakten herunter, die sie aus den Daten gelesen hatte. Den Ablauf des Abends, wie sie ihn einschätzte.

Als sie damit fertig war, fühlte sie sich erschöpft. Es hatte sie angestrengt. Schließlich wartete sie einen Augenblick. Einen Moment lang war sie nicht einmal sicher, ob Jakob noch am Telefon war.

Dann hörte sie ein tiefes Durchatmen. „Verflucht ... das ist ja ... plötzlich sieht alles anders aus. Ich ..."

„Hast du eine Idee? Ich hab keine. Und ich hatte zwei Tage Zeit, mir das Hirn zu zermartern."

„Ich hab eine schräge Information, die du nicht hast."

„Aha ...."

„Der Wagen, den du gefunden hast. Wir haben ihn jetzt heute endlich bergen können. Ist nicht einfach dort hinten. Du kommst mit den normalen Autos nicht so dicht an den See heran. Viktor musste sich besondere Fahrzeuge leihen und selbst dann noch ziemlich herum basteln."

„Und was ist dabei herausgekommen?"

„Eine ganz winzige Erkenntnis, die Viktor selbst gefunden hat. Der Wagen hat einen Schaden im Frontbereich. Wenn du ihn ansiehst, ist klar, dass er auf die Wasseroberfläche geklatscht ist. Und das ist wichtig. Viktor hat mit einigen Spezialisten gesprochen. Das Auto kann unter Wasser nicht so weit gekommen sein. Der Wagen ist in den See hineingefahren worden. Und dann hat er angefangen, die üblichen Spuren zu bekommen. Da ist Rost und aller möglicher Besatz mit ... ach – ich erspar dir die Details.

Aber dann muss er noch einmal bewegt worden sein. Monate später. Die Spuren am Frontspoiler zeigen, dass der Wagen bereits unter Wasser war und die Spuren angesetzt hatte. Und dann ist er in den zweiten Teil des Sees gelangt. In den großen Teil. Irgendetwas muss ihn bewegt haben."

„Ein Auto von zwei Tonnen?"

„Unter Wasser ist das Gewicht viel geringer. Nur ein paar hundert Kilo."

„Auch noch eine Menge. Da reicht ein Schwarm Fische jedenfalls nicht."

„Ja ... und in Zusammenhang mit deinen neuen Erkenntnissen vielleicht doch gar nicht mehr so wichtig. Das deutet ja eventuell auf etwas anderes hin."

„Ja, aber: Auf was denn? Ich erkenne da keine Geschichte."

„Ich schon."

„Na – komm, dann mal los..."

„Stella – du weißt doch..."

„Ach komm! Verdammt nochmal! Ich habe deine ganze verdammte Arbeit gemacht. Und ich weiß noch mehr. Gunnar hatte einen Unfall an dem Abend."

„Wann?"

„Sage ich dir erst, wenn du mir deine Version erzählst. Was glaubst du – was ist passiert?"

„Na – ist dir das nicht klar? Komm, du interessiert dich doch für solche Spiele. Wir kann das Ganze passiert sein? Was gibt Sinn?"

„Okay – ich hatte eine Idee – die kann idiotisch sein."

„Schieß los."

„Ich denke, die beiden Männer hatten gemeinsam etwas vor. Ich sage dir auch gleich, warum. Ich habe mich gefragt: Wollte Arvid verschwinden? Er hatte Geld abgehoben, er hatte all diese Telefonate geführt. Und das sieht für mich schon so aus wie eine Planung. Sein Nachbar sollte ihm dabei helfen und ich denke, seine Frau wusste es auch. Alles, was ich von ihren Aussagen weiß, passt dazu. Ich denke, dass die beiden Männer sich dann vielleicht gestritten haben. Dann hat der eine den anderen getötet. Er ist dann zurückgefahren und hat sich dort mit Arvids Frau getroffen. An diesem Stand mit den Weihnachtsbäumen. Die beiden stimmen sich ab. Vielleicht ist sie erschrocken oder so. Dann fährt sie auch in den Wald. Vielleicht will sie ihren toten Mann noch einmal sehen."

Sie verstummte, dachte nach. Mit dem Bild stimmte immer noch etwas nicht. Der Fuchs beispielsweise. Wie passt der denn ins Bild? So etwas ließ sich ja zeitlich nicht planen. Unmöglich.

„Du übersiehst etwas", erklärte Jakob, „Meine Geschichte sieht ganz anders aus. Ich sehe den Schlüssel in dem Schlag. Du erinnerst dich? Ich habe es dir unten an meinem Haus am Steg gezeigt."

„Du meinst, die Sache ... dass der Tote hinter dem Mann mit der Axt gestanden hat?"

„Genau. Darüber hab ich lange nachgedacht. Auf diese Weise kann man niemanden töten. Auf diese Weise kann man jemanden jedoch sehr leicht versehentlich verletzen."

„Siehst du – deshalb bist du Bulle und ich nicht. Dir fällt so etwas auf, obwohl ich mich stundenlang damit beschäftigt hab", lobte sie übertrieben. Sie meinte das nur halb ernst. Auf diese Sache war sie jedoch nicht gekommen. Aber in ihrem Falle war es auch nicht ihr Job.

„Ich denke, dass Standlund einen Baum schlagen wollte. Er hat uns belogen, was das Kaufen der Weihnachtsbäume anging. Das war ihm so wichtig – er ist in den Wald gefahren und wollte den Baum schlagen. Sein Nachbar Arvid weiß, wo er das am ehesten tun wird. Er kennt die Stelle. Ich denke, dass dann etwas unglaublich Blödes passiert. Vielleicht schleicht er sich an. Will seinen Kumpel überraschen. Oder sie sind beide gemeinsam da und Standlund kommt ihm versehentlich zu nahe und schlägt ihm die Axt in den Schädel. Arvids Auge ist verletzt, die Zähne kaputt. Plötzlich überlegt er sich, dass das schwer zu erklären ist. Kurzschlusshandlung."

„Und dann schlägt er ihm den Kopf ab? Einem guten Kumpel?"

„Vielleicht ... waren die gar keine so guten Kumpel? Das müssen die Verhöre erbringen. Aber ich bin mir sicher, dass das der Tathergang ist."

„Jakob – da bleibt aber noch etwas offen, oder?"

„Hm?"

„Seine Kreditkarte. Die ist doch dann immer noch benutzt worden, in zwei weiteren Ländern, wenn ich mich recht erinnere?"

„Das ... stimmt. Aber okay. Das kann man natürlich arrangieren. Du schnappst dir irgendeinen jungen Kerl, der einen exotischen Urlaub machen will. Er macht seinen Urlaub, zahlt den Spaß mit der Karte. Das bekommt man hin."

„Aber dann hat man einen Mitwisser."

„Das stimmt. Aber das bekommen wir raus." Mit einem Mal wirkte Jakob beschwingt, fast glücklich. „Wann bist du wieder hier, Stella?"

„In zwei, drei Tagen..?"

„Melde dich. Du hast was gut bei uns!"

Er hatte aufgelegt, bevor sie etwas sagen konnte. „Was gut bei *dir*", murmelte sie vor sich hin. Ob sie das glauben sollte?

29. **Wasserdichtes Kopfgeld**

> Der Campus der Polizeihochschule hatte Stella beeindruckt. Massiv beeindruckt, wenn sie ehrlich war. Überall waren junge Leute herumgelaufen, die meisten in Trainingsanzügen. Fitness spielte eine große Rolle bei der Polizei.

Es gab eine Staffel für Schwimmer, hatte sie erfahren. Die hatte bislang nicht einmal zwei Frauen in den vergangenen Jahren gesehen. Die Taucher hatten keine einzige Frau.

Das hatte Stella zu Denken gegeben, als sie sich auf dem Rückweg befand. Sie hatte sich mit der Ausbilderin verabredet und war auf direktem Wege von ihrer Freundin dort hingefahren. Nun war sie auf dem Weg zurück nach Stinarsund. Die einzige Art Heimat, die sie noch besaß, wenn man so wollte.

Diese Ausbilderin Anna Tjerndahl war seit langen Monaten der erste Mensch, der Stella beeindruckt hatte. Sie war blitzschnell durch die Ränge der Polizei gegangen, wurde auf dem Campus mit Respekt begrüßt. Eine studierte Psychologin. Durchsetzungsstark, mutig, frech. Und eine Frau, die die Polizei ganz anders aussehen ließ, als Leute wie Jakob oder Linda. Eine andere Klasse.

Auf dem Rückweg hielt Stella bei einem großen Gebrauchtwagenhändler in Skellefteå an und nahm sich ein paar Minuten, um über den Hof zu laufen. Sie hatte keine rechte Ahnung von Autos. Ihr Vater hatte immer große BMWs gefahren. Die mochte sie gern. Gab es die auch in ein wenig kleiner? Sie schaute sich um und fand unter den gut 120 Fahrzeugen am Ende zwei, die ihr gefielen. Einen mittelgroßen BMW und ein BMW Coupé, deren Preise sie nicht recht einschätzen konnte. Sie würde sich aufschlauen müssen.

Sie hatte von unterwegs aus ihre Mutter angerufen. Als sie heimkam, empfing sie erneut der Duft von Köttbullar und ihre Freude hätte nicht größer sein können.

Sie ging durch ihre Briefe der vergangenen Tage. Dann machte sie sich frisch und bat ihre Mutter um ihren kleinen Volvo.

Als sie den jetzt bewusst fuhr, war ihr klar: So einen wollte sie nicht. Das Auto ihres Vaters hatte sie mehr angesprochen. Als sie die Häuser von Inger Valquist und den Standlunds passierte, bemühte sie sich, stur geradeaus zu schauen. Minuten später stellte sie den Wagen auf den kleinen Besucherparkplatz des Polizeigebäudes. Der Mann am Eingang begrüßte sie. Er kannte ihren Namen, was sie stutzig machte.

Lag das an diesem bescheuerten Artikel in der EVA? Sie hatte ihn bei ihrer Freundin gelesen. Hätte ihr Vater noch gelebt, hätte sie den Verlag vielleicht verklagt. So hatte sie sich nur auf ein Kopfschütteln reduziert und sich aus historischen Gründen ein eigenes Exemplar gekauft. Man konnte nie wissen.

Sie erhielt einen Besucherausweis. Und als sie die Fahrstuhltür öffnete, war es nicht Jakob, der der kleinen Metall-Gondel entstieg, sondern Linda Nedergren. Sie kam zielstrebig auf Stella zu, schüttelte ihr die Hand und nahm sie mit nach oben. Sie setzten sich in dem teilverglasten Vernehmungsraum hin und Stella erkannte einige Facetten der Unterlagen, die sie von Scott bekommen hatte, an den Wänden wieder.

Ihre eigene Tabelle mit den Mobilfunkzellen empfand sie als deutlich besser als das, was die drei professionellen Ermittler zusammengezimmert hatten. Ihr Blick blieb daran haften.

„Stella – ich muss mich wohl ebenso sehr entschuldigen, wie ich mich bei dir für deine Hartnäckigkeit bedanken muss."

„Hm ... was bedeutet das?"

„Die beiden Kollegen sitzen gerade beim Staatsanwalt. Sie machen die Sache wasserdicht ... Na – das ist in dem Fall vielleicht ein blöder Ausdruck..."

Sie lächelte. Und diesmal hatte Stella den Eindruck, dass das nicht gekünstelt war, sondern echt. Sie musste grinsen. *Wasserdicht* war hier wohl wirklich unpassend.

„Das musst du mir erklären", bat Stella Nykvist.

„Wir haben ziemlich lange Verhöre hinter uns. Und zuerst haben die beiden nur ein paar wirre Sachen zugegeben. Dann hat sich aber irgendwann herausgestellt, dass eure These, die Jakob und du entwickelt haben, die richtige war. Arvid ist seiner eigenen Idiotie zum Opfer gefallen. Er hat sich angeschlichen, wollte seinen Freund überraschen. Da holt der plötzlich aus und schlägt ihm die Axt ins Gesicht. Versehentlich! Und das glaube ich ihm."

„Und dann?"

„Dann ist er in Panik geraten. Da liegt dieser Kerl auf dem Boden, gibt grausige Geräusche von sich. Irgendwann ist ihm gedämmert, was passieren würde. Die Nachbarn! Die Schande! Und er hatte eine große Axt in der Hand ... Und da hat er ihm den Kopf abgeschlagen."

„Puuuuhhh.... im Ernst? Das muss doch eine ziemliche Überwindung gekostet haben." Zischte Stella und war ernstlich aufgewühlt, wenn sie sich das vorstellte. Könnte sie jemandem den Kopf abschlagen? Sie konnte vermutlich nicht einmal die große Axt führen.

„Das ist so. Aber dann übernahm bei ihm wohl das Notfallprogramm. Er fragte sich also: Was kann er tun, damit er nicht erwischt wird. Er überlegt sich, dass Fingerabdrücke und Zähne die Leute identifizieren."

„Also ... schlägt er ihm auch noch die Hände ab?"

„Stella ... ich sehe schon... Du bist ein Talent."

„Ha ha ... ist ja eigentlich naheliegend. Und dann?"

„Er schleift den restlichen Körper 50 Meter weiter durch den Wald. Dort lässt er ihn in einen Bach rollen. Ein ziemlich tiefliegendes Gewässer. Niemand kommt dort mal eben so vorbei. Die Tiere erledigen das, da ist er sicher. Er fährt den Wagen in den kleinen Teich, versenkt ihn. Dann wirft er den Schädel so weit in den See, wie er kann. Die Hände wirft er irgendwo in den Wald. Eine haben wir gefunden."

„Und der restliche Körper?"

„Einen Großteil der Wirbelsäule. Tief unten in dem Bach im Wald. Er konnte uns die Stelle verhältnismäßig genau beschreiben. Aber dennoch hat es uns knappe zwei Stunden gekostet, die Reste zu finden. Aber nicht nur das: Wir haben auch Arvids zweites Telefon gefunden. Das hatte er wohl irgendwo am Körper."

„Und seine Frau? Also – die Frau des Toten. Welche Rolle spielt die dabei? Das kann doch kein Zufall sein."

„Wie es aussieht, zunächst schon."

„Zunächst?"

„Sie bittet ihn darum, für sie zu arbeiten. Er sagt das spontan zu. Die beiden kennen sich gut und lange und das funktioniert. Irgendwann ist sie es, die sich in ihn verliebt. Sie bändelt mit ihm an. Und das recht schnell. Eines Nachts erzählt er ihr dann, dass er ihren Mann getötet hat. Er liefert sich aus, gesteht es ihr."

„Whow – und da macht sie nichts?"

„Oh doch. Sie setzt ihn unter Druck. Sie hat Angst, dass der Wagen dort gefunden werden könnte, wo er ist. Wenn der Frühling kommt und die Leute wieder schwimmen.

Sie will nicht, dass das alles zusammenbricht, was sie haben. Also besorgen die beiden sich eine Taucherausrüstung. Sie besitzt eine – aber er nicht. Er kann zwar tauchen – aber den Anzug und die Geräte leiht er ausgerechnet bei euch im Bootsclub! Unfassbar, oder?"

„Whow..."

„Und dann machen sie etwas vollkommen Irres. Sie tauchen runter und bringen es fertig, den Wagen ihres Mannes in den größeren Teil des Sees zu schieben. Er kippt über die kleine Kante nach unten. Sie tauchen auf. Und Inger behauptet plötzlich, sie habe den Kopf ihres Mannes im Wasser gesehen."

„Was?"

„Ja – ihr Liebhaber beruhigt sie, aber sie ist sich sicher. Er taucht noch zweimal, kann aber nichts finden. Aber wie es aussieht, lag der Schädel so, dass sie ihn mit dem Wagen irgendwie aufgewühlt haben. Du bist schließlich diejenige, die ihn findet."

„Also haben sie sich im Grunde ihr eigenes Grab geschaufelt?"

„Na ... das ist vielleicht verkürzt. Vermutlich hätte man den Wagen tatsächlich gefunden, wenn sie ihn nicht bewegt hätten. Viktor ist sich dessen sicher. Er wundert sich allerdings, wie sie es geschafft haben, den Wagen unter Wasser so zu bewegen. Sie ist wirklich eine ziemlich zarte Frau. Er ist kräftig. Dennoch. Das muss die beiden vollkommen gestresst haben."

„Puuuhh..." Stella nickte nachdenklich. Ließ sich die

Geschichte auf der Zunge zergehen. Dann zeigte sie auf eine komplizierte Darstellung an der Wand. „Also – die Sache mit dem Mobilfunk ... die ist in meiner kleinen Ermittlungsakte besser gelöst.“

„Das war ein gigantischer Akt...“ Erklärte Linda, drehte sich, schaute auf die Wand und erklärte „Das Ding stammt von mir...“

„Oh – entschuldige...“ Stella grinste frech. „Ich schick dir nachher meine Tabelle, wenn du magst. Meine Darstellung ist bedeutend einfacher. Und ich habe es über die Karte der Landstraße gelegt.“

„Dann mach das bitte. Würde mich freuen“, gab die Polizistin mit der schlechten Haut zurück.

„Ihr findet ein Telefon bei Arvids Leiche. Das Zweite macht mir Kopfzerbrechen.“

„Ja – das hat Gunnar erst gegen Ende zugegeben. Er hatte Arvids Jacke im Auto. Da war eines der Telefone drin. Er hat die Jacke mit allem drin dem Fuchs hinterhergeworfen. Dann hat er an der Tankstelle angehalten, hat die Werkstatt aufgebrochen und sich Werkzeuge besorgt, um die Spuren des Fuchs-Unfalls zu verwischen.“

„Ah ... das sieht man auf den Bewegungsdaten.“

Die beiden Frauen lachten. „Stella, das hat niemand von uns herausgefunden. Da bin ich wirklich schon ein wenig beeindruckt.“ Sie blickte Stella nachdenklich an. „Ganz im Ernst – gute Arbeit.“

Stella nickte, sah sich um. Schließlich sah sie zu Boden, brauchte eine gewisse Überwindung. „Dann bin ich aber aus der Sache ... eigentlich raus, oder?“

„Wie meinst du das – als Verdächtige?“

„Genau.“

„Ja – die beiden haben fast alles gestanden. Wir wissen immer noch nicht, wie das Blut in den Van gekommen ist.“

„Hier läuft ja kein Band. Aber ... Das war ich.“

Linda nickte. „Ich hätte doch besser wetten sollen. Du warst in der Nacht da?“

„Ich war da ... ich habe ihn gefunden. Aber ich konnte das ja nicht einfach so sagen. Ihr hättet mir einen Strick aus dem Van gedreht, den ich gefahren hab."

„Hätten wir ... vermutlich ... Na ja – wer weiß..."

Stella blickte sich um, musste sich noch einmal überwinden. Aber sie war sich sicher, dass es das wert war. „Linda ... sag mal: Wäre dir vielleicht ein Gefallen in diesem Thema möglich?"

„Kommt drauf an. Wovon reden wir?"

„Ich meine: Halte mich jetzt nicht für frech...."

„...keine Sorge – das tu ich schon", grinste Linda zurück und schien sich in dieser Rolle ganz gut zu gefallen. Linda, die Schlagfertige.

Stella nickte, lächelte die Antwort weg. „Ich meine: Ich habe ... ein ganzes Stück Anteil an der Lösung dieses Falles, richtig?"

„Vermutlich einen größeren Anteil, als mir offiziell bekannt ist?"

„Das ... kann ich nicht seriös beantworten."

„Okay – aber ich glaube, in dem Fall ist kein Kopfgeld ausgesetzt, dass du..." Beide fingen an zu lachen. Hatte sie es schon wieder getan? Erst die Wasserfestigkeit, jetzt noch das Kopfgeld? Bizarr.

Stella hob abwehrend die Hand. „Ich will keine Prämie, keine Sorge. Aber ich würde mich sehr freuen, wenn du mir eine Empfehlung schreiben könntest. Oder vielleicht dieser ... Emil Brahe? Mir wäre beides Recht."

„Ha ha! Brahe ... das wäre ... Moment..." Ein ungläubiger Blick traf sie. „Was willst du damit machen?"

„Ich würde sie gerne meiner formalen Bewerbung bei der Polizeiakademie beilegen. Ich bewerbe mich für eine Ausbildung in einem Austauschprogramm. Schweden, Dänemark und ein halbes Jahr bei Europol. Da könnte eine kleine Zusatzqualifikation nicht schaden, schätze ich."

„Ist das bei Anna Tjerndahl?"

„...ja – kennst du die?"

Sie lachte laut und dunkel. Fast ein wenig herablassend.

„Na", grinste sie, „dann fang schon mal mit dem Joggen an. Der

Fitness-Test in ihrer Mannschaft ist die Hölle, habe ich mir sagen lassen. Aber Anna ... die macht Karrieren.“ Sie erhob sich, nickte und erklärte. „Ich kümmer‘ mich drum.“

Zehn Tage später ließ sich Stella die Abgabe ihrer Unterlagen im Postamt offiziell mit einem dicken Stempel quittieren. Sie hatte alles zusammen. Die Untersuchungsergebnisse, die ganzen Formulare. Und Joggen war sie auch jeden Tag gewesen. Erst einmal, dann morgens und abends, wenn sie nicht gerade mit Schwimmen beschäftigt war.

Haut und Haar. Wenn sie diesen Job wollte, dann musste sie besser sein als ein Haufen Männer mit größeren Lungen, längeren Beinen und dickeren Armen.

Aber keiner von denen hatte ein Empfehlungsschreiben einer leitenden Ermittlerin. Und schon gar nicht das eines Staatsanwaltes. Handschriftlich und mit persönlicher Widmung.

Leseprobe TULPENBLUT

Stellas erster Fall in der Stella Nykvist-Reihe spielt in Island – rund 15 Jahre nach „Tödliche Sommer".

Skandinavier duzen sich im Allgemeinen – das dürfte bekannt sein. In Island geht das noch deutlich weiter – hier ist der Nachname praktisch gesellschaftlich irrelevant. Wer bislang glaubte, die ehemalige Sängerin der Sugarcubes, BJÖRK, die auch weit über die Grenzen Islands hinaus bekannt ist, habe einen schlichten Künstlernamen gewählt, liegt falsch. Das ist einfach der Name, mit dem man „Frau Guðmundsdóttir" in Island anspricht. Wenn also einige Figuren in diesem Buch ohne Nachnamen auskommen müssen, so spiegelt das eine Realität wider, die für Deutsche oft nur schwer nachvollziehbar ist. Aber eben Realität.

#001

„Eine *tote Leiche*? Ist das schlimmer als eine normale Leiche?“ grinste Stella durch den Hörer hindurch und wusste, wie unpassend dieser Spruch jetzt war – aber sie konnte ihn sich einfach nicht verkneifen. Ihr Gegenüber war nervös, aufgebracht, angespannt. Und sie witzelte herum. Sie wusste, warum sie bei manchen Kollegen einen schlechten Ruf hatte.

Dann schob sie nach „Na gut… Schick ihn rauf zu mir. Ich hole ihn an der Zwischentür ab – oder nein, noch besser: Bring ihn in diesen kleinen Besprechungsraum an der Kantine – da gibt es Platz und ich denke, da gibt es auch noch Kaffee.“

Der Kaffee war ihr im Moment wichtiger. Ihre Nächte waren kurz im Moment, was im Wesentlichen mit ihrem Nachbarn Kjell zusammenhing, an dem sie sich die letzten Nächte abgearbeitet hatte, bis ihre Körper Grenzen aufgezeigt hatten. Großartig. Aber eben nicht förderlich für den Schlaf. Außerdem war er mitten in der Nacht einfach abgehauen und sie hatte morgens eine halbe Stunde wachgelegen, um sich zu fragen, warum er das getan hatte, obwohl er nur drei Häuser weiter wohnte.

Stella blickte sich kurz im Spiegel an. Sie sah gelangweilt aus und fühlte sich farblos. Ihre rotblonden Haare schienen ihr heute der einzige Farbklecks in diesem grauen Land zu sein. Es war ein langweiliger dunkler Morgen gewesen, wie dieses ganze unselige Island ihr langweilig, müde und grau erschien. Sie wurde nicht warm mit diesem Land – aber sie musste es auch nur noch drei Wochen lang ertragen, wenn alles glatt ging.

Sie wuschelte ihre Haare zurecht, raffte ihre Jeans am Hintern und verbog sich, um zu sehen, wie ihr Po in dieser Hose wirkte. Sie nickte und grinste. Super sah ihr Hintern aus. Mit diesem Wissen schnappte sie sich ihren blauen A4 Block, riss die Tür schwungvoll auf und rauschte die kleine Treppe in die untere Etage herunter, um zu sehen, was es mit der *toten Leiche* auf sich hatte.

Rayk, der sich hier um alles zu kümmern schien, signalisierte ihr mit dem erhobenen Daumen der einen Hand und dem Daumen der Anderen in Richtung Kantine, dass der Finder der Leiche sich in dem kleinen Raum befand, den sie verabredet hatten. Stella Nykvist reckte ihren Daumen ebenso herauf und bedachte den Mann mit einem Lächeln, das in diesem grauen Bunker das Beste war, was er an diesem Tag zu sehen kriegen würde. Tatsächlich war das Polizei-Revier von Kirkvogur in einem vorgelagerten Industriegebiet untergebracht und konkurrierte dort architektonisch mit den kleinen Fabriken, die alle aussahen wie sehr sehr große Garagen oder zusammengeschweißte Schiffscontainer.

Architektur war anders.

Die geöffnete Tür in der Linken bot sie ihrem Gegenüber - ein dickbäuchiger Mittvierziger mit fettig zurückgekämmten Haaren – die Rechte an und begrüßet ihn abschätzend. Seine Hand kam Stella Nykvist schwitzig vor und sie musste dem Drang widerstehen, ihre Hand in dem kleinen schmucklosen Waschbecken am rechten Rand des Raumes zu reinigen.

„Du bist nicht von hier?“ fragte der Mann, bevor er auch nur seinen Namen nannte. Stella kannte diese Reaktion schon und war sie erstaunlich leid. Beinahe glaubte sie, dass in einem Land mit weniger als 400.000 Einwohnern vielleicht jeder jeden kannte. Wenn nicht das, so nahm sie an, dass hier vielleicht 800.000 Leute leben könnten, wenn Isländer nicht alle Nicht-Isländer stets auf diese Art begrüßen würden.

„Ich bin eine Vertretung. Mich stellt die SkanForce.“

Das Misstrauen des dicken Mannes verstärkte sich und wurde nun in vier großen Falten auf seiner Stirn auch offiziell sichtbar. „Was Privatisiertes?“ In dem Land, das die Finanzkrise des letzten Jahrzehntes ausgeblutet hatte, standen privatisierte Organisationen nicht eben hoch im Kurs.

„Nein - nicht im Geringsten. Wir von der SkanForce gehören

zur Polizei. Wir unterstützen die Kriminalpolizei in allen Ländern Skandinaviens, wo Ermittler länger abwesend sind und nicht einfach ersetzt werden könne. Das können Urlaubsvertretungen sein, das kann auch eine Verstärkung bei komplizierten Ermittlungen oder Gerichtsverfahren sein. Eigentlich alles, wo nicht ausreichend Kräfte vorhanden sind. Wir leben in Ländern mit wenigen Menschen und großen Entfernungen, weisst Du?" Skandinavien litt an dünner Besiedlung und Stella träumte von dem Tag, an dem sie die SkanForce nicht immer erläutern müsste, weil die Menschen in Skandinavien sie kannten.

„Und in dem Falle ist es Krebs."

Stella warf dem Mann einen langen konzentrierten Blick zu. „Ja – in dem Falle ist es Krebs, wegen dem ich hier bin..."

„Wird Ilva wiederkommen?" fragte er in einem Akzent, der für die Nicht-Isländerin an der Grenze von verständlich war.

„Ich bin kein Arzt," schnitt sie dieses Gespräch so rasch ab, wie eben möglich, bat den Mann mit einer klaren Geste, wieder Platz zu nehmen und erklärte „Ich bin so lange für dich da. Stella Nykvist, wie gesagt – und Du bist...?" Sie hatte den blauen Block geöffnet, der von unlesbaren Bleistift-Notizen strotzte und klickte zweimal auf ihren Druckbleistift, ohne den sie nicht ermitteln konnte.

„Vilfrid."

„Vilfrid ...?" bedeutet sie, weiterzusprechen.

„Ah – Fürs Protokoll?"

„Genau."

„Ilva kennt mich. Wir waren auf der Schule."

Sie nickte, sah Vilfrid einen Moment an, der ihrer Erfahrung nach bei Isländern unendlich lange dauern konnte. Dann schob er nach „Hakonsson, Vilfrid, wie gesagt."

„Okay..." Sie notierte den Namen gewissenhaft, sah ihn dann über den tristgrauen Tisch hinweg an und stellte fest, dass sie den Kaffee vergessen hatte. Andererseits spürte sie keine Lust, mit diesem Mann Kaffee zu trinken und bat ihn, zu erzählen, was er Rayk am Eingang erzählt hatte.

„Also." Er raffte sich etwas schwerfällig in die Höhe, stützte seine Arme auf und faltete die Hände. Einen Moment hatte Stella den Verdacht, der Mann würde beten wollen, dann jedoch stützte er seinen Kopf einfach nur einen Moment ab und begann, dadurch noch undeutlicher zu sprechen. Stella musste sich konzentrieren. „Ich habe eine Leiche gefunden. Hier drüben," Er zeigte in Richtung des großen Berges, der das Industriegebiet begrenzte und der Polizeistation die Reste des wenigen Lichtes nahm, „in der Siedlung. In der langen Siedlung."

„Ah... Okay... Wo hast Du diese Leiche gefunden?"

„Im Container."

„In was für einem Container? Im Müllcontainer?"

Vilfrid nickte, Stella notierte in ihrer Druckschrift, die sie mit dem 0,7er Bleistift so schnell ins Papier meißelte wie andere Leute die Schrift, die man in der Grundschule lernte.

„Und..." murmelte er. „Sie hatte keinen Bauch."

„Wie meinst Du das? Keinen Bauch?"

„Weggeschnitten."

„Den Bauch?"

„Ja – der war weg, komplett."

„Äh... okay. Vilfrid – wann war das? Wann hast Du eine Frau ohne Bauch gefunden?"

„Grad eben. Bin gleich rübergekommen."

„Du bist...--- What?"

Ihr Blick blieb an seinem fleischigen Wangen hängen. „Willst Du mir sagen, dass die Leiche da jetzt noch liegt und du hier rübergekommen bist?"

„Ich fass so eine Tote doch nicht an," gab er ruhig zu bedenken und schüttelte zur Bestätigung nachdrücklich den Kopf.

„Wer ist jetzt bei der Leiche?"

„Keiner. Also – niemand."

„Aber..." Stella war immer noch entsetzt und spürte die Hitze ihrer roten Wangen. „Vilfrid – Du hast doch ein Telefon, oder? Da hättest Du doch hier anrufen können, oder?"

„Ich... Also... Es ist ja nicht weit. Und ich meine... So eine Leiche rennt ja auch nicht mehr weg. Die ist ja tot."

Stella Nykvist schloss die Augen für ein oder zwei Sekunden, klappte ihr Buch blind zu und öffnete die Augen erst dann wieder, um zu verkünden „Wir nehmen meinen Wagen."

#002

Er wusste, was getan werden musste. Es gab keine andere Möglichkeit mehr.

Und doch folgte ihm die Idee und das ganze Blut in den Schlaf. Das Messer, das er aus dem Haushalt seiner Tante entwendet hatte, war alles andere als ein Präzisionswerkzeug – aber es würde seinen Zweck erfüllen, es war groß und fest und stammte nicht aus seinem Haus oder von seinem Arbeitsplatz. Man würde es im Zweifel nicht zu ihm zurückverfolgen können.

Und das war ihm wichtig gewesen.

Als er begriffen hatte, dass er handeln musste, hatte er sich als erstes um die Waffe gekümmert, obwohl sein Plan damals noch anders ausgesehen hatte. Mittlerweile hatte ihn bereits mehrfach der Zweifel gepackt, aber letztendlich waren seine Möglichkeiten einfach beschränkt und er musste handeln.

Das Messer würde den Job erledigen – und mit so einem Messer konnte er umgehen – das erforderte keine komplizierte Planung, keine Ausbildung, keine Illegale Beschaffung. Und es war geeignet, den Verdacht gezielt abzulenken. Er würde sie überfallen, er würde ihr auflauern. Das hatte er genau geplant. Es würde der Donnerstag oder der Freitag sein. Da war sie nachts allein im Dunkeln unterwegs. Und da wurden Frauen nun mal überfallen. Das war auf der ganzen Welt so, oder?

Anders ließen sich die Spuren nicht mehr beseitigen, anders würde er dieser Situation nicht mehr Herr werden können. Es war ein verdammtes Dorf und er wunderte sich, dass nicht schon viel früher jemand auf diese Sache gestoßen war.

Und er würde sie beenden. Das Messer würde das Problem lösen. Und er würde sich aus dem Staub machen, ungesehen. Worte des Beileids, des Entsetzens würde er sprechen. Am Arbeitsplatz würden die Leute über den schrecklichen Überfall sprechen und sich fragen, wie so etwas nur hier passieren konnte.

So würde es kommen.

Es war alles geplant.

#003

„Das glaube ich jetzt nicht..." Rayk legte die Hand vor die Augen und versuchte gleichzeitig den Kopf zu schütteln. Ein hoffnungsloses Unterfangen. Ein Blick zu Vilfrid, ein Blick in Stellas Gesicht, das ihm viel zu wenig entsetzt schien.

Als könnte er es nicht begreifen, blickte er noch einmal in den großen Container herunter. Am Rand waren Blutspuren zu erkennen. Verschmiertes, dunkles Blut, das frisch wirkte. Drei der Müllbeutel, die das diffuse Licht zum Vorschein brachte, waren in Blut getränkt.

Blut einer Leiche, die nirgends zu sehen war.

Es gab keine Leiche in diesem Container.

Stella Nykvist wollte einfach nur zurückspulen und sich nicht mehr an diesem Ort befinden. Schließlich schüttelte sie den Kopf und schüttelte damit auch den Moment der Lähmung ab, der sie erfasst hatte. Dann wollte sie einfach nur schreien. Laut schreien. Vilfrid hatte auf der Fahrt hierher, die vielleicht sechs oder sieben Minuten gedauert hatte, berichtet, wie gruselig die Leiche ausgesehen hatte und dass ihr scheinbar jemand Teile des Bauchs großflächig aufgeschnitten hatte und viel Blut zu sehen gewesen war. Rippen, Organe... da war in seiner Schilderung alles dabei gewesen. Unappetitlich, grausam, brutal.

Und nun hatten sie das Blut, starrten sie in den Container, hatten sie den Zeugen neben sich stehen – einzig die Leiche war nicht mehr am vorgesehenen Platz. Also hatten sie eigentlich nur das Blut.

„Verdammter Dreck!" schnauzte Stella in ihrem heimischen Dialekt und besann sich dann wieder des Isländischen, obwohl sie sich sicher war, dass jeder sie verstanden hatte. „Wir müssen das hier alles absperren – den ganzen verdammten Block. Rayk!

- Wir brauchen Kollegen, die hier Befragungen machen können. Wo bekommen wir die her? Hier in dem Block wohnen doch sicher... Wie viele Leute wohnen da? 70, 80? Da wird doch einer was gesehen haben?“

Sie war laut geworden und spürte das Adrenalin durch ihre Venen preschen, das sie voran peitschte. Welcher verdammte Idiot verließ einen Tatort und fuhr zur Polizei, anstatt diese anzurufen? Stella Nykvist tippelte auf den Füßen, bewegte sich und murmelte einen kurzen Moment vor sich hin. „Rayk – bitte erst einmal absperren.“ Dann wandte sie sich an den Finder der Leiche. „Wie lange hast Du gebraucht, um zu uns rüber zu kommen?“

Der zuckte die Schultern. „Weiß nicht. 15 Minuten vielleicht.“ Der Mann schwitzte jetzt und seine Gesichtshaut hatte sich stark verfärbt. Am liebsten hätte Stella Nykvist ausgeholt und ihm mit der Faust fest ins Gesicht geschlagen. Niemand wusste, was jetzt hier passiert war. Sie ballte ihre Fäuste. Auch, wenn die Tage hier grau waren, war jetzt wohl das, was man in dieser Region als *helllichten Tag* beschreiben würde. Es war knapp nach 9 Uhr morgens. Und da wurde eine Leiche gefunden und 10 Minuten später kam jemand vorbei und schaffte die weg? Wie ging das denn? Stella trat drei rasche Schritte nach hinten auf dem Hof, der hinter den Häusern lag, die man hier *Den Langen Block* nannte. Eine Aneinanderreihung mehrerer dreistöckiger langweiliger grauer Bauten zu einem langen grauen Riegel, der die graue Hauptstraße in Höhe der Tankstelle von Kirkvogur säumte und der kleinen Ansiedlung von gut 600 Menschen jegliche potentielle Romantik nahm.

Hinter dem grauen Riegel befand sich ein langes Band von Parkplätzen, jetzt zu großen Teilen leer, weil die Menschen bei der Arbeit waren oder keine Autos hatten. Zwischen Parkplätzen und der Hauswand auf Höhe des mittleren Treppenhauses hatte jemand lieblos drei Container gepresst, von denen einer nun blutgetränkt und doch ohne Leiche dastand.

Wenn Stella zurückging und hinaufblickte, konnte sie feststellen, dass diverse Fenster mit Neugierigen belebt waren, die

die Polizei scheinbar gesehen hatten. Sobald sie Stellas Blick sahen, zogen sie sich zurück, Vorhänge schlugen vor Fenstern zu. Hier und da konnte man Menschen sehen, die sich hinter den Gardinen ausreichend getarnt fühlten. Einen rauchenden älteren Mann im oberen Stockwerk links.

„Da oben sind jede Menge Leute!" rief sie zu Rayk herüber, der ihrer Meinung nach immer noch auf demselben Fleck stand wie vor zwei Minuten und sich nicht regte. „Rayk! Hallo – wir müssen dafür sorgen, dass hier hinten abgesperrt wird – wir müssen die Aussage von Vilfrid aufnehmen! Und vor allem müssen wir dafür sorgen, dass niemand aus den Häusern verschwindet."

„Und – ähm... Ich weiß nicht recht – was willst Du zuerst machen?"

„Zuerst?? Zuerst sperrst Du ab, dann rufst du Verstärkung. Ich gehe jetzt nach vorne. Vilfrid – Du kommst mit. In welchem der Häuser wohnst Du?"

„In welchem der Häuser?"

„Du wohnst doch hier im Langen Block, nehme ich an?"

„Nein."

„Was machst Du dann hier? Wieso warst Du am Container? Wieso hast Du den Container aufgemacht, in dem die Leiche lag?"

„Ich... Also ich wollte hier nur den Müll..." murmelte er und es war Stella Nykvist sofort klar, dass er etwas verheimlichen wollte.

„Du kommst hierher, um deinen Müll zu entsorgen?" Stella Nykvist war laut geblieben und hatte Mühe, sich auf ausreichend viele Dinge gleichzeitig zu konzentrieren. Immerhin hatte Rayk sich bewegt und holte Absperrband aus dem Polizei-Subaru.

„Ich arbeite manchmal drüben an der Tankstelle... Meine Schicht war vorbei. Und wir haben da drüben keinen richtigen Container..."

„Gott verdammt – Vilfrid! Oh Mann!" Sie schüttelte den Kopf. „Ich sage es jetzt mal ganz klar: Was Du hier gemacht hast, habe ich so noch nie erlebt. Wir haben jetzt Blut, wir werden feststellen können, was für Blut das ist – aber wir haben keine Leiche, keinen Beweis für die Verletzungen, die du uns eben beschrieben hast – nichts, wo wir ansetzen können!“

Sie wusste, dass sie den Zeugen nicht so anschnauzen sollte, aber es fiel Stella wirklich schwer, sich angesichts der Geschehnisse zu beherrschen. Schließlich zuckte der übergewichtige Kerl die Schultern, legte den Kopf leicht schief und erklärte „Vielleicht kann man das auf dem Foto einigermaßen erkennen…?“

„Auf dem…? Du hast die Leiche fotografiert?“

„Na ja… Du weisst ja nie,“ erklärte er ruhig, griff umständlich in seine Hosentasche und zauberte ein erkennbar älteres Smartphone hervor. „Ich meine – so eine Geschichte… Am Ende glaubt dir das keiner, ne?“

Stella Nykvist atmete tief und ruhig ein.

#004

Drei Stunden später war Stella Nykvist abgearbeitet, aufgekratzt, stocksauer und träumte von einem kalten Bier. Sie hatten zwischenzeitlich Ilva anrufen müssen, die Frau, die eine Chemo-Therapie in Oslo durchlitt und sonst die Kriminalstation von Kirkvogur leitete. Stella vertrat sie seit mehreren Wochen. Ilva hatte Telefonate geführt und Protokolle in Gang setzen müssen, bis Verstärkung aus dem Nachbarort Vaskurjutorg nach Kirkvogur beordert wurde. Ganze vier Beamte, die bei den Verhören halfen. Bis die vor Ort waren, hatten zwei junge Polizisten von der Station geholfen, die Stella wie verirrte Teenager vorkamen. Morde waren in Island eine solche Ausnahme, dass die meisten von ihnen sie nur aus der Theorie kannten.

Das war bei Stella anders...

Rayk hatte sich um die Absperrung gekümmert, allerdings nicht besonders gut. Irgendwann hatte Stella bei einem der Gespräche im Langen Block aus dem Fenster geschaut und sehen müssen, wie eine unförmige Frau mittleren Alters mit ihrem Müll schon drei Schritte vor dem abgesperrten Container stand. Also hatte Stella das Fenster aufreißen müssen und die Frau über 15 Meter aus dem dritten Stockwerk angebrüllt. Die hatte irgendwelche Widerworte gegeben, dann die Schultern gezuckt und ihren Müll seelenruhig an die Wand gelehnt und sich wieder aus dem Staub gemacht.

Die Frau, mit der Stella im dritten Stock gesprochen hatte, wirkte auf sie praktisch wie eine Kopie der unförmigen Frau am Müllcontainer. Sie trug in ihrer engen Zweizimmerwohnung eine Daunenjacke, die Wohnung war nicht geheizt und Stella wollte nicht fragen, warum. Der Lange Block hatte eine Geschichte – keine, die sie sich jetzt anhören wollte...

Nachdem sie das Fenster wieder geschlossen hatte, erklärte ihr die unförmige Daunen-Frau „Der pinkelt hier immer hin."

„Hm? Wer?"

„Der Mann. Der Mann, der die Tote gefunden hat."

„Der pinkelt hier hin?"

„Der kommt von der Tankstelle, wirft den Müll hier hin und dann pinkelt er immer hinter den Container."

„Und das kannst Du von hier sehen?"

Die Frau strich sich eine grau melierte fettige Strähne hinters Ohr. Dann schüttelte sie den Kopf mit einem Gesichtsausdruck, der Stella zu verstehen gab *Du stellst wirklich blöde Fragen*. „Ich kann ja nicht durch die Wand gucken. Aber er macht das. Ich weiß es – und man riecht es auch."

Stella hatte einen Moment lang Lust zu sagen *glaub mir, deine Bude stinkt auch nicht schlecht,* aber sie entschloss sich, nur zu nicken. „Was hast Du gesehen, was hast Du gehört?"

„Wenn der pinkelt?"

„Nein! Was hast Du heute gesehen, was hast Du heute gehört?"

„Hab' Fern gesehen, hab nix gehört."

Im Grunde hätte Stella das Gespräch auch ohne die jeweils Befragten führen können – hätte ihr zumindest wertvolle Zeit gespart, überlegte sie. Alle Bewohne des langen Blocks hatten im Grunde dasselbe gesagt „Ich habe TV geschaut, das Gerät steht an der anderen Seite des Hauses zu Straße hin, deshalb konnte ich nichts hören." Das schlimmste daran war für die Kommissarin der SkanForce, dass praktisch alle Bewohner des Hauses zugegen waren. Die unschöne Geschichte dieses Hauses erklärte das. Die meisten Menschen, die hier in dieser eigenartig toten Gegend waren, hatten entweder einmal vom Fischfang gelebt, bis sich die Schwärme vor der Küste durch Erderwärmung und geänderte Strömungen so sehr verschoben hatten, dass sich der Fang nicht mehr lohnte.

Dann war das gekommen, was hier nur Efnafræðin hieß und so viel bedeutete wie *Die Chemie*. Das war das große graue Gebäude gewesen in dem tristen grauen Industriegebiet, in dem zurzeit auch Stella in der Polizeistation arbeitete. Efnafræðin hieß nicht wirklich *die Chemie*, sondern genau genommen Medical Tæknimaður Hlutafélag oder MTH und war für einen kurzen historischen Moment der größte Arbeitgeber hier gewesen, bis das unzureichend geschützte Patent ausgelaufen war und die Firma praktisch über Nacht die Tore geschlossen hatte – nicht jedoch, ohne den Staat Island um die gesamte Summe der Wirtschaftsförderung zu prellen. So hatte Stella zumindest gehört. Es gab auch andere Geschichten.

Sie hatten den Langen Block für die Mitarbeiter gebaut. Heute lebten entweder gestrandete arbeitslose Ex-Arbeiter der MTH hier oder Menschen, die die billige Miete zu schätzen wussten. Beides zusammen ließ den Langen Block in einer Geschwindigkeit verfallen, über die man Doktorarbeiten schreiben konnte. Oder: Hätte können, wenn die Menschen auskunftsfreudiger gewesen wären.

Aber genau das war Stellas Problem. Am Ende der Befragungen gab es exakt drei verwertbare Aussagen. Drei von ganzen 73 Menschen, von denen sicherlich 15 aufgrund ihres Alkoholpegels eigentlich nicht vernehmungsfähig waren. Morgens um 11. Sie schüttelte den Kopf.

Die relevantesten drei Aussagen beschränkten sich allesamt auf akustische Wahrnehmungen. Ein Mann, der praktisch direkt über dem Container sein Toilettenfenster hatte, meinte zwei männliche Stimmen gehört zu haben, die sich am Container gestritten hatten. Die hatten dabei angeblich gezischt, was Stella zunächst nicht verstanden hatte. Dann hatte sie begriffen, dass er meinte, die Männer haben sich bemüht, leise zu sprechen. Wann das exakt war, konnte der Mann nicht sagen, aber legte man seinen Tagesablauf zugrunde, passte es in etwa in die Zeit, in der die Leiche verschwunden war. Allerdings wusste der Mann kein sonderlich präzises zeitliches Bild von seinem Tagesablauf zu zeichnen. Wirklich verwertbar war das so eigentlich nicht.

Sinn gab es erst durch eine Aussage einer weiteren unförmigen Frau, die einer der Verstärkungs-Beamten, aufgenommen hatte. Zum Glück hatte die krebskranke Ilva diese Unterstützung organisieren können. Die Frau, die laut des Polizisten zwar stark nach Alkohol roch, darüber hinaus jedoch sehr vernehmungsfähig gewirkt hatte, hatte zwei Männer mit einem Kombi gesehen, von dem sie sicher wusste, dass es ein teurer Kombi gewesen sein musste, ohne, dass sie eine Marke nennen konnte – „Teuer – sicher was Deutsches“ war ihre Vermutung gewesen. Die beiden Männer waren gut 20 Minuten nach dem Ende von Vilfrids Schicht mit dem Wagen auf den Hof gefahren und der Wagen hatte einen offenen Anhänger gezogen, auf dem *Dinge* zu finden gewesen waren, die sie nicht beschreiben konnte. Er war ihr aufgefallen, weil die Männer gewendet hatten, was mit einem Anhänger auf dem engen Hof eine echte Herausforderung war. Dann hatte jedoch *ihre Sendung* angefangen und sie hatte die Lust verloren, den Männern zuzusehen.

Die beiden Aussagen zusammen, unter all den Einschränkungen dieser Art der Befragung, schienen sich zumindest gegenseitig in gewissen Grenzen zu stützen und waren das Beste, was sie bislang hatten.

Die dritte Aussage hatte Stella als nicht wirklich glaubwürdig eingestuft. Sie stammte von einem jüngeren Mann, der auch hin und wieder in der gegenüberliegenden Tankstelle arbeitete. Zumindest abends und am Wochenende. Der hatte zu berichten gewusst, dass es in den frühen Morgenstunden Geräusche am Müllcontainer gegeben hatte, die so klangen, als habe jemand versucht, etwas Schweres in den Container zu werfen. Angeblich habe sogar ein Bewohner das Fenster geöffnet, herunter gebrüllt und nach Ruhe verlangt.

Stella schien es, als habe der junge Mann die Geräusche der Nacht, falls es sie denn gegeben hatte, seinem neuen Wissen einfach angepasst. Das musste nicht böse gemeint sein. Vielleicht suggerierte sein Hirn ihm, dass das alles Sinn gab. Hinzu kam: Wenn seine Aussage in den Details stimmte, hätte man mehr Blut um den Metallcontainer herum finden müssen. Und das Ganze passte auch zeitlich nicht recht zusammen.

Irgendwann musste Stella Nykvist eine Pause einlegen und beschloss, rasch etwas zu essen und zu Fuß zur Station zurück zu laufen, als der Polizei-Fotograf eintraf, der schon zwei Stunden zuvor angekündigt gewesen war. In diesem grauen Land nach Stellas Erfahrung keine Seltenheit. Große Entfernungen, geringe Ambitionen. Die Krise hatte Island verändert.

Die junge rotblonde Polizistin machte Halt an der Tankstelle, erwarb eine kleine Falsche Mineralwasser und einen überteuerten Freyja Villiköttur Schokoriegel, der ihr jedoch jede Summe Wert gewesen wäre. Der Tankstellen-Shop war winzig und lieblos, wie nahezu alles hier in der Gegend auf Stella Nykvist grau und lieblos wirkte. Dennoch wieselte ihr Blick herum, schaute sie sich genau um. Unauffällig. Hier hatte dieser Vilfrid also in der Nacht gearbeitet. Dann war er zum Ende der Schicht rüber gelaufen, hatte möglicherweise hinter den Container gepinkelt. Wieso hatte er das nicht hier getan? Hier musste es doch eine Toilette geben?

Sie nahm einen Umweg in Kauf und begab sich zu einem kleinen Fastfood-Laden, der mitten in einem Wohngebiet Backfisch verkaufte. Sie hatte ihn erst vor zwei Wochen entdeckt, als sie sich einmal mit dem kleinen Wagen verfahren hatte, den die Station ihr stellte. Der Backfisch schmeckte sehr traditionell, knusprig und wurde mit Bratkartoffeln gereicht, die im Prinzip wie zu große Pommes Frites schmeckten. Stella, die solche fetttriefenden Fastfood-Verlockungen eigentlich ablehnte, erinnerten die Dinger irgendwie an ihre Kindheit, die sie unter anderem auch kurz Zeit in den Niederlanden verbracht hatte. Sie hatte die Niederlande gemocht. Vor allem die Niederländer. Und so hatte sie sich diesen Snack in den vergangenen Wochen viel zu oft gegönnt. Anschließend fühlte sie sich stets fett und rund aber irgendwie glücklich.

Die Empfindung war blödsinnig. In der vergangenen Nacht noch war Kjell mit der Zunge über ihren Bauch gefahren und hatte plötzlich gesagt „Mann, der ist wirklich perfekt." Die Erinnerung daran veränderte die Temperatur in ihrem Bauch sofort wieder und machte sie zappelig, aber sie musste sich beherrschen. Sie war sich sicher, dass Kjell mehr wollte und am Abend wieder herüberkommen würde. Ganz sicher. Er würde nicht widerstehen können. Und sie würde ihn nicht sinnlos betteln lassen, dessen war sie sich ebenso sicher.

Mit zu viel nackten und verschwitzten Erinnerungen vor dem geistigen Auge zahlte sie und trat den Weg zurück zur Station an, wo sie sich dem Mobiltelefon widmete, das Vilfrid ihr samt PIN übergeben hatte. Anschließend hatte sie gespürt, dass er das bereute und hatte wenig Interesse daran, herauszufinden, warum. Vermutlich wusste er um die Pornos auf seinem Telefon, nahm Stella Nykvist an – vielleicht tat sie ihm da aber auch unrecht…

Aber er hatte für sie irgendwie danach ausgesehen.

Sie zog sich zurück in ihr Büro im oberen Stockwerk des tristen Containers und nahm das Telefon zur Hand, überlegte es sich dann jedoch anders und wählte die Nummer ihres Lieblingskollegen Bjarne Sandvik, der technisch gesehen auch für SkanForce tätig war. Er war ein freier Mitarbeiter, der 2011 auf Utøya vor Ort gewesen war. Eine Erfahrung, die ihn so geprägt hatte, dass er ein Jahr lang ausgestiegen war und dann auch nicht mehr in den normalen Dienst zurückgewollt hatte. Seit 2016 schließlich arbeitete er nach einem gescheiterten Wiedereingliederungsprogramm sozusagen als eines der Gründungsmitglieder für SkanForce.

Leider ging ihr Anruf direkt auf die Mailbox und sie überlegte kurz, ob sie eine Nachricht hinterlassen wollte, entschied sich dann aber dagegen, als Rayk den Raum betrat und sehr betroffen wirkte.

„Rayk?"

„Vilfrid hat eben angerufen."

„Und? Ist ihm noch was eingefallen?"

„Nein – er fragt sich, wann er sein Telefon bekommen könnte."

„Verdammter Spinner – doch nicht jetzt!" Sie winkte Rayk mit einer großfürstlichen Geste aus ihrem grauen Amtszimmer und schüttelte den Kopf. Nicht über sich, sondern vielmehr über ihre Reaktion. Sie hatte es schon wieder getan und hatte den Boten getötet. Schließlich war es nicht Rayks Schuld, wenn jemand eine Frage stellte, die ihr nicht in den Kram passte. Sie musste sich wieder einmal beherrschen und stellte fest, dass ihre nackt verschwitzten Tagträume sie so weit von ihrem Job weggelockt haben, dass sie aufholen musste.

Und entschuldigen musste sie sich bei Rayk. Sie nahm sich vor, das später zu tun, wenn sie Kaffee holen würde. Und das würde sie ganz sicher tun. Also nahm sie sich das Telefon vor, entsperrte es und wechselte in die Galerie. Dort fand sie ohne größeren Aufwand satte acht Bilder, die Vilfrid aufgenommen hatte, als er die Leiche gefunden hatte. Acht!

Für einen hässlichen Moment raubten ihr die Bilder den Atem – und das schon auf dem kleinen 4.5er Screen. Nachdem sie durchgeatmet hatte – aus verschiedenen Gründen – schickte sie die Bilder als erstes per Mail an ihr SkanForce Account und rief die Fotos auf dem großen 21 Zoll Schirm vor sich auf, der noch aus den Zeiten vor dem Flatscreen stammte, an die Stella Nykvist sich eigentlich nicht mehr erinnerte. Immerhin lieferte er dennoch ein wirklich ausgezeichnetes Bild.

Für diese Art Bilder fast zu präzise, zu echt, zu ungeschönt.

Niemand sollte solche Dinge sehen. Und niemand sollte solche Dinge fotografieren. Und niemand... Sie entsperrte das Smartphone noch einmal und schaute auf die letzten versandten Nachrichten.

Natürlich!

Dieser fiese Mensch hatte die Bilder der Leiche doch tatsächlich an ein Mail-Konto geschickt, das jedoch immerhin nur sein eigenes zu sein schien. Und mit Blick auf die blutigen acht Bilder der toten jungen Frau fragte sie sich, was er damit wirklich tun wollte. Die Bilder zeigten auf der einen Seite etwas wirklich Schlimmes, was so kein Mensch sehen sollte, wenn man sie fragte. Gleichermaßen fragte sie sich mit einer gewissen Wut, was diesen Kerl getrieben hatte, die Bilder genau *so* zu fotografieren.

Was zeigten die Bilder?

Das erste Bild war noch distanziert und aus einer schlechten Perspektive aufgenommen, das zweite ebenso. Beide zeigten im

Prinzip einen Haufen Müll und etwas, das ein Mensch sein musste. Erst Bild Nummer drei lieferte das Grauen des Geschehens und zeigte ganz klar, dass es sich bei der Leiche um eine Frau handelte. Das Gesicht war nur schwer zu erkennen, da lange dunkelbraune Haare sich über die wesentlichen Merkmale des Kopfs legten. Bild vier war aus einer ähnlichen Perspektive aufgenommen worden, nur aus einer entschieden größeren Nähe. Hier war nun auch klar zu erkennen, was das wirkliche Grauen der Aufnahmen ausmachte: Jemand hatte der Frau den vollständigen Bauch entfernt. Komplett. Der Schnitt war groß und halbrund geführt worden, hatte unter ihren Brüsten angesetzt und sich bis zur Jeans heruntergezogen, die aufgeknöpft und leicht herunter geschoben war. Der Bauch fehlte – und er fehlte so vollständig, wie man sich das als biologischer Laie vorgestellt hätte. Man konnte Rippen erkennen, an denen noch Fleisch zu sehen war, blutverschmiert und dunkelrot.

Der Betrachter blickte auf einen Haufen halber Organe, teils zerfetzt. Hier hatte jemand ein Messer angesetzt. Ein großes Messer, nahm Stella an, ohne Medizinerin zu sein.

Alles, was man wirklich sehen musste, war auf diesem Bild zu erkennen, vom Gesicht abgesehen. Bis hierher war das Ganze schon wirklich schwer zu ertragen. Das war eine Schlachtung gewesen, das hatte nicht mehr viel Menschliches an sich und die Fleischfetzen, die man an den Knochen oberhalb des Bauchs erkennen konnte, erinnerten eher an marinierte Rippchen. Stella schüttelte den Kopf. Sie zappelte auf ihrem Stuhl herum, wie sie es viel zu oft tat und schob ihre rotblonde Strähne hinters rechte Ohr. Die Bilder waren unerträglich. Dennoch hatte Vilfrid weiter fotografiert.

Die Bilder 5 bis 8 zeigten nicht wesentlich mehr über den Leichenfund, sie zeigten entschieden mehr über den Leichenfinder, den Fotografen dieser Bilder. Auf dem ersten dieser Serie war die Kamera weiter in den Müllcontainer hineingehalten worden, was schon von einer gewissen Respektlosigkeit zeugte. Auch von Angstlosigkeit und geringer Scheu gegenüber dem Objekt. Was Stella Nykvist noch mehr wurmte: Es sagte auch etwas über die Geilheit dieses Kerls aus, der die Schamhaare zum Bildgegenstand gemacht hatte. Das folgende Bild zeugte davon, dass er in den Container hineingeklettert sein musste oder sich zumindest einen höheren Stand gegönnt hatte. Hatte er etwa die Jeans der Toten weiter heruntergezogen? Tatsache! Man konnte gut erkennen, dass die Schamhaare zu dem rasiert worden waren, was die jungen Mädchen *Landing Strip* nannten.

„Dieses Dreckschwein…" murmelte Stella aufgewühlt und spürte, wie ihr Puls gestiegen war und sie leicht schwitzte. Sie wurde vom Klingelton abgelenkt, den sie Bjarne Sandvik zugewiesen hatte: *Prayer in C*, eines ihrer Lieblingslieder für ihren Lieblingskollegen.

#005

Das Beste an Stellas kleinem gelben Haus war vermutlich der Blick auf die Kirche und das dahinter erkennbare Wasser. In einem italienischen Dorf mit sommerlicher Strandpromenade und ein paar Olivenbäumen auf den flachen Hügel wäre diese Premiumlage unübertroffen gewesen und unbezahlbar obendrein.

Im isländischen Kirkvogur mit all seinen 600 Einwohnern, der halb verstorbenen Fabrik, dem grauen Industriegebiet und der eigenartigen Container-Bauweise war ihr Haus in erster Linie dadurch prominent, dass es Gelb war und daher einer der wenigen echten Hingucker im Ort. Ansonsten war es in erster Linie klein und kalt. Stella trug ein lockeres Kleid, das man nur innerhalb des Hauses tragen konnte. Obwohl es fast April war, fielen die Temperaturen nachts hier an der Süd-Küste Islands immer noch unter die Frostgrenze und manchmal schien es ihr, als träfe das auch auf das Innere ihres Hauses zu. Vielleicht war das aber auch eine moralische Sache, die sie prägte und sie fühlte sich einfach nur kalt.

Gestern mit Kjell war das anders gewesen. Und nun ertappte sie sich dabei, dass sie am Spülbecken stand, aus dem kleinen Fenster blickte, das unten leicht beschlagen war und darauf hoffte, dass Kjell noch einmal vorbeikam. Und er sollte wieder so vorbeikommen, wie am Vorabend – nackt und warm. Die Reihenfolge der beiden Komponenten war ihr nach diesem schrägen Tag beinahe gleichgültig.

Sie streamte zum Abwaschen des Geschirrs vom Vortag das Album DANCE OF DEATH von Iron Maiden, das zu ihrer Stimmung zu passen schien. Die Bilder der Toten im Müllcontainer hatten einen fiesen eisernen Geschmack in ihrem Mund hinterlassen, der sie verfolgte. Das Gespräch mit ihrem liebsten Kollegen Bjarne Sandvik hatte etwas geholfen.

Bjarne weilte zurzeit in Turku in Finnland. Eine Stadt, die auch Stella sehr mochte. Er hatte von einen sonnigen Tag mit 14 Grad und blauem Himmel berichtet, Stella von einem grauen Tag mit 3 Grad und Niederschlag. Und von ihrer eigenen Niedergeschlagenheit hatte sie berichtet. „Wie ticken Männer, die eine tote Frau in einem Müllcontainer finden und ihre Muschi fotografieren?“ hatte sie Bjarne gefragt und auch er hatte einen Moment innehalten müssen.

„Absurd, Liebes, da hast Du recht. Wie schätzt Du das ein – ist der Typ verdächtig?“

„Hm… Nein – ich halte den eher für einen Spinner, aber nicht für einen Mörder,“ hatte sie abgewunken. Ganz sicher war sie sich allerdings nicht. Sie mochte diesen schmierigen Vilfrid nicht, hatte ihn gleich abgelehnt. Das machte es nicht leichter.

„Aber Du weisst: Wer Leichen findet…“

„Ja – aber die gesamte Idiotie danach… Leiche finden, Bilder machen und dann zur Polizei gehen und die Leiche auch noch verschwinden lassen…? Weiß nicht.“

„Was wisst ihr über ihn?“ hatte er mit seiner ruhigen Stimme gefragt, die am Telefon immer klang wie die des noch jungen Robert De Niro aus den Filmen der 80er Jahre.

„Nicht viel. Wir haben eigentlich noch nichts. Wir haben ja hier viel zu wenig Leute. Wie lange bist Du noch in Finnland? Ich hätte Budget und könnte Dich hier beschäftigen, wenn der Fall komplizierter werden sollte.“

Er hatte gelacht. „Ha… Ich habe hier tatsächlich nur noch bis zum Wochenende zu tun. Höchstens hoffe ich. Wir sind in der Prozessvorbereitung. Frag mich dann noch einmal. Sonst fahre ich nach Östersund rüber und mache ein paar Tage frei.“

„Ich meine es ernst. Das wird hier alles zu lange dauern, fürchte ich. Ich habe erst morgen Mittag einen Termin bei einem Gerichtsmediziner, eine ganze Fahrstunde entfernt. Die kennen keine Hektik hier.“

„Worüber willst Du mit dem reden? Du hast doch nix ohne

Leiche, oder?“

„Ich habe die Bilder,“ hatte Stella Nykvist sich förmlich selbst Mut zugesprochen, „und ich habe Blutproben und ein paar andere Flüssigkeiten, die wir in dem Container eingesammelt haben. Aber wirklich mit der Hand am Arm. Du kannst Dir nicht vorstellen, wie Island jenseits von Reykjavik ist.“

„Oh doch, kann ich… ich war doch vor zwei oder drei Jahren mal monatelang in Vík í Mýrdal – das ist nicht weit weg von Kirkvogur. Zumindest für isländische Verhältnisse. Und das war damals fast Sommer – und es wurde nie hell. Immer grau – immer, ich schwör es dir!“ Er hatte wieder herzhaft und herzlich gelacht. „Ich habe den Himmel erst wieder im Flugzeug gesehen! Kein Wunder, dass die Leute anfangen, an Geister zu glauben und sich gegenseitig die Bäuche abschneiden.“

Sein Lachen in solchen Situationen war unbezahlbar für Stella. Sie hatte sich vorgestellt, wie es wäre, mit ihm gemeinsam zu ermitteln und hatte beschlossen, ihn kurz vor dem Wochenende zu fragen, falls der Fall sich länger ziehen sollte. Und der Fall würde sich ziehen. Wenn sie Bjarne fragte, würde er sogar in das Land des schwarzen Vulkangesteins kommen, da war sie sich sicher. Und das mochten die Kollegen von SkanForce im Durchschnitt am wenigsten. Stella zählte die Tage, die ihr noch blieben. In drei Wochen sollte Ilva, die die Station eigentlich leitete, planmäßig nach ihrer Chemo wieder da sein.

Hoffentlich.

Dann erblickte sie Kjell, der von schräg gegenüber die frostbrüchige kleine steile Straße überquerte und offenbar auf ihr Haus zusteuerte. Sie spürte ihren Puls spontan im Hals. Darauf hatte sie sich für heute Abend gefreut, das hatte sie gewollt, das hatte sie über den grauen, verregneten Tag mit all dem fiesen Papierkram gerettet.

Yes.

Mit einer geschickten Bewegung griff sie sich unter das Kleid und entledigte sich rasch ihres Slips, blickte sich um und stopfte das kleine bisschen Stoff kurzerhand in den nächstgelegenen Schrank unter die Küchentücher.

Sie befeuchtete die Finger mit der Zunge und strich sich anschließend mit den Fingerspitzen über die Augenbrauen und überlegte noch, ob sie gleich zur Tür sprinten sollte, wenn Kjell klingelte. Sie wartete einen Moment. Jetzt würde er die wenigen Stufen hinaufschreiten, dann würde er klopfen – das war sicher. Die Klingel war schlecht installiert und klingelte nicht verlässlich.

Aber es geschah nichts. Rein gar nichts.

Hatte er geklingelt und sie hatte es überhört? *Scheiss drauf*, sagte sie sich. Du hast hier nichts zu verlieren, in drei Wochen bist du wieder weg. Dann hetzte sie die wenigen Stufen der halben Etage herunter und riss die hölzerne Haustür auf. Kein Kjell. Dieser verdammte Mistkerl. War der etwa runter in die Kneipe gegangen, die unten am Ende der Straße gegenüber der Kirche lag? Stella tippelte die wenigen Stufen barfuß herunter und konnte Kjell mit seinen blonden langen Haaren gerade noch am unteren Ende der Straße erkennen. Bier trinken ohne sie? Soweit sollte das noch kommen!

Rasch zog sie sich zwei schwarze Pullover über und deckte ihre Beine mit ihren hohen Lederstiefeln ab, schnappte sich ihren Schlüssel, schloss die unterdimensionierte hölzerne Tür und kehrte dem gelben Haus ohne Slip den Rücken.

TULPENBLUT
ISLAND-KRIMI

Printed in Poland
by Amazon Fulfillment
Poland Sp. z o.o., Wrocław

45608220R00119